人民共和國文化與文學叢書

七 編

李 怡 主編

第 **12** 冊

高行健文學藝術年譜
（1940～2017）（第三冊）

莊 園 著

花木蘭文化事業有限公司

國家圖書館出版品預行編目資料

高行健文學藝術年譜（1940～2017）（第三冊）／莊園 著—
初版—新北市：花木蘭文化事業有限公司，2019〔民108〕
目 2+198 面；19×26 公分
（人民共和國文化與文學叢書 七編；第 12 冊）
ISBN 978-986-485-784-5（精裝）
1. 高行健 2. 學術思想 3. 年譜
820.8   108011460

ISBN-978-986-485-784-5

9 789864 857845

人民共和國文化與文學叢書
七 編 第十二冊   ISBN：978-986-485-784-5

高行健文學藝術年譜（1940～2017）（第三冊）

作　者 莊　園
主　編 李　怡
企　劃 四川大學中國詩歌研究院
總 編 輯 杜潔祥
副總編輯 楊嘉樂
編　輯 許郁翎、王筑、張雅淋　美術編輯　陳逸婷
印　刷 普羅文化出版廣告事業
出　版 花木蘭文化事業有限公司
發 行 人 高小娟
聯絡地址 235 新北市中和區中安街七二號十三樓
　　　　 電話：02-2923-1455／傳眞：02-2923-1452
網　址 http://www.huamulan.tw 信箱 hml810518@gmail.com
初　版 2019 年 9 月
全書字數 711727 字

定　價 七編 13 冊（精裝）台幣25,000 元

高行健文學藝術年譜
（1940～2017）（第三冊）

莊園　著

目次

2001 年　61 歲

1 月，劇作《週末四重奏》由臺北聯經初版。

劇作分為：四重奏之一、四重奏之二、四重奏之三、四重奏之四及後記五個部分。第一頁這樣寫：

初夏，櫻桃時節。

週末，鄉間農莊，一棟老房子。

安，一個慵倦的女人。

老貝，一位已到暮年的畫家。

西西，一個風騷的姑娘。

達，一個不知還有什麼可寫的中年作家。

1 月，《沒有主義》由臺北聯經初版。

該書目錄如下：

自序

第一輯　沒有主義

　　　我主張一種冷的文學

　　　巴黎隨筆

　　　論文學寫作

第二輯　中國知識分子與中國當代文學

　　　個人的聲音

　　　遲到的現代主義與當今中國文學

　　　中國流亡文學的困境

　　　流亡使我們獲得什麼？

第三輯　文學戲劇創作談

　　　隔日黃花

　　　文學與玄學・關於《靈山》

　　　關於《逃亡》

　　　另一種戲劇

　　　《對話與反詰》導表演談

　　　《生死界》演出手記

　　　《彼岸》導演後記

第四輯　劇作法與表演理論

　　要什麼樣的劇作

　　我的戲劇和我的鑰匙

　　劇作法與中性演員

第五輯　當代繪畫散論

　　無聲的交響——評趙無極的畫

　　評法國關於當代藝術的論戰

　　談我的畫

　　對繪畫的思考

第六輯　文學的理由

　　文學的理由

1月，**劉再復的著作《論高行健狀態》由明報出版社推出第二版。**

1月，《**學術交流**》2001年第1期刊發彭放的論文《「全球化」語境中的中國文學困境》。〔註1216〕

　　該文由高行健獲諾獎想到中國文學全球化的話題。他在文章開篇時表達了一種學者的自省：高行健的兩部長篇小說的中文版在國內沒有發行，我們也沒有讀過，沒有讀過人家作品，而又要去說三道四，那就是文人的不自重和輕浮了。

　　作者為黑龍江省社科院研究員。

1月，**敦煌文藝出版社出版高行健著《你一定要活著》，印數10000冊。**
〔註1217〕

　　此書收入了包括《朋友》、《你一定要活著》、《雨、雪及其他》、《路上》、《二十五年後》、《花環》、《海上》、《鞋匠和他的女兒》、《花豆》、《圓恩寺》、《母親》、《侮辱》、《河那邊》、《公園裏》、《車禍》、《抽筋》、《給我老爺買魚竿》等短篇小說。

　　經筆者比照，此書目錄的排序與臺灣聯合文學2001年8月出版的高行健著《高行健短篇小說集》（增訂本）〔註1218〕一致，只是去掉了部分文章的注釋，書後面的跋所標注的寫作時間（1987年11月2日於北京）也被刪去。

〔註1216〕《學術交流》2001年第1期第110～115頁。

〔註1217〕高行健著《你一定要活著》，敦煌出版社2001年1月第1版第1次印刷。

〔註1218〕高行健著《高行健短篇小說集》（增訂本）2001年8月初版，2003年9月15日初版9刷。

1 月，《文藝理論與批評》2001 年第 1 期刊發鄭凡夫的文章《2000 年諾貝爾文學獎備忘錄》。

此文與中國大陸主流媒體觀點保持一致，在傳達 2000 年諾貝爾文學獎更多信息的同時對高行健的獲獎持否定態度。

2 月 9 日，高行健作爲臺北市駐市作家到臺南成功大學成功廳演講，題目爲《創作與美學》。

該活動主辦方爲臺北市政府文化局，承辦方爲聯合報系、聯合報系文化基金會、聯合文學。〔註 1219〕時間爲下午三點到五點。

2 月，臺灣《聯合文學》2001 年 2 月號（第 196 期）推出「高行健專號」。

該專號目錄如下：

前言	編輯部

高行健獲獎

2000 年諾貝爾文學獎授獎頌詞瑞典皇家學院

領獎答謝辭	高行健
受獎演說：文學的理由	高行健
我當童話配角的日子：2000 年諾貝爾文學獎頒獎典禮側記	方梓勳

高行健作品選刊

沒有主義

我主張一種冷的文學

巴黎隨筆

夜遊神（劇作）

高行健作品導讀

小說部分

沒有（現代）主義：談《給我老爺買魚竿》及其他	王德威
朝聖新學：談《靈山》	李奭學
逃亡——追求個人自由的必經之路：談《一個人的聖經》	馬森

劇作部分

〔註 1219〕臺灣《聯合文學》2001 年 2 月號，前面廣告頁的預告。

　　王德威（美國哥倫比亞大學教授）的《沒有（現代）主義——談〈給我老爺買魚竿〉及其他》一開篇在世界文學和中國現當代文學包括臺灣的現代主義的背景下論及高行健的作品定位，感歎「因歷史條件的局限，他的文學實驗難免予人其生也晚的感覺」〔註1220〕。他寫道：

　　閱讀高行健早期作品，我所注重的不是他攀上現代主義列車時間的遲早問題，而是他上車之後，如何觀看車外風景的方法。他意在捕捉浮光掠影，恰與「驚天動地」的時代背景背道而馳。《給我老爺買魚竿》多數作品寫八十年代前期。此時的高似乎急於探討各種文學實驗可能，每每淺嘗輒止，筆下流露習作氣息，也是可以理解的事。日後《靈山》所敷衍的游蕩及情色主題，仍未見發展。但或因短篇篇幅所限，《靈山》及《一個人的聖經》中迹近宣言

〔註1220〕王德威《沒有（現代）主義——談〈給我老爺買魚竿〉及其他》，臺灣《聯合文學》2001 年 2 月號第 72～73 頁。

式的創作及生活守則，也在此顯得低調得多。總體而言，《給我》的成就，在
於「完成歷史階段性使命」。

　　以高行健所追尋的風格而言，能與他對話的主要對象不在大陸，而應在
臺灣、香港及海外。因緣際會，高行健榮獲諾貝爾獎。得獎的緣由之一，是
他的沒有主義──連現代主義也沒有。在這個角度上，我們猛然瞭解他對二
十世紀後半段大陸文學的意義：他是現代主義的開拓者，也是現代主義的終
結者。〔註1221〕

　　李奭學（臺灣中研院文哲所助理研究員）在《朝聖心學──談〈靈山〉》
中寫道：

　　高行健的長篇或短篇小說中，《靈山》宗教氣息最重。書題本身乃是佛經
裏佛架所在的靈鷲山的簡稱，此所以第十六和第八十章有鷲鷹盤旋。此外，「靈
山」在道教正一派的丹術裏乃人體中最重要的穴位，修行人氣轉周身，無不
想臻此化境。本書乃一雙重寓言，靈山貫穿其間，是敘述者身體力行與心性
修養上的追尋目標。

　　這種敘述學我們彷彿曾見，因為五百年前的百回本《西遊記》也是依樣
結構，說來還可能是高行健落筆的依循。

　　由人稱趑回敘述向度，我們發現高行健每好「從中起述」，書中、章中莫
不如此，《靈山》故此頗具史詩的態勢。按照艾柯的瞭解，「從中起述」最近
生命本然，因為生命本來就不會呈邏輯發展，而我們的生活也會交識在記憶
與現實之中。如果「語言流」的人稱切換是心理寫實，「從中起述」就是生命
寫實。

　　書題出自禪宗，但正本清源，我認為《西遊記》仍為高行健的直接泉源。
五聖西行，志在求法，中間歷經九九共八十一難。其中有情關，有色難，更
多的是各種妖魔鬼怪的人情之難，亦即所謂「魔由心生」。《靈山》不以神魔
小說自居，西行各難在書中只能演化為敘述聲音所歷之各境，是以情關色難
固然要參透，世態人情也要看得破。《靈山》共八十一章，一面暗示高行健所
瞭解的聖數，一面似乎又在回應《西遊記》各難的數目。各難乃唐僧心境改
變的助力，但終結要說明的禪法是「見山是山」的悟境。這裡的「山」可以
是伽葉傳承佛祖心印的靈山，更是抽象的精神化境。高行健強調的是《西遊

〔註1221〕王德威《沒有（現代）主義──談〈給我老爺買魚竿〉及其他》，臺灣《聯合
　　　　文學》2001 年 2 月號第 73～74 頁。

記》裏這副對子：「佛在靈山莫遠求，靈山只在汝心頭。」他寫到這裡，《靈山》彷彿變成「問心」的朝聖行，是佛祖第一次頒給五聖的「無字真經」。

　　如此寓旨事實上是讓一連串的否定給結論出來的。打一開書，高行健就把靈山布置在道聽途說中。所謂「尤水之源」究竟何指，地理上說不明白，恐怕連烏伊鎮都是個烏有鎮。靈山繼而出現在亭柱對聯間，牽引出一個宋代的士子來。這時連「道聽途說」都已經慘遭否定，因為這位士子的聯句強調當下，而飛高蹈的玄想：「回眸遠矚勝覽鳳裏靈山」。回頭再到第五十一章，靈山幻化成各式民俗信仰，什麼名字都可取而代之，而「靈巖」一詞最常聽到。這自然是塊頑石，然而山居百姓都知道若是心誠志明，頑石也會點頭，化為送子觀音。這種瞭解等於在瓦解靈山的實體，因為「鳳裏靈山」猶有行跡，在「誠」的要求下卻已經內化而變成了赤裸裸的「心」。第七十六回指出，靈山可以在河這邊，也可以在河那邊，原因便在心髓境轉，有心無心不應以物為理，而應以悟為依歸。此所以到了第八十一章，靈山所代表的意義全都匯聚在一隻青蛙身上，高行健形容得頗似米爾頓。此時敘述聲音已經跳脫生死，心境澄明，於是觸處皆機，處處都是靈山了。他說：「我其實什麼也不明白，什麼也不懂。」他其實什麼都明白，什麼都懂。

　　懂的又是什麼？重回《西遊記》：敘述者懂的是無字真經的妙處。在《靈山》裏，這種對「無中還有」的了悟乃透過小說理論推衍而來，而這也是本書跳出傳統而與後現代社會結合的發端。高行健在第七十二章否定《靈山》是小說，因為「小說必須有個完整的故事」，而《靈山》寫來卻「零散無序」而有如「七拼八湊」。易言之，高行健在《靈山》有意將自己導向後設格局，同時也宣示「真小說不必像小說」的觀念，而這幾乎又在回應《西遊記》書末所昭示的「真經不必有字」的看法了。「無字真經」所傳遞的乃「靈山」即「心」的禪趣，而高行健的宗教是：處處是山，處處也不是山，但要悟得「無中還有」，處處又都是山。〔註1222〕

　　馬森（臺灣佛光大學教授）在《逃亡：追求個人自由的必經之路——談〈一個人的聖經〉》中指出：

　　這本書的重點在「一個人」，一個人指的是一個「個人」，習於中華文明的我們，常常對「個人」一詞懷著輕視與反感，總覺得「個人」幾乎等同於

　　〔註1222〕李奭學《朝聖心學——談〈靈山〉》，臺灣《聯合文學》2001年2月號第75
　　　　　　～78頁。

「自私」，或者意味著不顧他人的利益的「目中無人」。其實，這全是一種文化性的誤解。「個人」首先應該等同的是「自尊」與「自重」，是組成任何集體的基礎。如果一個集體一味推崇捨己爲人的英雄，或過分獎勵利他的精神，十足表現出這個集體成員的脆弱與虛僞。相對於脆弱與虛僞的眾人，捨己爲人的英雄也會逼上一條傲慢與虐人的道路，殷鑒未遠也。「個人」不是不可以放棄，但必須出於「個人」自主的意願。有健全的個人，然後才會有健全的集體。因此，當集體成爲一種強暴個人自由與個人意志的怪獸的時候，復歸「個人」，不但是有益的，也是必要的。

在當代的中文作家中，高行健是遭遇過殘酷的集體迫害後領略到問題癥結的少數作家之一，他也是在強勢的西方文化衝擊下少數能夠保持自信的作家之一。他寫《一個人的聖經》，正是爲了伸張個人的力量，但絕不把這力量強加於其他人。他痛恨爲了凝聚集體所建構的供人信仰的種種「主義」。他希望每個健全的人都能夠保留完整的自我，而不去附和他人的聲音，不去隨波逐流。

《一個人的聖經》在形式上是一本十分可讀而易讀的書，其中大部分都貼近寫實主義的反映論，雖然沒有按照時序書寫，但故事的脈絡及人物都非常清晰。書中的性愛場面貫通全書，顯示作者不掩飾個人私生活的「自剖」傾向。在中國現代文學的傳統中，這個傾向來自郁達夫，而非魯迅，同時是所有現代主義作家共同的傾向。性愛，在描寫眞實人生處境的文學中難以避免，不管是寫實主義，還是現代主義，都將性愛視爲人類生活中的重要部分，不會故意規避。《一個人的聖經》中的性愛描寫頗爲「素淨」，並沒有煽情的作用，反倒可以自然地溶入前後的語境之中，成爲個人生活中不可或缺的一環，又兼隱喻了書中人物的命運。

敘述，對高行健來說，成爲他存在的理由。他不像五四一代的中國作家把文學看作是改造社會的有效途徑，也沒有五四一代作家那種伸張社會的正義，爲人民的喉舌的雄心壯志。《一個人的聖經》在所有高行健的作品中，正是一部最直接表露作者個人的經歷、感受以及寫作理念的書。〔註1223〕

郭強生（東華大學創作研究所助理教授）在《彼岸無岸，此心非心——談〈彼岸〉》中指出：

〔註1223〕馬森《逃亡：追求個人自由的必經之路——談〈一個人的聖經〉》，臺灣《聯合文學》2001 年 2 月號第 79～82 頁。

高行健確實是一天生的詩人，《彼岸》中的鏗鏘的口語交響樂有著白話國語少見的簡單利落，毫無拗口之處，更不會流於空洞花腔。

因為作者特殊的背景與矚目的成就，我們才分外驚訝何以《彼岸》成了一部空有現代劇框架，而沒有對人性、社會、價值觀等課題深入挖掘的劇作？

劇名雖曰《彼岸》，但中間阻隔的不是湍流，而是迷霧。〔註1224〕

紀蔚然（臺灣師大英語系副教授）在《陰間的鬼魅，陽間的魍魎——談〈冥城〉》中說：

於後世劇作家的筆下，對俗世極盡揶揄的莊子竟是招人調侃的對象。高行健的《冥城》即是如此一作。

《冥城》將傳統的戲曲改編成一齣儀式興味濃厚的諷世劇。本劇雖仍有莊周戲妻的段落，但其著眼點並不在營造殘酷的喜感。此劇時而悲喜參雜、時而悲重於喜，完全避免了原著裏那種從極喜至極悲的尷尬基調，呈現的是一個男人如何將女人物化所導致的悲慘結局。

舞臺上的莊周有兩個分身、三種身份。表演者時而以莊周的自我發言、時而以旁觀的角度審視他所扮演的莊周，時而又以莊周的本尊嘲弄他喬裝的公子哥兒。演員與角色分野的模糊，本尊與分身界限的曖昧正好打破了夢境／實情、假戲／真做、本我／非我、主體／客卿的藩籬。據此，哲人雅士無異凡夫俗子，而陽間的魍魎何嘗不是陰間的鬼魅？人間何嘗不是冥城？〔註1225〕

鍾喬（臺灣差事劇團團長、跨界文教基金會董事長）在《沒有出口的「逃亡」——談〈逃亡〉》一文中說：

除了這是一出犀利的政治戲之外，它還潛藏著某種全然和政權背馳的意識形態。這其實才是這齣戲值得證實的部分。

作者對於人活在這個世上的孤絕處境，有一種從命運出發的悲劇性認知。這命運讓人陷於客觀的困境中，也讓人無從脫離於主觀的境遇裏。

《逃亡》一劇只有三個角色，卻鋪陳了一件巨大的血腥事件。西哲馬庫

〔註1224〕郭強生《彼岸無岸，此心非心——談〈彼岸〉》，臺灣《聯合文學》2001年2月號第84～87頁。

〔註1225〕紀蔚然《陰間的鬼魅，陽間的魍魎——談〈冥城〉》，臺灣《聯合文學》2001年2月號第88～90頁。

色嘗言：「政治藝術的要點在於藝術如何安頓政治」，從這一針見血的敘述出發，作者當真以深度的寫作藝術安頓了現實政治中的口號和呼聲。

　　一般的意象說來，「逃亡」意味著身體在時空中倉皇地移動。然而，高行健的《逃亡》卻是身體被囚禁在幽閉的空間中，時間像污染的血水緩緩流淌進來……這樣的意象，讓人處在無法遁逃的「逃亡」中……這空間是由男性威權主義的象徵所構築的國家機器。「逃亡」眞的沒有出口。這是一出再現沒有出口狀態的戲碼。〔註1226〕

　　周慧玲（中央大學英美語文學系副教授）在《跨文化去身體女性意識——談〈生死界〉》一文中指出：

　　本劇名爲《生死界》，似藉生死之界的邊際狀態，探討女性的意識存在，質問女性的自我認知、乃至於生命的普遍意義。值得注意的是，此劇完成於劇作家定居法國後，其對於生命的探討，既援引中國生死觀，也回應西方當代性別／認同論述，展現跨文化的企圖。誠然跨文化經驗毋需因創作者的地理位置而成立，但是據此跨文化意圖，或可窺得劇作家對其作品舞臺實踐的企求，及其戲劇美學觀。

　　《生死界》以一個女角色的獨白方式進行，從最俗豔的男女關係出發，逐漸走向生命的哲學思維，並且以「去角色」的扮演方式展開，既撥除角色與扮演者的關係，又撕裂身體與意識的關連。劇作家似意圖以「去角色」、「去身體」的論述結構、擺脫獨白女性的身體原罪、還原戲劇角色的普遍生命原型，以探討（女性的、戲劇的）存在意義。

　　身爲劇作家，高行健寫作《生死界》的成就在於形式與論述的合一，結合戲劇假設與生死邊界的狀態，藉「去戲劇」的手法，渡脫戲劇形式的過程中，將自身的角色一併革去？這如果不是延續其自八十年代初便開始提出的對中國當代寫實主義霸權的反思，便是透露出二十世紀後半劇本文學式微後，劇作家的尷尬處境。〔註1227〕

　　鴻鴻（臺灣密獵者劇團策劃、導演）在《另眼相看自由人——談〈夜遊神〉》一文中指出：

　　對臺灣讀者而言，高行健劇作中封閉的情境氛圍、神秘的象徵人物、抽

〔註1226〕鍾喬《沒有出口的「逃亡」——談〈逃亡〉》，臺灣《聯合文學》2001年2月號第91～93頁。

〔註1227〕周慧玲《跨文化去身體女性意識——談〈生死界〉》，臺灣《聯合文學》2001年2月號第92～97頁。

象的語言邏輯，可能在馬森的荒謬劇中似曾相似（或許這也是馬森與高惺惺相惜的原因之一）。事實上，流亡之後的高行健，更貼近的是法語劇壇的重要個人傳統：貝克特晚期短劇的潛意識獨白，與戈爾德思《在棉花田的孤寂》寓言化人物的意念交響。〔註1228〕

黎煥雄（臺灣創作社劇坊編導、河左岸劇團藝術總監）在《流放或拘禁（一篇戲劇獨白）——談〈對話與反詰〉》中指出：

讓我們想像一個蒼涼的時空，就說是1992年吧——一個中國的劇作家遠遠流放了自己在不見得更荒瘠、或更繁複的歐洲大陸。這不是一般的旅行，你面對新生的期待、背負舊夢的追緝。來自文化母體全體的傷痕記憶必須世故地掩藏或轉化成藝術形式的表達。如同音樂家、如同畫家一樣，在外人必然先行區分的眼光裏，在被接受、討論而不一定融入的前提下，你必先面臨新舊文化原材選擇的成份與比例，你必須考慮他們的需求。他們的需求建構在他們熟悉的語言思考、然後政治正確地朝開放修正、鼓勵一些異國情調的嚮往、或深陷在錯誤幻想、最後可能成為自以為的成為。

《對話與反詰》——關於語言在那裡、也不在那裡，關於性別在那裡、也不在那裡，關於語言是一種幻覺式的權利、是一種會被消費的欲望，所以溝通的完成是不確定的種種，所以確定的只有不確定、或者死亡種種。但是一旦停住、那樣的同感便立即虛無化。〔註1229〕

方梓勳在《從翻案到另一種戲劇——談〈山海經傳〉》一文中指出：

在一次私人談話裏，高行健談到《冥城》、《山海經傳》和《八月雪》等以中國傳統故事為題材的劇本，在他戲劇觀構思之中的重要性。他認為這些劇本很值得翻譯和介紹給外國人欣賞，又特別強調它們的熱鬧氣氛。套用他的形容詞，就是「好玩」。正如《山海經傳》的說唱藝人所言：「一個個慷慨激昂，一個個義憤填膺，也沒個是非因緣，也無須悲天憫人，只要臺上越打得熱鬧，臺下看得便越加開心。大抵在他的戲劇觀裏面，遊戲也是非常重要的概念。〔註1230〕

〔註1228〕鴻鴻《另眼相看自由人——談〈夜遊神〉》，臺灣《聯合文學》2001年2月號第97～98頁。

〔註1229〕黎煥雄《流放或拘禁（一篇戲劇獨白）——談〈對話與反詰〉》，臺灣《聯合文學》2001年2月號第100～102頁。

〔註1230〕方梓勳在《從翻案到另一種戲劇——談〈山海經傳〉》，臺灣《聯合文學》2001年2月號第104～105頁。

　　趙毅衡（英國倫敦大學東方學院教授）在《大狂大俗，意在言外──談〈八月雪〉》一文中指出：

　　《八月雪》的開場「雨夜聽經」是典型的高劇男女對抗場面……

　　寫滿臺亂的場面，也是高行健的拿手。從《車站》到《野人》到《山海經》到《夜遊神》都是如此。而《八月雪》中，寫禪與俗人無有不同，卻是高行健一直喜愛的「大醜大俗」寫法，看起來是在對禪宗之灑脫不拘，在十二世紀左右演化成狂禪提出警告。但我覺得高行健的寫法另有深意：寫一位宗教領袖的傳記，不得不有所誹謗，但同時高行健的個人主義對任何教義，哪怕禪宗的無教之教義，都有所警懼。狂禪場面，無疑是為自己的戲劇美學過分虔誠化的可能性提出警示。我認為，高是在演示自我審視批評的必要性。

　　早在 1995 年，我就總結說高行健的近期劇，其美學是禪式的，其目標是寫意的舞臺呈現。當時我沒有任何高行健本人的言論佐證，也沒有聽到他認可，或否認：他對批評家一向採取「你評你的，我寫我的」的「高姿態」，不能說他拒絕置評是不贊同。高行健唯一一次自辯，是八十年代初《車站》受批判時，但是他唯一的自辯，卻是強調此劇並非《等待戈多》的中國版。看來他唯一無法忍受的批評是「缺乏原創力」。的確，這個批評用不到高行健身上。

　　終於，高行健說出了他的禪宗觀（雖然他依然沒有任何禪宗戲劇觀）。特殊的是，他這次的理論表述用了劇本形式。

　　不管高行健作為一個現代知識分子，對禪宗真正有多少認同，這是高行健最明白無誤的一部宗教劇，而他認同的佛理，也解說得極其生動。

　　高行健在他的第三階段近作中，擺脫了西與中之間何主何輔何體何用的選擇問題：二者均為輔，戲劇家本身的原創力是主體。甚至高行健對禪宗的態度，也遠遠不如某些西方詩人和藝術家那麼虔誠。如果因為高行健是中國藝術家，他對禪宗思想方式有自然的親和力，那麼，也正因為高行健是中國人，他反而不必如上述西方藝術家，把東方思想視為高價請來的會念經的遠方和尚。試看《冥城》中對莊周及其哲學的諷嘲，《對話與反詰》中對禪宗和尚小丑式啞劇演出的揶揄。呵祖罵佛的反諷，使禪劇得到具有攻擊力的鋒芒。如果說這是禪，也是現代人的禪，禪的現代戲劇化。

　　而在《八月雪》中，此種「沒有主義」，保持自我審視，自我批評的冷靜，得到強調的表現：慧能大師，必須在大狂大俗之中，才感到自在；必須在禪的「自我解構」──不是否定自我，而是洞察自我──才能從容涅槃。而這

樣的理解，並沒有違反禪的基本精神，相反，卻是其現代推演。這就是《八月雪》作爲宗教哲理劇之精華所在。〔註1231〕

焦桐（臺灣詩人，《人間副刊》副主任）《混血的戲劇美學——談〈週末四重奏〉》指出：

高行健被譽爲現代戲劇的探索者、革新者，殆無疑義。他顛覆戲劇形式，主要表現於消除文類界線，讓戲劇和小說、散文、詩、電影、音樂、舞蹈等形式大規模雜交，乃產生各種藝術形式混血的戲劇新品種。

《週末四重奏》中的人物不斷重複相同或類似的會話，機械式的言語和交談、機械式的調情和接吻，使情景流動著荒謬感和虛無感——生命的熱情已經冷卻，信仰意境崩潰，無價值意識，也無善惡意義，生活處於無感情、無重心狀態，剩下純粹的肉體和感官，連愛情也是空洞的，充滿了虛假。他們都像我們，彷彿並非眞實的存在，只是實體的投射，四個人都像是影子，隨時可能消失。〔註1232〕

3月11日，劉再復爲即將在香港出版的高行健的著作《文學的理由》作序。〔註1233〕

3月24日，《文藝理論與批評》2001年第2期刊發陳映眞的文章《天高地厚——讀高行健先生受講辭的隨想》。〔註1234〕

陳映眞的文章分爲五個部分（現代主義、深沉的愴痛與絕望、意識形態和文學、「逃亡的不同姿態」、天高地厚）來寫，表達了與高行健很不一樣的文學觀與價值觀。

3月，《〈靈山〉與小說創作——高行健在香港城市大學演講會上的講話》刊發在《明報月刊》2001年3月號。

4月，高行健的著作《文學的理由》由香港明報初版。

該書目錄如下：

序（劉再復）

〔註1231〕趙毅衡《大狂大俗，意在言外——談〈八月雪〉》，臺灣《聯合文學》2001年2月號第107～110頁。

〔註1232〕焦桐《混血的戲劇美學——談〈週末四重奏〉》，臺灣《聯合文學》2001年2月號第111～113頁。

〔註1233〕高行健著《文學的理由》第VIII，香港明報月刊出版有限公司2001年4月出版。

〔註1234〕《文藝理論與批評》2001年第2期第33～37頁，2001年3月24日出版。

第一輯　文學的理由

　　現代漢語與文學寫作

　　文學的理由

　　附錄：文學與寫作答問

第二輯　另一種美學

　　前言

　　藝術革命的終結

　　現代性成了當代病

　　超人藝術家已死

　　藝術家的美學

　　美在當下

　　對真實的信念

　　理性與精神

　　觀點即意識

　　時間、空間與禪

　　形式與形象

　　具象與抽象

　　文學性與詩意

　　重找繪畫的起點

　　溶解東西方的水墨

　　意境與自在

　　一句實在話

　　4 月，筆者被單位（羊城晚報）派到澳門參加京劇節的採訪工作，在澳門購買了高行健的長篇小說《一個人的聖經》。

　　該書爲簡體版，2000 年，臺灣聯經出版社授權香港天地圖書公司出版。

　　4 月，《中山大學學報論叢》2001 年第 2 期刊發姜深香、王殿文的文章《個性經驗的物化──淺談〈靈山〉》。

　　摘要：文章從《靈山》的主客觀兩個方面，即創作主體的自我意識表現的需要，及創作客體的形成技巧來詮釋作者的創作經驗。〔註 1235〕

〔註 1235〕《中山大學學報論叢》2001 年第 2 期第 117～119 頁。

4月，《文學自由談》2001年第2期刊發李更的文章《高某獲獎帶來的尷尬》。〔註1236〕

該文的文字敘述表明：該作者對諾貝爾文學獎充滿了愚蠢的偏見和無知。

5月4日，南京大學教授趙憲章完成論文《〈靈山〉文體分析——文學研究之形式美學方法個案示例》。〔註1237〕

5月21日，林兆華的文章《戲劇的生命力》刊發在《文藝研究》2001年第3期上。

林兆華結合自己多年來導演《絕對信號》、《車站》、《野人》、《狗兒爺涅槃》、《風月無邊》、《哈姆雷特》、《三姐妹等待戈多》、《理查三世》及過士行的「閒人」三部曲等劇的創作實踐，闡述了對新時期話劇的理論思索。他認為，惟有中國傳統戲曲能代表中國戲劇，它有三個方面值得我們認真琢磨：一是表現的自由，二是舞臺空間的無限，三是表演的自由王國。

林兆華說：戲曲使我開闊一個大的思路還是在排《野人》的時候。……現在回想起來，我真是特別懷念過去的一種創作狀態。從劇本創作過程開始我們就一起交談，跟演員一塊琢磨，這個怎麼演，那個怎麼作。這種創作狀態和創作空氣是非常有意思的。現在找這個太難了。創作中有的是你事先想好的，有些是這些年輕的藝術家們碰撞出來的火花。這種東西太可貴了。交換意見，不同意的可以互相爭論。排練場上的演員怎樣表演，編劇也隨便來看，和大夥坐在一塊研究。〔註1238〕

5月，《文藝理論與批評》2001年第3期刊發鄭治的文章《也談文學的「政治標準」》和臺灣作家郭楓文章《一個嚴肅的玩笑——2000諾貝爾文學獎縱橫談》。〔註1239〕

前者的文章不知所云。後者則是對高行健的諷刺與否定。

5月，《作品與爭鳴》2001年第5期轉載兩篇文章——鄭凡夫的《2000年諾貝爾文學獎備忘錄》和張慧敏的《中國文壇盛會　為高行健翻案》。

6月10日，中國當代文學研究會起草《關於中國當代文學研究會第11

〔註1236〕《文學自由談》2001年第2期第107～109頁。
〔註1237〕劉再復編、李澤厚、林崗、杜特萊等著《讀高行健》第115～153頁。
〔註1238〕林兆華《戲劇的生命力》，《文藝研究》2001年第3期第77頁，2001年5月21日出版。
〔註1239〕《文藝理論與批評》2001年第3期第33～39頁。

屆年會涉及高行健話題的眞相——致〈作品與爭鳴〉雜誌的公開信》。〔註1240〕

　　信件內容全文如下：

　　《作品與爭鳴》雜誌：

　　中國當代文學研究會於 2000 年 11 月 5 日至 11 月 8 日在廣東肇慶舉行的第十一屆年會，主要的議題是：1、中國當代文學史的寫作問題；2、90 年代文學的發展態勢問題，會議採取大會發言與分組討論相結合的方式，就以上兩個話題進行了廣泛而充分的研討，有七十餘位與會者先後發言，在會議結束前的一個單元（即 11 月 8 日下午），應與會者的要求，安排了一次自由討論，意在兩個專題之外，就當下的一些文學熱點問題進行學術探討與交流。在這次自由討論中，共有八位同志發言，其中兩位同志的發言涉及到高行健。一位是第四位發言的來自暨南大學的姚新勇，他指出這次諾貝爾文學獎授予了高行健，而對於高行健，我們知之甚少，又不便談論，這實在是我們的一個恥辱。當時主持討論的白燁同志，接到會場傳來的紙條，要他介紹國外華文界對高行健獲獎的反應（他剛從美國訪學歸來），他便接著話題說，高行健獲獎的事剛剛發生，我們个娶過於性急，對此事應取平和的態度和長遠的眼光。關於國外的反應，白燁介紹說，總的反應肯定的多，但在具體評價上有許多不同的看法。接下來，就由別的同志繼續發言，話題也轉入別的問題。

　　參加此次年會的來自香港中文大學的研究生張慧敏，就此次年會從她的角度寫了綜述報導，其中有關高行健的話題，她把會上和會下談到的都寫入了文章。此文在《明報》、《亞洲週刊》發表時，編輯又對文章的大小標題作了根本性的改動，不僅有意突出了有關高行健的內容，而且把年會的整個主題歪曲爲「爲高行健翻案」，這就完全背離了年會的實際主題，不說是惡意「栽贓」，也至少是有意強加。香港某些媒體爲了其政治的或商業的目的，對某些敏感話題的肆意利用，於此可見一斑。

　　我們知道此事後，即找了作者張慧敏瞭解內情，張慧敏於今年 3 月來到北京，向研究會副會長白燁、楊匡漢，副秘書長孟繁華等，解釋了她被香港某些媒體所利用的內情，並就她好心辦了壞事給研究會帶來的不良影響表示眞誠的道歉。

〔註1240〕《關於中國當代文學研究會第 11 屆年會涉及高行健話題的眞相——致〈作品與爭鳴〉雜誌的公開信》，中國當代文學研究會，《南方文壇》2001 年第 6 期。

　　這樣嚴重失實的文章，出現在香港的一些報刊，確實不足爲奇。而想來面目比較嚴肅的《作品與爭鳴》雜誌對境外的此類文章不加分析、不做調查，於 2001 年第 5 期全文予以轉載，其用意何在，實在令人費解。

　　談到高行健的那次討論會，當時年會的第十二期「簡報」作了客觀而眞實的記述，現予附上，權作佐證。

　　爲了澄清眞相、以正視聽，懇望貴刊將此信與年會的第十二期「簡報」一同刊出。

　　如貴刊拒發此信，我們將選擇有影響的文學雜誌公開刊登此信及有關簡報。

中國當代文學研究會

2001.6.10

　　6 月，《沒有主義》一書臺北聯經初版第四刷。

　　7 月，（臺北）聯合文學出版社有限公司推出高行健的著作《母親》初版。〔註 1241〕

　　該書收入了高行健《諾貝爾文學獎領獎答謝詞》、凌拂《眞實的童話》、高行健的三篇小說《母親》、《你一定要活著》、《給我老爺買魚竿》。此書使用漫畫插圖（沒有注明畫者的名字，風格很像幾米）。

　　8 月，（臺北）聯合文學出版社有限公司推出高行健的著作《高行健短篇小說集（增訂本）》初版。〔註 1242〕

　　該書目次如下：《諾貝爾文學獎領獎答謝詞》、《文學的理由》、《朋友》、《你一定要活著》、《雨、雪及其他》、《路上》、《二十五年後》、《花環》、《海上》、《鞋匠和他的女兒》、《花豆》、《圓恩寺》、《母親》、《侮辱》、《河那邊》、《公園裏》、《車禍》、《抽筋》、《給我老爺買魚竿》、《瞬間》、《跋》。

　　此書的跋用的是高行健 1987 年 11 月 2 日在北京寫作的一篇短文。

　　8 月，《文學自由談》2001 年第 4 期刊發王文初的文章《有關高氏獲獎的幾篇文章讀後》。〔註 1243〕

〔註 1241〕高行健著《母親》，臺北聯合文學出版社有限公司 2001 年 7 月初版，2003 年 4 月 20 日初版 14 刷。

〔註 1242〕高行健著《高行健短篇小說集（增訂本）》，臺北聯合文學出版社有限公司 2001 年 8 月初版，2003 年 9 月 15 日初版 9 刷。

〔註 1243〕《文學自由談》2001 年第 4 期第 27～34 頁。

　　該文提出三個問題：高行健是中國作家嗎？中國人的內心是外國人無法真正進入的嗎？是青澀棗還是酸葡萄？對當下大陸的主流意見進行質疑和批判。

　　8 月，《北京社會科學》2001 年第 4 期刊發宋建林的論文《新時期現代主義的論爭與反思》。〔註 1244〕

　　9 月，《世界華文文學論壇》2001 年第 4 期刊發香港老作家王尙政的文章《也曾走過〈靈山〉一段路》。〔註 1245〕

　　該文表達了對高行健作品和其文學觀的否定。

　　10 月 2 日下午，高行健與黃春明在臺灣宜蘭縣政府文化局演講室對談。〔註 1246〕

　　10 月 4 日下午，高行健與陳郁秀對談臺灣文化。〔註 1247〕

　　10 月 4 日、5 日，《作家的心靈之路——高行健與黃春明對談》一文刊發在臺灣《自由時報副刊》，記錄整理人爲蔡淑華。〔註 1248〕

　　10 月 5 日～11 月 10 日，《墨與光——高行健近作展》在臺灣歷史博物館展出。主辦單位爲行政院文化建設委員會、承辦單位爲歷史博物館、協辦單位爲聯合報、民生報和財團法人公共電視文化事業基金會。〔註 1249〕

　　10 月 7 日上午，高行健與葉石濤在臺灣文學館對話。之後整理爲《土地、人民、流亡——葉石濤、高行健文學對話》（記錄整理人爲徐碧霞）。〔註 1250〕

　　10 月 8 日上午，「與高行健談文說藝座談會」在臺灣中山大學舉行，主持人爲臺灣中山大學文學院院長蘇其康，主講人包括臺灣中山大學教授余光中、臺灣大學教授胡耀恒、作家高行健、臺灣歷史博物館館長黃光男、

〔註 1244〕《北京社會科學》2001 年第 4 期第 71～79 頁。
〔註 1245〕《世界華文文學論壇》2001 年第 4 期第 66～69 頁。
〔註 1246〕高行健著《論創作》第 228～239 頁，臺北聯經事業股份有限公司 2008 年 4 月初版。
〔註 1247〕《陳郁秀與高行健對談臺灣文化》（紀錄整理人爲李國英），原載《高行健臺灣文化之旅》，行政院文建會 2002 年出版。收入高行健著《論創作》第 264～275 頁，臺北聯經事業股份有限公司 2008 年 4 月初版。
〔註 1248〕高行健著《論創作》第 228～239 頁。
〔註 1249〕畫冊《墨與光》，臺北文建會 2001 年 10 月初版。
〔註 1250〕原載《高行健臺灣文化之旅》，行政院文建會 2002 年出版。收入高行健著《論創作》第 240～263 頁，臺北聯經事業股份有限公司 2008 年 4 月初版。

臺灣學術交流基金會執行長吳靜吉。〔註1251〕

10月，（臺北）聯合文學出版社有限公司推出高行健戲劇作品集十冊，包括《車站》、《絕對信號》、《野人》、《彼岸》、《獨白》、《冥城》、《聲聲慢變奏》、《山海經傳》、《逃亡》、《生死界》、《躲雨》、《對話與反詰》、《夜遊神》等十三個劇本，所收依照時序排列。〔註1252〕

這是高行健在臺灣發行最完整的戲劇作品集，其中除了《彼岸》、《冥城》、《山海經傳》、《逃亡》、《生死界》、《夜遊神》、《對話與反詰》、《聲聲慢變奏》等曾收錄於帝教出版社所出版之「高行健戲劇六種」外，其餘均為首次在臺出版。各劇本之末均附有作者對演出的建議與說明，供演出時參考之用；每冊均收錄《要什麼樣的劇作》，闡述作者之戲劇理念；每冊均收錄高行健創作年表。〔註1253〕

《高行健戲劇集1車站》中還收入了《隔日黃花》一文，是高行健1991年11月2日寫於巴黎的文章。此文談先鋒戲劇在中國大陸的風風雨雨，從《絕對信號》、《車站》到《野人》。〔註1254〕

《高行健戲劇集3野人》附錄部分還有《我的戲劇觀》。〔註1255〕

《高行健戲劇集4彼岸》收入了《彼岸》和《獨白》兩個劇作，還附錄《關於〈彼岸〉》。〔註1256〕

《高行健戲劇集5冥城》收入了《冥城》和《聲聲慢變奏》兩個劇作。〔註1257〕

《高行健戲劇集6山海經傳》標注是三幕諸神的悲喜劇。〔註1258〕

《高行健戲劇集7逃亡》附錄還有《關於逃亡》及《我的戲和我的鑰匙》。〔註1259〕

〔註1251〕《與高行健談文說藝座談會》（摘錄），紀錄整理人：李國文，原載《高行健臺灣文化之旅》。

〔註1252〕編輯說明，臺北聯合文學出版社有限公司2001年10月初版。

〔註1253〕編輯說明，臺北聯合文學出版社有限公司2001年10月初版。

〔註1254〕《高行健戲劇集1車站》第121～137頁，臺北聯合文學出版社有限公司2001年10月初版。

〔註1255〕《高行健戲劇集3野人》，臺北聯合文學出版社有限公司2001年10月初版。

〔註1256〕《高行健戲劇集4彼岸》，臺北聯合文學出版社有限公司2001年10月初版。

〔註1257〕《高行健戲劇集5冥城》，臺北聯合文學出版社有限公司2001年10月初版。

〔註1258〕《高行健戲劇集6山海經傳》，臺北聯合文學出版社有限公司2001年10月初版。

〔註1259〕《高行健戲劇集7逃亡》，臺北聯合文學出版社有限公司2001年10月初版。

《高行健戲劇集 8 生死界》收入《生死界》和《躲雨》兩個劇作，附錄還有《另一種戲》。〔註 1260〕

10 月，畫冊《墨與光──高行健近作展》由臺灣歷史博物館編輯委員會編輯、臺北文建會初版。

該書為中英文雙語，目錄如下：

序	陳郁秀
高行健的水墨天地	黃光男

圖版

年表

11 月 11 日，在巴黎寫作《我的西班牙》。〔註 1261〕

12 月，在巴黎寫作《文學的見證──對眞實的追求》，此文是作者 2001 年應邀在瑞典學院舉辦的諾貝爾文學獎百年大慶學術研討會上的演講。〔註 1262〕

12 月，《南方文壇》2001 年第 6 期刊發《關於中國當代文學研究會第 11 屆年會涉及高行健話題的眞相──致〈作品與爭鳴〉雜誌的公開信》和《中國當代文學研究會第十一屆學術年會簡報》。〔註 1263〕

這個信息折射了高行健獲諾獎後，中國大陸學界和文壇牽涉到域外媒體後更加擾攘喧囂的混亂場景。〔註 1264〕

這一年，趙毅衡的著作《建立一種現代禪劇──高行健與中國實驗戲劇》在香港出版。〔註 1265〕

該書目錄如下：

導論

　　1、中國實驗戲劇：運動及運動之後

　　2、批評面對創作，我面對高行健

〔註1260〕《高行健戲劇集 8 生死界》，臺北聯合文學出版社有限公司 2001 年 10 月初版。

〔註1261〕高行健著《論創作》第 338～340 頁，臺北聯經股份有限公司 2008 年 4 月初版。

〔註1262〕高行健著《論創作》第 16～28 頁，臺北聯經股份有限公司 2008 年 4 月初版。

〔註1263〕《關於中國當代文學研究會第 11 屆年會涉及高行健話題的眞相──致〈作品與爭鳴〉雜誌的公開信》，中國當代文學研究會，《南方文壇》2001 年第 6 期。

〔註1264〕莊園著《個人的存在與拯救──高行健小說論》第 278 頁。

〔註1265〕趙毅衡著《建立一種現代禪劇──高行健與中國實驗戲劇》，香港天地圖書有限公司 2001 年。

3、戲劇我，戲劇她，禪與主體

4、平常語

5、如何克服語言障

6、現代禪劇在世界戲劇史上的地位

附錄1：高行健作品集

附錄2：關於高行健的評論

這一年，劇作《週末四重奏》（修訂本）由臺北聯經出版公司初版。〔註1266〕比利時出版《高行健戲劇集之一》的法譯本，收入《逃亡》、《生死界》、《夜遊神》、《週末四重奏》、《對話與反詰》。瑞典大西洋出版社出版《高行健戲劇集》瑞典文本，收入《生死界》、《對話與反詰》、《夜遊神》、《週末四重奏》，譯者馬悅然。英國出版《靈山》英譯本，譯者陳順妍。德國柏林藝術計劃出版高行健和楊煉對談《流亡使我們獲得什麼？》德譯本。巴西出版《靈山》葡萄牙譯本。意大利出版《文學的理由》、《給我老爺買魚竿》及《流亡使我們獲得什麼》意文本。西班牙出版《靈山》西文本、卡達蘭文本。墨西哥出版戲劇集《逃亡》，同時收入了《生死界》、《夜遊神》、《週末四重奏》。葡萄牙出版《靈山》葡文本。日本集英社出版《一個人的聖經》，譯者飯冢容。韓國出版《靈山》韓文本。德國出版短篇小說集《海上》和《靈山》德文本。斯洛文尼亞出版《給我老爺買魚竿》斯文本。馬其頓出版《給我老爺買魚竿》馬文本。〔註1267〕

《叩問死亡》一劇由法國博馬舍戲劇協會於巴黎法蘭西喜劇院小劇場舉行排演朗誦，導演朗西納克。〔註1268〕法國亞維農戲劇節上演《對話與反詰》（高行健執導）和《生死界》，還舉行《文學的理由》表演朗誦會。瑞典皇家劇院演出《生死界》和江青編導與表演的《聲聲慢變奏》。臺灣聯合報舉辦《夜遊神》的排演朗誦會。臺灣中山大學授予高行健榮譽文學博士學位。香港無人地帶劇團演出《生死界》，導演鄧樹榮。美國劇場演出《彼岸》。

〔註1266〕高行健著《靈山》第554頁，臺北聯經出版事業股份有限公司2010年3月初版第37刷。

〔註1267〕劉再復著《再論高行健》第235～238頁。

〔註1268〕高行健著《叩問死亡》第53頁，臺北聯經出版事業股份有限公司2004年4月初版。

　　法國亞維農在大主教宮舉辦高行健繪畫大型回顧展。臺灣亞洲演藝中心舉辦高行健個人畫展。臺灣歷史博物館舉辦「墨與光——高行健近作展」。美學評論、畫冊《另一種美學》由臺北聯經出版公司初版。香港倡藝畫廊舉辦高行健個人畫展。德國弗萊堡莫哈特藝術研究所舉辦高行健個展並出版畫冊《高行健水墨 1983～1993》。意大利出版高行健畫冊《另一種美學》意文本。〔註1269〕

2002 年　62 歲

　　4 月，臺灣《華岡藝術學報》2002 年第 6 期刊發李啓睿的論文《試探高行健「三重性表演」的實踐方法——以第三人稱表演爲例子》。

　　論文摘要：本文旨在論述高行健三重性表演的實踐方法，尤其著重探討第三人稱表演的詮釋法則。高氏主張，表演者在自我與角色間尚有一「中性演員」的過渡地帶，表演者在進入角色的過程及在扮演角色的同時不必完全投入角色，應時時與角色保持距離，兼具「體驗角色心理」與「觀審自身表演」於一身，使表演具有收放自如的張力。本文即企圖將高行健三重性表演的理論與實踐結合，並以高氏劇作爲例，將詮釋方法具體化且進行分類，以奠定三重性表演理論成爲一廣受重視表演學派的基礎。本文分爲三大部分。第一部分敘述表演者與角色的關係，並舉出幾種因應三重性表演的暖身方式和排演方法。第二部分爲本文重點，主要論述三重性表演的表演技巧，歸納出幾種詮釋法則與高行健的「人稱轉化式」劇作相呼應。第三部分探討三重性表演尚待釐清之處，提出關於中性演員是否外現的疑慮及高氏劇作中的人稱指代問題。〔註1270〕

　　6 月 8 日，參加在愛爾蘭都柏林舉行的，由美國國際終身成就學院主辦的「世界高峰會議」，並接受由學院頒發的金盤獎。與高行健同時獲獎的有美國的前總統克林頓、前國務卿基辛格、愛爾蘭總理艾恒、阿富汗臨時總統卡薩、巴基斯坦前總理貝布托，以及 2000 年諾貝爾物理獎得主克洛瑪，和平獎得主、南韓總統金大中等，頒獎儀式上，高行健發表演講《必要的孤獨》。〔註1271〕

〔註1269〕劉再復著《再論高行健》第 235～238 頁。
〔註1270〕來自華藝臺灣學術文獻數據庫，該數據庫2018 年 4 月～6 月在汕頭大學免費試用，筆者 4 月 13 日下載。
〔註1271〕劉再復著《再論高行健》第 97 頁。

6月，《戲劇》雜誌2002年第2期刊發賈冀川的論文《高行健——中國話劇藝術的叛逆者》。

摘要：高行健是中國話劇藝術的叛逆者。他反對中國話劇長期形成的封閉狹隘的傳統戲劇意識，確立了開放而寬容的自覺進行戲劇自身建設的現代戲劇意識。他反對中國傳統的以戲劇文學爲核心的「易卜生－斯坦尼斯拉夫斯基」模式，強調戲劇藝術本質上是一種表演藝術，並進而探索了戲劇藝術的劇場性、假定性和敘述性，重新認識了戲劇語言，最終建立了「絕對的戲劇」的戲劇理想。中國話劇藝術經過高行健的探索已很難再簡單地稱爲「話劇」。高行健的叛逆精神是寶貴的財富。

作者是南京師範大學講師，文學博士。〔註1272〕

6月，《松遼學刊社科版》2002年第3期刊發劉忠惠的文章《對高行健文學作品表達中的人稱層次感悟》。

摘要：高行健文學作品表達在以人稱代替人物，由「我」、「你」、「他」（她）的相互轉換形成作品的層次，再進行互爲隔斷，編織成明暗兩條線索，像麻繩一樣跳躍著推進故事情節的發展和人物靈魂的再現，爲新時期「大散文」式的「美文」創作提供不可多得的經驗。

作者爲浙江東方學院新聞系教授。〔註1273〕

7月11日，《必要的孤獨》一文刊發在臺灣《聯合副刊》上。〔註1274〕

8月，張學正等主編的《文學爭鳴檔案：中國當代文學作品爭鳴實錄（1949～1999）》由南開大學出版社初版。

這部比較全面、系統地記述新中國成立50年來大陸文壇作品爭鳴與批判實況的書，其所選的「爭鳴作品」包括三部分：1、對於思想內容、創作傾向、藝術形式、表現手法等評價上存在重要分歧、產生較大爭議的作品；2、由於種種原因受到公開批判的作品；3、一度受到批判後又平反的作品。全書收入在文藝界和全國產生過重大或較大影響的爭鳴或批判作品條目625個，共分七個部分，即：詩歌、散文及報告文學、短篇小說、中長篇小說、戲劇及戲曲與曲藝、電影、電視劇。作品條目先按文體分類，每一類則按作

〔註1272〕《戲劇》雜誌2002年第2期第74～80頁。
〔註1273〕《松遼學刊社科版》2002年第3期第35～37頁。
〔註1274〕高行健著《論創作》第341～343頁，臺北聯經股份有限公司2008年4月初版。

品發表的時間順序排列。〔註1275〕該書與高行健相關的條目放在「戲劇、戲曲和曲藝」中，包括《絕對信號》、〔註1276〕《車站》〔註1277〕、《野人》三個劇作。〔註1278〕

9月中旬開始，一連三個月在內湖臺灣戲專執導戲劇《八月雪》。該戲是他歷年來自編自導的戲劇中，規模最大的一齣，除了動員五十名京劇、雜技演員，還有五十人大歌隊、近百人的交響樂團和打擊樂。

周美惠在《雪地禪思──高行健〈八月雪〉現場筆記》一書的《楔子》中寫道：

「八月雪，好生蹊蹺──」

舞臺上，諾貝爾文學獎得主高行健坐導演椅，俯瞰臺下眾京劇演員排演《八月雪》。演員既念又誦且唱，他們的聲腔聞所未聞、身段前所未見，這戲既像話劇、京劇、歌劇和舞劇，又都不是；它是高行健口中所稱的「四不像」，又是「全能的戲劇」。

由於演出者編制超大，臺灣戲專劇團原有的排練場不敷使用，借用該校表演廳中興堂充當排練場，原來的舞臺善不敷使用，於是導演上了臺，演員在臺下排戲。〔註1279〕

演員排演時，既無任何「儀式性」的訓練，也沒有坊間所謂的「禪修」，更找不到一般人認知的「禪」姿勢。他所謂的「禪狀態」，著重在「此刻當下，進入「直接感受的狀態裏頭」。

這種找不到任何形式的「禪狀態」，得靠高行健的「口傳心授」，他常常在演員完成一個階段的排演時開講，充滿智慧哲理的禪悟，往往讓排演場在瞬間轉化為「參堂」。演員戲稱，排《八月雪》像是來「修行」，而這修行的內容與眾不同，讓演員們既愛又怕。喜的他給的空間很大，可自由發揮；麻

〔註1275〕張學正等主編的《文學爭鳴檔案：中國當代文學作品爭鳴實錄（1949～1999）》第3頁編寫說明，南開大學出版社2002年8月第1版第1次印刷。

〔註1276〕撰寫人為田旭修，張學正等主編的《文學爭鳴檔案：中國當代文學作品爭鳴實錄（1949～1999）》第599～600頁，南開大學出版社2002年8月第1版第1次印刷。

〔註1277〕撰寫人為田旭修、張普，張學正等主編的《文學爭鳴檔案：中國當代文學作品爭鳴實錄（1949～1999）》第605～608頁。

〔註1278〕撰寫人為田旭修，張學正等主編的《文學爭鳴檔案：中國當代文學作品爭鳴實錄（1949～1999）》第617～619頁。

〔註1279〕周美惠著《雪地禪思：高行健執導〈八月雪〉現場筆記》第4頁。

煩的正是空間太大，常讓人摸不著邊際。

　　他們又像是在高行健的嚮導下，來攀爬一座藝術的「靈山」，高行健卻刻意迴避了輕車熟徑，另闢千折百回的崎嶇蹊徑，讓眾人「只緣身在此山中，雲深不知處。」

　　在排練的當下，高行健常直覺地給表演者反應，他經常連聲叫好，甚至外帶鼓掌。有時演員的表現似乎也喚起他的演藝細胞，他在臺上不時會模擬各種姿態、聲腔，比劃一番。

　　在鼓舞的同時，他對藝術要求的高標準、給演員的刺激也等量齊觀。高行健本身的創作拋棄任何已經證明是成功的程序、堅持「不賣古董」，他也要求京劇演員打破程序，傳統的京劇程序在《八月雪》裏「廢了」。

　　高行健在排演場一再要求演員「放下架子」，最常說的是：不要這個，不要那個，再修一下……」演員再也沒有程序可以倚靠，他們得重新創造一套屬於《八月雪》的肢體語言。

　　聲腔也是新創的，大家稱之為「八月雪的聲音」，表明它的與眾不同。音樂帶給演員的壓力，自排戲以來，一直是個大挑戰。傳統跟著胡琴、鑼鼓點數心板，節拍自由的唱誦，排練時已被鋼琴、管絃樂取代，抓節拍是個讓人抓狂的夢魘……

　　在演員心目中，高行健是位「溫柔而嚴厲」的導演，雖然他從沒有「大聲」說話，沒發過一次脾氣，從不罵人，但他只需幾句輕描淡寫的話語，就能讓演員充分感受到「壓力」。

　　天外飛來一筆的是，高行健在拍戲兩個月後，因排戲庶務繁雜過度勞累，一度因高血壓住院休養，差點得開刀。但他依舊支撐著病弱的身體到排演場，他為戲拼命的精神感動了所有人，而這場無預警的意外竟不經意為《八月雪》再添戲劇化的一章……〔註1280〕

　　周美惠在《八月雪現場排演目擊週記1》裏的《放下》一節中寫道：

　　「放下」是解讀《八月雪》的一把重要的鑰匙。高行健說，「慧能啓發我，什麼都能放下」。所謂的「放下」指的是「活在此刻當下」。排演《八月雪》的過程中，他一再要求演員「放下（京劇）架子。」

　　高行健九月中旬自法來臺，一連三個月在國立臺灣戲專率五十名京劇演

〔註1280〕周美惠《楔子》，周美惠著《雪地禪思：高行健執導〈八月雪〉現場筆記》第
　　　　　1～8頁。

員排演《八月雪》，每週排練五次。

演出經驗豐富的吳興國坦承，演員們目前最大的困擾是，如何把語言「鑲」進不確定的節拍裏、控制在四小節或六小節內說完。念白時又得呈現生活化的語言，不能變成「數板」或 rap（饒舌），這形成一種「既自由又不自由」的衝突性，考倒了所有戲曲演員。

周美惠在「週記 2」《心經》一節中寫道：

《八月雪》第一幕第二場中段，五祖弘忍夜半傳法與衣缽給慧能。扮演弘忍的葉復潤問：「汝從外來，門外有何物？」演慧能的吳興國答：「大千世界，日月山川，行雲流水，還有風風雨雨……癡男怨女一個個弄得倒四顛三。到此刻，夜深人靜，唯獨才出世的小兒在啼哭。」

這大段念白的同時，吳興國在排練地毯上滿場飛。先試一個虎虎生風的「大鵬展翅」、一轉瞬來個「鷂子翻身」、繼而「金雞獨立」、「睡臥參堂」，其間還加上虛擬的流水等手勢。

這段由吳興國自行精心設計的身段，在十月十四日排練時首度亮相。但高行健看過以後，要求他「從容、簡化」不必被劇本的語言左右，「要把所有解說性的身段，像是小兒、睡覺、顛三倒四等，統統化解爲抽象的節奏和姿態，再做個完全不一樣的來！」

高行健的指示，讓吳興國一時之間難以接受，他忍不住回話：「我的身段很難不受劇本語言的左右」，況且戲曲演員一旦熟悉了某些動作，「一樣可以很從容！」拗不過導演，吳興國隨即在排練場的一個角落裏，重新安排身段。

再次上場，吳興國身上來自傳統京劇程序的斧痕大幅縮減，而較向現代舞傾斜，他的動作也簡化了許多。

排練結束後，吳興國自省，高行健是要：「用我的肢體的禪悟，回應他語言中的禪悟。」對他而言，最大的壓力來自於腦袋已經想通這個了，但非要先把語言熟背到「你根本不再想它了，才能再做出另一套動作。」目前的難處是，這戲「是舞蹈，也不是舞蹈。是戲劇語言，也不是戲劇語言。有節奏，有時也沒節奏。有跳舞，也不在跳舞。」

《八月雪》女主角蒲聖涓遭遇的挑戰更大。攻青衣的她，坐科至今二十多年來，從沒碰過其他劇種。導演要求的「四不像」原則和編舞林秀偉設計以舞蹈動作取代過去老師「不允許青衣做的扭腰」等姿態，她實在覺得「彆扭」。目前她努力的目標是盡可能向舞蹈靠攏，前提是：「我自己得做的自在，

觀眾才可能感到舒服。」

　　編舞林秀偉冷眼旁觀這場排練，她解析，吳興國的表演方式，一向「很戲劇化」，這次他卻好像被導演「廢了武功」一樣，全然被制約住了。林秀偉她很好奇，再排練下去，他們兩個人的衝突點會在什麼時候「爆發」出來？

　　林秀偉的「預言」猶在耳畔。讓人無法預料的是，第二天上午，她帶著群眾演員花了足足三小時編排的群舞戲，當天下午即遭到高行健全盤「推翻」。這場戲裏，僧人惠明（黃發國飾）夥同僧眾追殺剛得到五祖衣缽的慧能。林秀偉編排一段熱鬧非凡的群舞（武）場面，還讓眾僧相疊從人身上踏過，卻沒有獲得高行健的首肯。林秀偉苦笑，大家現在有點像是在解讀高行健個人的「心經」了。

　　扮演五祖弘忍的葉復潤體會又不同。他說，表現上高行健好像讓大家「破功」，其實他在破除表象的程序時，極力保持了京劇的內涵和底蘊，他希望演員能呈現「仿如敦煌壁畫佛教造像的雕塑感」。廢了武功（固定程序）後，大家得各自尋找一套新的詮釋，當外形簡化到極致，就會提煉出來屬於內在的、心靈的語彙。〔註1281〕

　　10月17日，《八月雪》的排練進展到了第二幕。

　　周美惠在「週記3」《化為棋子》中寫道：

　　經過一個月來的努力，總共三幕九場的歌劇《八月雪》，第一幕的三場戲大致有了個雛形。第二幕的排法和第一幕的程序相仿，一樣先從聽音樂、讀劇開始。演員人手一冊《八月雪》第二幕總譜，先聽聲樂指揮蔡淑慎隨著預錄的電子合成音樂念兩遍，再由演員一個個讀劇。回想上個月大夥兒剛拿到第一幕歌劇總譜時，那種既震撼又惶恐，覺得「完蛋了」的心情，這回大家好多了。

　　第二幕的音樂較第一幕「安靜」，沒有上一幕的激烈、動盪，是一種「近乎不動」的平穩，卻又極具張力。

　　讀劇之前，高行健先為大家說戲。第二幕非常平穩不像第一幕有追趕等激盪場面，許多場景幾乎不動。高行健對整個第二幕的戲劇要求是：沒有激烈動作、沒有奔跑、沒有喧鬧，都沉浸在「看似很靜，但有很大張力」的氛圍裏。第二幕裏多餘的手勢都沒有了，最多就是慧能灌頂式的一個手勢，不

〔註1281〕周美惠著《雪地禪思：高行健執導〈八月雪〉現場筆記》第21～25頁。

要隨便做什麼。要非常乾淨、凝練，呼吸不能斷。

一開場的「風幡之爭」，一群和尚爭論是「風動」還是「幡動」？眾人上場時，以橫向移動，每個人找到自己的「格子」就定位，當進行充滿機鋒的禪式論證時，高行健要求它們像「走棋」或向前或退後，或左或右，「就像棋子一樣」隨地板上的「棋盤」走一格、二格，這時候得非常沉靜，「高度集中在呼吸的調節。」

對著陌生的「棋步」，一向自由慣了的京劇演員，不時會站錯格，或沒有精確站對位置，排演時，高行健一急，乾脆就走下舞臺調整「棋人」。

離開排演場，高行健在他下榻的飯店裏，也有那麼一副棋子，這是街上買來的跳棋，他用來規劃演員的走位，高行健一面聽《八月雪》的音樂帶、手中一面掐個碼表，以棋代人走位。他排戲一向精準，依過去的經驗，排話劇時每場戲的誤差可以控制在二十秒以內。〔註1282〕

周美惠在「週記5」《音樂家到位》中寫道：

葉錦添為《八月雪》設計一百四十多套服裝，設計的理念主要有兩層考慮，既要有禪意又有兼具時代感。其中有角色、需要特別設計的約三十多套。其餘群眾演員、歌隊穿的僧衣、布衣，層層疊疊多以米色、灰色等色系呈現。

談到這回和高行健合作，葉錦添笑得合不攏嘴，他說，「碰到對的人」就很輕鬆，過去他常為了建立新風格，大費口舌和合作對象溝通。和高行健的合作，彼此「理念相同」，可以做得更細緻、更準確，彼此間藝術的交流也可以更加「不著痕跡」。〔註1283〕

10月25日，《八月雪》排演第三場「開壇」。

周美惠在「週記6」《兩個跨越時空的精神》中寫道：

《八月雪》第二幕第三場，出現兩位跨越時空二百五十年的「角色」：「作家」和「歌伎」：但這是「兩個精神，而不是具體的人物」。高行健說，「作家」象徵禪的精神，「歌伎」是從「生之痛解脫」的女性精神。他們都不在人物之中，而是評說者。

「作家」和「歌伎」首次出現在《八月雪》第二幕第三場「開壇」，10月25日，高行健首次排演這場戲，看了眾人的表演，他的情緒特別亢奮，好像

〔註1282〕周美惠著《雪地禪思：高行健執導〈八月雪〉現場筆記》第28～30頁。
〔註1283〕周美惠著《雪地禪思：高行健執導〈八月雪〉現場筆記》第40～41頁。

連沉寂已久的演藝細胞也被喚醒似的，索性就在舞臺上一一示範，群眾對慧能頂禮慕拜的各種姿勢，有跪著的、有趴著的，還有像西藏苦行僧式全身貼地的頂禮。

　　高行健處理這場戲，群眾的肢體鬆弛而專注，不像一般人刻板印象中，宗師開壇理應肅然，反倒像他的小說《靈山》第六十三章裏描述，他在道觀裏聽老道長論道時，道徒擠坐在一起凝神而率眞的場景。

　　慧能開壇宣法的同時，朱民玲扮演的歌伎懷抱三弦，從舞臺前方穿梭吟唱而過。相似的場面，出現在前一場戲裏，無盡藏和慧能幾乎是平行的兩條線，彼此未能交集。這場戲裏的歌伎和慧能有意無意間竟成交叉線，在某些段落形成禪語的機鋒應對。〔註1284〕

　　劇中的「作家」常被一般人解讀爲現代人或特定人士，其實按照高行健的設定，這是個舞臺形象，而非一般具通常意義、個性意義上的人物。如同歌伎和無盡藏結合爲一個角色，作家也可以視爲慧能的分身，他們都是舞臺形象。高行健要求兩人「都得非常灑脫」。

　　歌伎、作家這兩個跨越時空的人物，在第二幕第三場戲方才出現，讓人驚鴻一瞥。間隔兩場戲後，他們在第三幕最後一場戲引領風騷，成爲從盛唐一路來到晚唐，評說兩百五十年間，禪的歷史和傳說的關鍵性角色。

　　摸索歌伎這名「精神」角色的過程中，朱民玲一度也覺得「好空虛啊！」演個「精神化」的角色，十足讓人傷神。原本不知道「作家」是跨越時空兩百五十年「精神」的闇循瑋，聽了高行健的一番話以後恍然大悟，不過，他還是覺得他演的就是「高行健自己！」〔註1285〕

10月31日，**繼續排演《八月雪》的「開壇講經」。**

　　周美惠在「週記7」《大思想家慧能》中寫道：

　　民間傳說，禪宗六祖慧能是個大字不識的打柴漢；宗教將他神化。高行健編導的《八月雪》以慧能的生平爲本，想展現的是一位有血有肉的「大思想家」。扮演慧能的吳興國被賦予重任，在某個階段裏，他自覺好像「一片片剝落」，擺蕩在慧能的神性與人性之間，怎樣表演才好？耗費琢磨。

　　禪宗由達摩祖師從印度傳到中土，唐代的六祖慧能是個關鍵性人物，高行健認爲慧能對中國的美學、文學和繪畫和文人生活的方式都有很大影響。

〔註1284〕周美惠著《雪地禪思：高行健執導〈八月雪〉現場筆記》第43頁。
〔註1285〕周美惠著《雪地禪思：高行健執導〈八月雪〉現場筆記》第47頁。

　　這樣一位開創性的宗教領袖在《八月雪》第二幕第三場「開壇」講經，底下卻有個小和尚神會吵著要尿尿，眾人嬉笑怒罵。10月31日排演時，吳興國依循著高行健在之前排演第一場時一再強調的「動作還要再簡化」的指示，不敢再有太多表現，也擺脫京劇固有程序，在群眾簇擁下，他從頭到尾一派莊嚴、隆重。

　　此時，高行健又有不同看法。他說，這應該是《八月雪》全劇最輕鬆的一場戲，「慧能是一位非常獨特、非常有個性的人，我不想把他變成神或是宗教領袖。我要的是一個大思想家、一個輝煌的形象。」

　　一般傳說把慧能粗俗化，變成是個普通的打柴漢、一字不識的文盲。高行健不相信。他認為，慧能是因為父親遭朝廷貶官到嶺南、早年失怙，為了自我保護，免於受迫害，所以自稱不識字，這是他的智慧所在。但「他又是一個凡人，有普通人的幽默感、聰明、趣味，甚至狡猾」。

　　慧能既是常人，他有沒有男女之情？高行健不予置評，但劇中歌伎述說女人之痛的時候，他認為慧能是能夠理解的。

　　和第一幕排戲時，相似的場面相比較，同樣是導演不認同演員的表演方式，但吳興國這回的反應大不相同。上次覺得被「廢了武功」的他，這回聽了高行健一席話精神大振，他覺得「我終於可以自由了。」過去被否認掉的身段表演，「突然又恢復了很大空間」。再次上場，他滿帶笑意，現場氣氛果然活潑多了。

　　吳興國分析，《八月雪》從九月中旬開排以來，早已抽離傳統戲曲程序，進入到儀式性甚至是「冥想」氛圍。導演不斷要求簡化之後，他什麼都不敢動，只好擺出一本正經的不變姿態，他這個慧能愈來愈像是「裝出來」的神。此時，所有的程序都用不上、演員幾乎已信心全無。他感覺自己似乎「一片片剝落」。

　　此時，導演在「收得差不多的時候，又開始慢慢放」，才讓他重新有種「遊戲」的輕鬆自在。

　　不只是慧能，高行健也要求群眾演員要有「內心塑造」的感覺，到了第三幕時，所有演員「都是禪精神」的化身。

　　演員感受到「禪」了嗎？新生代京劇笑星趙揚強，這回默默置身在群眾演員當中，他靦腆說：「有時候感受得到，有時候沒有。」也有人果斷回答：「沒有」。扮法海的莫中元則說，他以前參加過禪修班，但和《八月雪》裏所

體會的又不相同。他坦言，高行健的境界太高深，一般人難以參透，但他認同高行健的理念，希望一步一步從寂靜中吸取「禪」的精神。〔註1286〕

10月，《社會科學論壇》2002年第10期刊發余杰的文章《二十世紀中國文學的雙子星座——沈從文和高行健文學道路之比較》。

文章開頭指出：在20世紀中國文學的版圖上，有兩位作家以流浪漫遊的生活體驗為底本，致力於描述南方疆土邊緣的自然風情和人生狀貌。他們擺脫了主流文化的籠罩，將目光瞄準遙遠的「外省」，瞄準另一些擁有真實、純樸、優美而良善的品質的生命形態；他們努力發掘那片被混亂所蹂躪的土地上殘存的自由，並始終保持著堅定的個人信念。正是由於他們獨特的藝術創造和深邃的思想成果，提升了中國當代文學乃至當代漢語文化在世界範圍內的聲譽。這兩位作家就是沈從文和高行健。〔註1287〕

該文分為「永遠的漂泊者」、「文體的變革者」、「新文明的發現者」及「餘論」四個部分進行論述。

11月4日，《八月雪》的服裝設計葉錦添搶著排戲的空檔開始試妝。

周美惠在「週記8」的《變臉》中寫道：

高行健執導的《八月雪》距離開演只剩四十天。隨著演員和導演的默契漸入佳境，排戲速度遞增，為此劇設計服裝造型的葉錦添也不時拿著大批服裝前來試穿，11月4日更搶著排戲的空檔試妝。

這一試，從下午一點直試到晚上九點多。有人一口氣「變臉」四次，試到連化妝師帶來的粉底顏色都不夠用，還未能調好高行健想要的色調。

最受煎熬的是副導演曹復永，兼扮神秀的他，先在臺灣戲專表演廳「中正堂」的化妝間化了個淡妝，急忙又趕回排練場「中興堂」指導演員排練。

高導演不喜歡眾和尚的第一個造型，要求再試一次，沒想到一試再試妝愈化愈重，攻小生、一向以俊臉扮相上臺的曹復永，連試了八、九個鐘頭，嘗到生平從未有過的「變臉」，看看鏡前的自己，他喃喃道：「真像顆紫葡萄」，但高行健希望呈現的顏色是磚紅，他的臉色還得再調一調。惠明的顏色應該是灰綠色，化妝師帶來的粉底，沒這種顏色，也還得再試。

高行健的水墨畫揚名於世，他的色調一向只有黑白的冷色調，原本葉錦

〔註1286〕周美惠著《雪地禪思：高行健執導〈八月雪〉現場筆記》第49～51頁。
〔註1287〕余傑《二十世紀中國文學的雙子星座——沈從文和高行健文學道路之比較》，《社會科學論壇》2002年第10期第4頁。

添一度考慮全部用黑白兩色來化妝，最後設計出的造型是擷取京劇臉譜元素的舞臺妝。

出人意料的是，頭一回試妝的當天，葉錦添設計好的臉譜，淡妝幾乎悉數被推翻。試妝時，葉復潤等人在舞臺上試臺步，往返奔波於化妝間和舞臺，高行健和葉錦添站在觀眾席反覆推敲，現場腦力激盪，決定來個突破性的重妝。

最後，這一大幫和尚全部化上重妝，以大線條、大色塊凸顯人物造型，弘忍是黃、神秀磚紅、惠明灰綠、瘋和尚是黑，他們只強調眉眼、不勾紋路，臉上彩妝的顏色跟著服裝走，未來就連頭套也將一併染色。

相較於這一群意象化的大和尚，演尼姑無盡藏的蒲聖涓和王詩韻，戴上頭套，臉上以灰白粉底外加濃妝；慧能以素淨的本臉示人，「有色、無（本）色」成為劇中人物造型的分隔。

「化妝也是大學問」，高行健說，他不要「現成的」造型，既不要京劇的臉譜，也不要舞蹈、歌劇或話劇的妝，而希望有大格調「與其小化，不如大化」乾脆就把底色加深，顯得有整體的格調。演員分兩個路子走：特別突出的角色，底色會打得很重；其他角色以灰白為基調，再分出濃妝、淡妝的層次。「什麼顏色似乎都有，但也什麼都沒有。」細看似乎有好多顏色，整體來看是灰白的。

對葉錦添來說，這次他最想做到的是「無色」——安靜抽離的冷色調，即連最後用了許多顏色，「意念中也沒有顏色在裏頭」。以有色與無色調形成這兩類人物，營造真真假假的意象，在舞臺上，這些演員就像是「流動的景」，誰演什麼角色已不再重要。〔註1288〕

11月12日一早，臉頰微腫的高行健來到《八月雪》排練場，告訴大家他牙疼須就醫，旋即離去。

周美惠在「週記9」的《高行健累垮了》中寫道：

來臺排演《八月雪》兩個月後，高行健的身體「發現大不美妙的情況」。他因過度勞累，引發高血壓宿疾住進了醫院，連續缺席三天。11月15日他向醫院「請假兩小時」重返位於臺灣戲專的排演場，演員報以熱烈掌聲，他透露未來可能開刀，「希望儘量爭取時間來看排戲……」

《八月雪》的排演行程在11月中旬進入完結篇「大鬧參堂」，這是《八

〔註1288〕周美惠著《雪地禪思：高行健執導〈八月雪〉現場筆記》第53～56頁。

月雪》全劇最複雜、最熱鬧的一場戲，也是高行健最在意的一場戲。沒料到，他剛在 11 月 11 日，按著第三幕歌劇總譜的小節提示演員出場的位置和走位，還來不及正式排戲，第二天他就出狀況了。

12 日一早，臉頰微腫的高行健來到排練場，告訴大家他牙疼須就醫，旋即離去。週三、週四下午，到了該排戲的時間，演員還是等無人，此時傳出他犯了高血壓發現頸部有血塊的消息。

最心急的莫過於副導演曹復永，硬撐全局排戲兩天後，他發覺自己的血壓也升高了。在排練場上，他不時感到暈眩，只得蹲身低頭歇息。

這段期間，被編舞家林秀偉形容是：「佛堂把佛（大禪師）關在門外」。只好隨眾人去大鬧！

之前苦於編舞一再被高行健「退貨」而徘徊在「八月雪門口」的林秀偉，在緊要關頭接手主排「大鬧參堂」的群眾戲，得到大顯身手的機會。但她仍苦惱：「大禪師不時會回來看一下」壓力還是不小。

在此同時，被高行健委以重任的曹復永和吳興國，都允諾高導演：「我們一起來幫你克制那個不安分的林秀偉。」

吳興國分析，林秀偉的藝術外熱內冷，高行健正好相反，他外表戴個「冷酷的面具」，內在卻為了藝術和理想沸騰不已，「偏偏他找了林秀偉來」！

至於「情況不大美妙」的高行健，在缺席三天後重返排練場，沒多久立刻一掃病容，在看過剛排好的「大鬧參堂」後，他連說帶演，立刻又來新靈感：「參堂如戲園，有熱鬧也有趣味」，他說，「這戲已經自己在長了。」

重返排練場的高行健，似乎不再「退貨」，贊許的次數增多，但給的「意見」並沒減少。

高行健認為，「大鬧參堂」並非胡鬧，而是「看眾生相胡鬧，我也在其中」。人生如戲，「參堂也就是人間，你也並非超脫，你也在其中」，雖然如此，但我悟道了、我觀察到：「我也在其中」。「大鬧」非真鬧，演員是遊戲、做戲的大鬧，而從中觀察、得趣，最後抽身、昇華。

11 月 15 日，《八月雪》排演「**參堂後殿起火，群眾亂舞**」。

眾人一上場就有戲謔之意：劇終，鑼聲大作、眾人喧鬧無比。高行健明顯「很有意見」，他說：「要莊嚴上場，愈來愈鬧」，這不是舞劇，「要在跳舞和不跳之間」。

最喧鬧的時刻，參堂後殿火起、群眾亂舞，此時，音樂突然整個安靜下

來了，動作卻愈來愈大，但現場「不出聲」像個夢幻一樣，這時扯鈴的、爬繩的一一上場，瘋和尚站在高臺打鑼，但「沒聲音」，哈哈大笑「也沒聲音」，音樂連續空白十小節，「像個幻覺一樣」。說到這裡，高行健又來新靈感，他想徵求作曲許舒亞和指揮同意，把原本留有十小節的空白，再加上十小節，等音樂結束了，指揮也來一絕，得指揮著「沒有音樂的音樂」，隨即落幕。

高行健的高血壓來勢洶洶，他的生命熱力也同樣高亢。之前他每週排戲五天，還外加開會、熬夜規劃場面、決定大大小小庶務。十一月中旬因病銳減到一週看排戲一次，好好休息幾天後，他吃藥控制血壓，把開刀的事情暫擱一旁，月底工作量又開始遞增，試妝、排合唱隊、總排……他幾乎「每戰必與」，有種「以命相許」的味道。

看到導演這樣拼，眾演員異口同聲，「好感動」，有人還說：「都得諾貝爾那麼大的獎了，實在用不著這麼拼命嘛！」〔註 1289〕

周美惠在「週記 10」的《大鬧參堂》中寫道：

「大鬧參堂」是《八月雪》全劇終，高行健最在意的一場戲。從一般角度的戲劇來看，這戲很「妙」，男女主角：慧能和無盡藏，此時都「不在了」。時空由象徵慧能和無盡藏「精神」的「作家」、歌伎從上一幕的盛唐，飛躍兩百五十年來到晚唐。

高行健在此，甚至挪揄了自己的名字一番：趙揚強扮的俗人丁搬來一木椿，站上去抬腳作站椿狀，一邊誦道：「天行健，君子自強不息！」還沒站穩就被可禪師一棒打倒，罵道：「又一個業障！」〔註 1290〕

11 月 27 日，《八月雪》首度把排演場從內湖臺灣戲專，「轉移」到國家音樂廳 NSO 的排練室，一連三天在這裡練唱。

眾京劇演員頭一回在法籍指揮家馬克托・特曼指揮下，和加起來近百人的管絃樂團，十方樂集打擊樂團一起練唱。提前從法國趕來臺北的大陸旅法作曲家許舒亞才剛下飛機不久，就在高行健、女作家西零、臺灣戲專校長鄭榮興等人陪同下，直奔國家音樂廳旁觀演員練唱。

小小的 NSO 排練室「擠擠」多士，象徵東方文化的京劇演員在此邂逅西方管絃樂，不時出現「異文化交鋒」的場景。NSO 助理指揮林天吉說，這是臺灣音樂史上，頭一遭演出現代歌劇，引起新舊樂迷相當大的好奇。練唱時，

〔註 1289〕周美惠著《雪地禪思：高行健執導〈八月雪〉現場筆記》第 63～64 頁。
〔註 1290〕周美惠著《雪地禪思：高行健執導〈八月雪〉現場筆記》第 65 頁。

NSO 團員顯然對京劇演員和《八月雪》也很好奇。

　　慧能在八月圓寂，相傳當時滿山林木剎時變白，「八月雪」因而得名。
〔註 1291〕

　　《八月雪》的音樂被林天吉評爲「很乾淨」，就在一片空寂冷冽的樂聲中，
忽聞鼓聲震天，平地一聲雷的「棒喝」效果相當震懾。〔註 1292〕

　　《八月雪》動用京劇、雜技演員、實驗合唱團、國家交響樂團 NSO 和十
方樂集打擊樂團，演出者近兩百人，十一月進入逐步「合成」階段。

　　在諸多聲音中，最特殊的莫過於大陸旅法作曲家許舒亞爲《八月雪》裏
四位重要角色設計的「分聲」。

　　男高音方偉臣和男中音高信加，在《八月雪》裏都是吳興國的「分聲」，
前者在慧能中年宣法時「獻聲」，後者在慧能晚年「拒皇恩」時唱道：「自性
迷，眾生即是菩薩，自性悟，菩薩即是眾生……」。

　　不僅演慧能的吳興國有「分聲」，《八月雪》女主角無盡藏、歌伎以及「作
家」也都有「分聲」，在此形成一個許舒亞所謂的「三重空間」。

　　這種音樂的「三重空間」，隨著戲劇進行時的兩線、三線並行，將不同時
空交織並列，有時相互詰問，有時各行其道。有意無意間，暗合高行健的戲
劇理論「表演的三重性」；將演員從自我過渡到角色之間，淨化自我的過程，
幻化爲多重「分聲」，讓演員和角色之間形成一種彼此關注的距離感。

　　和慧能的「大智慧」相比，蒲聖涓以京劇風格的唱誦，凸顯無盡藏深具
哲理的反諷，女高音陳美玲富宗教意涵的靈歌則渲染無盡藏內心的「無盡的
奧義」。歌伎的部分，由花腔女高音總結全劇。

　　這種歌劇和京劇界罕見的「分聲」手法，讓前來「旁聽」的高行健相當
滿意，他強調這是個創舉，這音樂已達到《八月雪》的禪意境，愈來愈接近
他「全能的戲劇」的理想了，陪同他前來的女友西零也細聲細氣的說：「挺棒
的」。〔註 1293〕

　　12 月 19 日，《八月雪》在臺北國家戲劇院進行全球首演。該劇結合了
京劇演員、交響樂、中式打擊樂器和西洋美聲唱法的音樂在歌劇史上屬首
見。〔註 1294〕

〔註 1291〕周美惠著《雪地禪思：高行健執導〈八月雪〉現場筆記》第 71～72 頁。
〔註 1292〕周美惠著《雪地禪思：高行健執導〈八月雪〉現場筆記》第 75 頁。
〔註 1293〕周美惠著《雪地禪思：高行健執導〈八月雪〉現場筆記》第 77～78 頁。
〔註 1294〕周美惠著《雪地禪思：高行健執導〈八月雪〉現場筆記》第 1 頁。

周美惠在《高行健細說〈八月雪〉》中寫道：

要瞭解《八月雪》創作背後的動機，莫過於回溯高行健和禪的淵源，這段因緣可以說在高行健的童年即撒下種子，這和他的故鄉——江西、父母親的信仰和家庭生活密切相關。

文革後，高行健接觸到《金剛經》，認為這是一股前所未有的「清新空氣」，他四處找禪宗資料、閱讀經典、訪和尚；1980 年代，他主張把「禪狀態引入戲劇」、他認為，「禪宗……就其精神狀態而言，是進入藝術創作的一種最佳狀態」，而這種精神源自《八月雪》主人公——慧能。

問：可否回溯您和禪的淵源？

答：我是江西人，江西是禪的故鄉，因為許多著名的禪師是江西人。禪宗從印度由達摩傳到中土，到了第六代的慧能，將禪宗徹底的中國化，禪宗生根，慧能可以說是宗教改革家，他又是一個思想家。

我從小特別喜歡到寺廟去，那裡有一股禪的風味，因此，我對佛教就有一種親近感。我小孩子時代常到寺廟去，江西有很多大寺廟。寺廟對我來說是一個很神秘、很有吸引力的地方，不是個禁忌。當時老要去寺廟吃齋飯，那些和尚恐怕跟我們家都認識，有時好像是去廟裏休息。對小孩子來說，去廟裏是一件很好玩的事情。

那些和尚，有一股雄風。後來果真應證，我兒時所見的，並不是一般佛教寺廟的風格，他們就像《金剛經》記載的一樣。

抗戰期間，我母親在基督教青年會演話劇，這是教會組織的話劇團。我母親也受教會學校教育，我周圍的環境，有很多基督徒，或是年輕的知識分子，那些人不見得都是基督教徒或信徒，但我覺得他們都很和平，很平和，所以我對宗教都有一種親近感。

這也跟我們家風有關係。

我們家講實在話，從來沒有吵架的事情，我爸媽從來不吵架。鄰居說，從來都沒聽過你們家大聲說話，一切都那麼溫和。我想這或許跟我父親親近佛教、我母親親近基督教，這樣的家風有關。因此，我從不覺得宗教是個壓迫，相反的，我覺得宗教是可親的。

這以後，共產黨的教育都是無神論，我年輕的時候也相信無神論，後來愈來愈懷疑這無神論，以及我自己的遭遇，讓我覺得命運之不可測。

真正接觸到禪宗，首先從《金剛經》開始。這也是在文革剛剛結束以後，我在古籍出版社找到了一本影印本的《金剛經》，我立刻很有興趣，對我來講，這可以說是一股非常清新的空氣，把共產黨的教義所講的那種絕對的話、對什麼事情都是斷然、絕對的判斷，一下子粉碎。

我細讀了《金剛經》非常著迷，我覺得一下子就把決然的判斷、都否定掉、瓦解掉。

我當然也對哲學很有興趣。我在大學時，凡是西方翻譯過來的重要哲學著作，我差不多都讀了。我對西方哲學有興趣，但我又覺得西方哲學過於邏輯理性。

我原來也對老莊的思想很有興趣，但《金剛經》是比老莊的思想更為現代得多，一個較為現代的源流，但彼此又有很多吻合之處。

因此我對禪宗的興趣，從此開始了。我認真地去找禪宗的書看，我也到寺廟裏去訪和尚，當時宗教在中國大陸還是相當地招禁，為了接觸這些，多做了很多的工作。我對六祖的壇經、禪宗和禪宗各種公案，都開始有興趣。

我覺得禪和戲劇非常接近。演員訓練就要進入禪狀態。

問：禪的狀態要怎樣進入戲劇中？

答：此刻當下，不容你思考。做戲不是挖空心思的事情，我不只是要做文學劇本。戲劇不僅僅是寫作，戲劇的事情就是此刻當下，一切都在此刻當下發生的。戲劇哪怕只是回憶，如果不放在此刻當下，這個回憶是蒼白無力的。

我不認為禪僅僅是一個宗教，我認為禪是一種生活方式，慧能把禪變為一種思維感知、既是一種哲學又是一個生活方式。禪講實踐，並不講枯坐的修行。擺脫掉邏輯判斷、是非判斷、善惡判斷，就此刻當下見諸本性。這都深深打動我。

問：你曾說：慧能啟發我，一切都可以放下。可否再加以闡述？

答：如果你真活在此刻當下，自然就放下了。過去的包袱也好、未來的妄念也好……自然就放下了。〔註1295〕

問：您的文集《沒有主義》裏提到：「我寫作時不考慮讀者」，請問您寫劇本時，心中有沒有想到觀眾？

答：必須有觀眾，因為戲是給觀眾看的，戲是演的，否則就不必有這個形式了。

〔註1295〕周美惠著《雪地禪思：高行健執導〈八月雪〉現場筆記》第87～91頁。

　　我至少有一個觀眾，我寫戲時，我得看見它在舞臺上怎樣演，怎麼導演、怎麼處理、以及演員怎麼表演，因為我是搞戲、做戲的，不光是提供文學劇本的作家。而且我還有一套表演理論都是跟我的劇本聯繫在一起的。

　　我寫戲，得看見戲怎麼在臺上演，我才能寫得出來，我不是單寫文學劇本交給導演處理的劇作家。我得看見這個戲，換句話說，我的戲絕對有觀眾，第一個觀眾就是我自己。我在寫的時候，我就在觀看這戲，我同時要想到怎麼導、怎麼演，這就跟寫小說不一樣了。〔註1296〕

　　問：你執導過多少齣戲？有沒有哪些戲是你經常在做的？

　　答：我導演過相當多的戲，但我只做我自己的戲，因為我有個特殊的呈現方式，別人要導我的戲，也由他導去。我自己只能接受導我自己的戲，因為沒有那麼多時間來做別的，有很多地方，建議我導這齣戲、導那齣戲，但是我只能接受我自己的戲，現在也無法全部接受，只能有選擇的接受。《生死界》是我導過最多次的，我自己就排過四次，在紐約、雪梨、意大利、法國，四個不同國家的演員、不同劇團，用英文和法文各排過兩次。演員來自多國，有日本和德國、意大利、美國、奧地利、西班牙各國演員。《對話與反詰》也做過三次，巴黎、奧地利、波爾多各一次。〔註1297〕

　　問：您當初和作曲許舒亞，對《八月雪》的音樂討論出基本的方向或構想是什麼？

　　答；基本上，我不要把京劇和西方歌劇做拼貼，要一個全然的創作，不要直接套入京劇的曲式，不用京劇格式化的音樂，聽不出來是京劇最好。我希望全然是個創作，就是許舒亞的音樂。

　　我喜歡許舒亞的音樂，因為他音樂確實寫得很嚴肅。人們都這麼說，在華人作曲家來講，許舒亞的作曲技巧是最現代的。我喜歡他最近的一個舞劇《馬可波羅的眼淚》，他寫得非常好。我很早就認識他，他一直希望我給他寫歌劇劇本。我們一直在談。等譚盾的時間出了問題（無法為《八月雪》作曲）我立刻想到他，譚盾也向我推薦他。許舒亞寫得非常好，而且他跨越了東、西方的界限。〔註1298〕

　　高行健還指出，臺灣的京劇界比中國大陸京劇界的思想要開放得多，

〔註1296〕周美惠著《雪地禪思：高行健執導〈八月雪〉現場筆記》第121～122頁。
〔註1297〕周美惠著《雪地禪思：高行健執導〈八月雪〉現場筆記》第122～123頁。
〔註1298〕周美惠著《雪地禪思：高行健執導〈八月雪〉現場筆記》第109～111頁。

大陸師承的關係很嚴格，什麼都不能動，連唱腔都不能動，思想太保守，而臺灣接觸這麼多的外來文化，跟國外的交流比中國大陸要強的多。再加上臺灣戲劇界沒有大陸戲劇界那麼多包袱，創新、熱情、積極性和思想開放的程度，大陸都無法相比。其中有些人還做過別種戲劇的經驗，像吳興國已經在京劇上做過很多的革新和試驗，他本身不斷地創造，他又演電影、又演戲劇，又搞現代舞。還有，這跟臺灣戲專的校風也是有很重要的關係。戲專校長鄭榮興這麼開放的鼓勵大家來參與。戲專是個培養傳統戲曲演員的學校，但他又鼓勵他們的演員做新的創造，演員才會有這麼大的熱情來演《八月雪》。〔註 1299〕

12 月，周美惠著作《雪地禪思：高行健執導〈八月雪〉現場筆記》在臺北聯經初版。

該書目錄如下：

楔子：高行健在《八月雪》

本事

《八月雪》現場排演目擊週記

一、放下

二、心經

三、化為棋子

四、尋找八月雪的聲音

五、音樂家到位

六、兩個跨越時空的精神

七、大思想家慧能

八、變臉

九、高行健累垮了

十、大鬧參堂

十一、八月雪有嗎？

十二、分聲

高行健細說《八月雪》

之一：禪的淵源

之二：劇中人

〔註 1299〕周美惠著《雪地禪思：高行健執導〈八月雪〉現場筆記》第 107 頁。

之三：編導

之四：音樂

之五：舞臺美術

之六：談戲劇

之七：你、我、他

大陸旅法作曲家許舒亞與《八月雪》

副導演曹復永看《八月雪》

《八月雪》演員眾生相

吳興國 vs.慧能

蒲聖涓 vs.無盡藏

朱民玲 vs.歌伎

閻倫瑋 vs.作家

大和尚群相

眾生相

《八月雪》創作群聚焦

編舞林秀偉

音樂總監李靜美

法國指揮家馬克・托特曼（Mzrc Trautmann）

資深舞臺設計聶光炎

服裝設計葉錦添

燈光設計菲利浦・葛瑞思潘（Philippe Grosperrin）

附錄

這一年，法國艾克斯－普羅旺斯大學授予高行健文學博士學位。香港中文大學授予高行健文學博士學位。臺灣中央大學授予高行健文學博士學位。臺灣文建會邀請高行健訪臺，出版《高行健臺灣文化之旅》文集。文建會還主辦並出版《八月雪》中英文歌劇本及光碟，臺灣電視臺轉播演出並製作《雪是怎樣下的》電視專題節目。

意大利出版《靈山》意文本。西班牙出版《一個人的聖經》西文本、卡達蘭文本。挪威出版《靈山》挪威文本。土耳其出版《靈山》土耳其文譯本。塞爾維亞出版《靈山》塞爾維亞文譯本。荷蘭出版《給我老爺買魚竿》荷蘭文本。澳大利亞和美國出版《一個人的聖經》英譯本，譯者陳順

妍。美國印第安納大學戲劇系演出《生死界》。韓國出版《一個人的聖經》韓文本。韓國出版高行健戲劇集韓文本，收入《車站》、《獨白》、《野人》。泰國南美出版有限公司出版《靈山》泰文本。以色列出版《靈山》意第緒文本。埃及出版《靈山》阿拉伯文本。加拿大劇團演出《逃亡》。香港英語廣播《週末四重奏》，英國 BBC、加拿大 CBC、澳大利亞 ABC、紐西蘭 RNZ、愛爾蘭 RTE 和美國 La Theatre Works 分別轉播。

西班牙馬德里索非亞皇后國家美術館舉辦高行健個人畫展，出版畫冊 Gao Xingjian。美國出版畫冊《另一種美學》英譯本。臺灣交通大學舉辦高行健個展，出版畫冊《高行健》。〔註 1300〕

2003 年　63 歲

1 月，《理論月刊》2003 年第 1 期刊發劉姝贇、姜紅明的論文《論〈靈山〉與中國人的諾貝爾文學獎情結》。〔註 1301〕

2 月，美國《紐約客》文學月刊刊發短篇小說《車禍》，譯者陳順妍。〔註 1302〕

2 月，《黔東南民族師範高等專科學校學報》2003 年第 1 期刊發薛支川、林阿娟的文章《破與立——高行健 80 年代探索劇初探》。

摘要：20 世紀 80 年代，中國傳統話劇陷入全面危機，不相信「話劇夕陽藝術論」的人們開始了長期、全面的探索，力圖挽回話劇狂瀾。高行健就是這些探索者中傑出的一位，他從傳統話劇「第四堵牆」中突圍而出，在技巧和理論層面上革故鼎新。

作者單位為福建師範大學。〔註 1303〕

3 月 20 日，《戲劇》2003 年第 1 期刊發陳吉德的文章《奔向戲劇的「彼岸」——高行健論》。

內容摘要：從藝術形式上看，高行健積極致力於「完全的戲劇」的探索，其策略是西體中用；從思想內容上看，高行健逐漸脫離了政治，並走向反動，

〔註 1300〕劉再復著《再論高行健》第 238～241 頁。
〔註 1301〕《理論月刊》2003 年第 1 期第 97～99 頁。
〔註 1302〕劉再復著《再論高行健》第 243 頁。
〔註 1303〕《黔東南民族師範高等專科學校學報》2003 年第 1 期第 52～53 頁，2003 年 2 月出版。

這是應該批評的，但他引禪入戲的做法卻是值得讚揚的。

作者爲南京師範大學新聞與傳播學院講師。〔註1304〕

5月，《社會科學戰線》2003年第5期刊發趙毅衡的文章《無根有夢：海外華人小說中的漂泊主題》。

文章提要：本文以聶華苓的《桑青與桃紅》、三毛的《撒哈拉故事》與《哭泣的駱駝》、高行健的《靈山》、黃寶蓮的《暴戾的夏天》及虹影的《阿難》爲研究文本，從華人傳統的民族文化及華人在國外的實際境遇縱橫兩個方向出發，對這些創作於海外的小說的漂泊主題進行深度分析，認爲海外小說中的漂泊主題是海外華人無根狀態的象徵，是海外華人集體無意識的產物。〔註1305〕

6月，美國《紐約客》文學月刊6月號刊發《圓恩寺》，譯者陳順妍。〔註1306〕

8月，《河西學院學報》2003年第4期刊發李春霞、陳召榮的文章《解讀靈山》。〔註1307〕

該文討論以下了幾個方面：三位一體的敘事結構、逃向邊緣的民間情結、精神追尋中的宗教取向、缺陷、心理變態與道德失範。

作者爲河西學院中文系教師。

9月，金介甫著、彭京譯的文章《屈原、沈從文、高行健比較研究》刊發在《吉首大學學報（社會科學版）》2003年第3期。

文章摘要：《靈山》在許多方面繼承了屈原的詩詞傳統，又在描繪西南地域原始的多民族文化方面延伸了沈從文的現代主義傳統。本文對這三位著名詩人和作家作了試探性的比較研究。

文章開篇寫道：

屈原、沈從文、高行健這三位偉大的詩人和作家，從未有人將其串聯比較研究。但我認爲，他們中的任何一位，都能使我們想到其他兩人的偉大。在中國文化中，這三人的人格與其作品同等重要。這三人並不單只由於是作

〔註1304〕《戲劇》雜誌2003年第1期第49～61頁，中央戲劇學院戲劇雜誌社2003年3月20日出版。
〔註1305〕《社會科學戰線》2003年第5期第116頁，2003年5月1日出版。
〔註1306〕劉再復著《再論高行健》第243頁。
〔註1307〕《河西學院學報》2003年第4期第40～43頁。

家而得到頌揚，他們是中國作家道德的象徵。〔註1308〕

作者在注釋中標注：

1983 年秋，沈從文文集的印行在反精神污染的運動中遇到了挫折，高行健的寫作也遇到同樣的命運。〔註1309〕

韓少功的傑作《爸爸爸》中的白癡丙崽重複說著沒有意義的「爸」字，使人聯想起高行健劇本《野人》中劇尾重複的沒有意義的幾個詞語，高的劇本寫於 1984 年，該劇於 1985 年元月上演，發表於 1985 年《十月》第 2 期上。韓少功的《爸爸爸》發表在《人民文學》1985 年第 6 期上。〔註1310〕

9 月，人民文學出版社出版的《王蒙文存第二十二卷》收入了王蒙 1981 年 2 月 17 日寫給高行健的信，文章標題爲《致高行健》。〔註1311〕

10 月 1 日，報導「馬賽高行健年《叩問死亡》獲得滿堂喝彩」、「《叩問死亡》聯合導演　羅曼‧伯南找到西方戲劇更新的契機」、「詮釋豁達的人生態度　狄耶里‧伯克的全新體驗」刊發在《歐洲日報》（法國新聞版、萬象版）、臺灣《聯合報》、《民生報》文化版。〔註1312〕

這一年，劇作《叩問死亡》列入法國馬賽市高行健年藝術計劃，於馬賽體育館劇院首演，由高行健本人和羅曼‧伯南導演。〔註1313〕

「馬賽高行健年」。一個大型畫展、一部電影、一部歌劇和一個戲，還有他的一個研討會。卻是高行健很艱難的一年，也是他的妻子西零憂心忡忡的一年。因爲高行健接連動了兩次手術，身體十分虛弱，需要不斷去醫院檢查。

西零在《馬賽高行健年》一文中寫道：

那些日子，回憶起來已經很遙遠了，高行健獲得諾貝爾獎的消息，出乎所有人的意料，如石破天驚，一時成爲許多報紙的首頁新聞。接著，各種邀請、採訪排山倒海、鋪天蓋地而來，世界變成了一個巨大的漩渦，瘋狂轉動，不肯休止。就算家中的電話插銷拔掉，信件直接打包封存，每天仍然有很多人千方百計找他。不久他病倒了，躺在醫院的病房裏。

〔註1308〕《吉首大學學報》第 24 卷第 3 期第 1 頁，2003 年 9 月出版。
〔註1309〕《吉首大學學報》第 24 卷第 3 期第 2 頁。
〔註1310〕《吉首大學學報》第 24 卷第 3 期第 4 頁。
〔註1311〕《王蒙文存第二十二卷》第 31～34 頁，人民文學出版社 2003 年 9 月出版。
〔註1312〕高行健著《叩問死亡》第 77～92 頁，臺北聯經出版事業股份有限公司 2004 年 4 月初版。
〔註1313〕高行健著《叩問死亡》第 53 頁。

高行健在諾貝爾獎授獎演講詞裏說：「由種種機緣造成的這個偶然，不妨稱之爲命運。」我不知是不是上帝的安排，反正，命運的偶然幫了一個忙，在災難就要發生之際，我有不祥的預感。當時高行健的眼睛已經出現過視覺的故障，還成天在法蘭西劇院排戲，我給他的醫生打了電話。她說要趕緊去看急診。那天晚上，高行健從劇院回來，及時進了急診室，繼而被救護車轉送專科醫院，接連做了兩次大手術。

出院之後，等待他的又是繁重的工作：一個大型畫展、一部電影、一部歌劇和一個戲，還有他的一個研討會，都列入計劃，日程已定，各方的籌備工作也已上馬。而他的身體還沒有完全恢復，十分虛弱，需要不斷去醫院檢查。

我們暫住在馬賽老城的港灣邊，可以憑窗望海，看海鷗飛來飛去。海風吹來，空氣潮濕，還微微帶點鹹味。馬賽市圍繞高行健舉辦一系列活動，這一年，稱爲馬賽高行健年，卻是高行健很艱難的一年，也是我憂心忡忡的一年。

高行健在市政府提供的畫室裏，閉門工作。馬賽位於地中海岸，夏天炎熱，那一年氣溫更是高得反常，可以達到三十幾度。室內並沒有冷氣，到了下午，人感到昏沉沉的。高行健午餐後通常會休息一會兒，然後再接著工作，晚上才離開畫室，沿著老港灣旁的小路，走回住處。

畫展開幕的日子終於到了，我們來到馬賽慈善院博物館。這座十七世紀的三層拱廊建築，中間有教室，由當時著名的建築師皮埃爾·普蓋設計，從前是濟貧行善的地方，環境古樸而幽靜。展覽的主題來自高行健爲此寫的一首詩，題爲《逍遙如鳥》。

走進第一個展廳，見牆壁、天花板、地板都塗成了黑色。黑牆上寫有一行白色的文字「你若是鳥」。這一組畫共八幅，每幅四米長，兩米多高，大片的黑色墨蹟形成的畫面，如大地、山巒、湖泊、海洋。他詩中寫道：「群山移動，一個湖泊在旋轉，猶如思緒，你優游在海與曠漠之間，晝與夜的交匯處……」

第二個展廳整個是白色，如同白雪世界，與前一個展廳一樣由七幅大畫組成，與前一組畫大不相同的是，這一組畫面都以白色爲主，像廣闊無邊的天空，著墨淺淡，配上高行健的詩句：「你就是鳥……」畫面的大片空白寂寞、渺茫，也空靈，讓人冥想，如死亡，又如再生，最後，還是什麼都沒有，只留下一些什麼都不像的痕跡就結束了。

　　展出的一幅幅畫都有連續性，像一首詩。每一組畫，如同詩歌的一個章節。如果用攝相機，從頭到尾慢慢拍攝，影像更能體現畫面流動的感覺。

　　最後一個展廳是老慈善院的教堂，大殿有三十米高，展出的畫作都被放大印製在半透明的化纖布上，高高的穹頂下，正中央掛了一幅；兩旁各有四個石拱，每個石拱裏鑲有一幅，兩側的牆壁上也各掛四幅。正中穹頂下的那幅，十字架上乍看像鳥，細看似人，莊嚴肅穆，又虛無縹緲。兩側呈現出的畫面如天、地、風、雲、水、火，透過背面打來的燈光，感覺更加震撼。

　　當初，市政府問高行健想在哪個博物館辦畫展，他毫不猶豫選擇了老慈善院博物館，因為只有那裡才有教堂；雖然早已經改為博物館，聖像也都不在了，卻依舊是一座莊嚴的聖殿。這時候我明白了，為什麼高行健一直夢想在教堂裏做畫展。當教堂變成一個充滿藝術想像的精神空間，那種效果是在畫廊和美術館裏無法達到的。

　　馬賽老城區的地勢不平，有不少石階路，高高低低，曲曲彎彎。盛夏的一天中午，烈日當頭，高行健走過這裡的時候，兩條腿麻痺了，只好坐在地上。之後，他的身體狀況一直不穩定，又去醫院，看醫生，做檢查，而接下來還要排演，戲名恰是《叩問死亡》——我害怕的字眼，卻是人生無法迴避的主題。

　　人們很容易把這齣戲看成是對當代藝術的嘲諷，其實，這個戲不僅是對藝術的反思，也是叩問生命意義的哲學思考。一個男人被關閉在一個當代藝術的展覽館裏，先是無聊，繼而無助，漸漸變得煩躁和焦慮，同時也擺脫不了自我的糾纏。這是一個從顧影自憐到絕望的過程。他的「自我」由另一個男演員扮演，兩者展開了一場對話，質疑、反思、掙扎、嚎叫，直到死亡；既悲劇，又滑稽，平白一場噩夢，一個人的生命就完結了，而且是結束在當代美術館。這可憐的自我變成了博物館裏一個荒誕的展品。對自我的認知與超越，才是高行健的這戲中更深刻的含義。以戲劇探討哲學的劇作家，在西方也不多見，有沙特、貝克特。這類戲劇對普通觀眾來說，還是比較沉悶難懂。

　　首演的那天晚上，我看見劇院的售票處排了長隊，不禁驚喜；沒有想到，馬賽的觀眾竟然以極大的熱情迎接這個戲。幾場演出全部爆滿，而且，產生強烈的共鳴。每次演出結束，觀眾總是報以熱烈的掌聲和喝彩。

　　在馬賽—艾克斯大學，杜特萊教授和妻子莉莉安（也譯為「麗蓮」，筆者按）組織了有關高行健作品的研討會。高行健的許多朋友來了。他們是世界各地的譯者、學者和教授，有來自瑞典的馬悅然、羅多弼、陳邁平，來自美國的劉再

復、菲亞，來自澳大利亞的陳順妍，來自臺灣的胡耀恒，來自香港的方梓勳，來自日本的飯冢容，來自新加坡的柯思仁；虹影、趙毅衡從倫敦來，張寅德、塞巴斯提安・威格從巴黎來；還有其他朋友。大家好幾年沒有見面了，又歡聚在一起，其樂融融；除了開會，還一起觀看了歌劇《八月雪》的演出。〔註1314〕

貝嶺寫道：

2003 年，高行健在法蘭西喜劇院導他的劇作《週末四重奏》，某天下午，眼睛突然模糊，什麼都看不清了，他當時以為是勞累過度，回家休息一下就可恢復，但到了晚上仍不見好轉。西零警覺，立即帶他去看眼科急診，問診中，西零跟醫生說起他是諾貝爾文學獎得主，醫生當即叫來心血管科醫生一起診斷，檢查結果出來時，行健和西零嚇了一跳，老高的血管栓塞已經影響到視神經，這才引起失明，且隨時有血管破裂導致腦溢血的危險。當即，醫生就不許他下床了，而且立即安排手術。就這樣，他在十五天內做了兩個大手術，且都成功，真是撿回一命。〔註1315〕

電影《側影或影子》拍攝於 2002 至 2003 在馬賽舉辦的「高行健年」。

娜塔莉・畢婷歌在《電影藝術家高行健：影子的痕跡與藝術跨界的重組》一文中寫道：

高行健的電影是一種看上去偏移而支離破碎的電影，一種罕見的、複雜的、美而又嚴謹的作品，一種多樣藝術和藝術的種種可能的慶典，也是對人生的一番思考。

作者首先拒絕敘述，丟棄同一些主流電影建立在敘述性之上的美學規範。這裡沒有任何清晰可辨的開始與結尾，有的卻是一種微妙的遊戲，詩意、繪畫與音樂的變奏喚起人內心的共鳴，時不時心照不宣。《側影或影子》與《洪荒之後》正屬於這類非敘述的實驗性影片，而且是藝術電影。高行健拒絕把電影僅限定於故事的文本，正相反，他把對文學性和這種動態的畫面的藝術思考呈現在銀幕上，將電影出現之前的各種藝術一概攫取，投放而衍射其中。

該計劃有許多專案：其一，詩歌水墨畫展《逍遙如鳥》，並出版專題畫冊，還有戲劇《叩問死亡》和歌劇《八月雪》的排練和演出。該影片把高行健在城區或鄉間漫步的畫面，同瞬間湧現的回憶的片段，以及繪畫、詩歌、戲劇

〔註1314〕西零《馬賽高行健年》，西零著《家在巴黎》第 53～58 頁。

〔註1315〕貝嶺《高行健榮開七秩》，楊煉編《高行健作品研究：逍遙如鳥》第 188～189 頁。

和音樂創作活動的畫面交織在一起。《側影或影子》展現的是正在創作中的藝術家，而更著重的則是這些創作的各種衍生。這部影片既是一部「電影詩」，也是一部由這世界隱約紛雜的聲音貫穿起來的「當代寓言」。這些影片就藝術風格而言，傾向一種廣義的詩意，各種藝術互相滲透，通過不可分割的這種三元電影形式將不同主題對位發展。電影通過不同藝術的這種交織，變成為一種特殊的時間和空間的再度創作。銀幕從而變成一種這樣的平面，不僅是自行摘引的投射，也是繪畫、文學或歌劇的投射，各種媒介種種可能的表現力都得以發揮，並且在另一種美學建構中獲得新生，提示另一種觀點。高行健的電影因此推演出新的電影觀，破碎的片段，然而卻突起在新的水準上，衍生出一種開放的、間隙的、涵義不穩定的「完全的藝術」，一種感性的藝術思想，令我們身體和心靈、倫理與審美渾然聯繫在一起，從而叩問人與世界那微妙隱秘而脆弱的聯繫導致的再創造，卻不提供答案。這種提出問題而不作解答的電影一無執著，毫不經意，做得何等自由。

影片大抵由記憶導引而非理性的層次進入作者的回憶，也進入由二十世紀的歷史碎片穿透的集體記憶。記憶的痕跡如此重要，不斷由侵入銀幕的廢墟和往日的痕跡所提示。……這些廢墟通過大斷裂、空白、靜場、強音，以破碎的片段結構音樂的節奏，顯出電影的詩意。

《側影或影子》還提示另一玄思的旅程，生與死或死與生，同藝術思考和創作過程都透過電影的篩選而聯繫在一起。電影的各種元素的解構和重構，舞蹈也好，繪畫也好，分離再重組，和諧而對位。影片一開始就拒絕講述故事和風格化，人物除了行走，差不多什麼事情也沒有發生，沒言語，沒情節，充其量不過是沿著沙地上的足跡同一位黑衣女子相遇。……該片揭示了藝術的過程，從創作的開始，文本的草圖到勾畫、潤色、排練直到在馬賽觀眾面前演出。

影片中，人們找到多處凝神觀注的例子，當畫家觀察他的畫作時，經常用一手蓋住一隻眼。這景象在另一處，用另一個觀點再度出現。這回是個魔術般出現的女人，她既是觀者，隨後又被一個孩子觀注，進入全景鏡頭。《洪荒之後》這影片則以畫為中心，畫中的人影既在觀看荒涼的景象，又同這景象融為一體。水墨畫面和銀幕之間插入觀畫的舞者的側影，時而動時而不動。隨後，他們借助於減弱的景深，抹掉表演與繪畫之間的層次，完全融入電影鏡頭的水墨畫構圖中。先是處於看拍攝畫面的觀眾的位置，繼而是對著畫面

表演的演員和舞者，直至融合其中，他們既是中介，對銀幕後的觀眾來說又是形象，觀看側影的人的側影。

　　高行健，自由的藝術家、畫家、作家、劇作家，建立了一種自行引證和再度創作的電影，對各種藝術形式的創作特點與相互關係提出質疑。與此同時，他在視覺、聽覺、語言這重疊的電影結構中，還發揮了各自的可能性。他在各類藝術形式之間引入一些縫隙，將視象與聽覺再重新連接起來，以便這間隙中讓一種細心的觀眾得以出現，感受到創作中或完成的文本之美。《側影或影子》勾劃出文本及其聯繫的再度創作的前景，將滿與空，影與光，生與死交織一起。〔註1316〕

　　馬賽現代藝術展覽館舉行「圍繞高行健，當今的倫理與美學」國際研討會。馬賽輪渡出版社出版會議論文集。馬賽一媒體製作《馬賽高行健年》紀錄片《城中之鳥》。〔註1317〕

　　這一年，被選爲法國世界文化學院院士。日本晚成書房出版《高行健戲劇集》，收入《野人》、《彼岸》、《週末四重奏》，譯者飯塚容和菱沼彬晃。日本集英社出版《靈山》日文本，譯者飯塚容。意大利出版《一個人的聖經》意文本。丹麥出版《一個人的聖經》丹麥文本。芬蘭出版《靈山》芬蘭文本。西班牙出版《給我老爺買魚竿》西文本和卡達文本。香港中文大學出版社出版《八月雪》英譯本，譯者方梓勳。美國文藝期刊《大街》第72期刊載《給我老爺買魚竿》，譯者陳順妍。土耳其出版《一個人的聖經》土耳其文本。西班牙巴塞羅那出版《文學的見證》西班牙文譯本。

　　法國巴黎法蘭西劇院演出《週末四重奏》，高行健執導。葡萄牙劇團演出《逃亡》。香港無人地帶劇團演出《生死界》，導演鄧樹榮。美國好萊塢劇團演出《彼岸》。美國紐約劇團演出《週末四重奏》。美國加州戲劇舞蹈系演出《夜遊神》。美國一大學戲劇系演出《彼岸》。澳大利亞劇團演出《彼岸》。瑞士一劇院演出《生死界》，匈牙利布達佩斯一劇院演出《車站》。

　　比利時蒙斯美術館舉辦高行健的繪畫大型回顧展。法國巴黎出版社出版研究高行健的繪畫的論著畫冊《高行健，水墨情趣》，作者是蒙斯美術館畫展策展人 Michel Dragust.法國一出版社出版畫冊《逍遙如鳥》。法國艾克斯－普羅旺斯壁毯博物館舉辦高行健的個人畫展並出版畫冊。法國巴黎克

〔註1316〕劉再復編《讀高行健》第204～217頁。
〔註1317〕劉再復著《再論高行健》第242頁。

羅德・貝爾納畫廊以高行健的個展參展國際當代藝術博覽會。意大利畫廊
和劇院舉辦高行健個人畫展並出版畫冊。美國美術館舉辦高行健個人畫
展。〔註 1318〕

　　廣西師範大學冷耀軍（現當代文學專業，導師李江）提交的碩士論文
是《從危機到彼岸：一個尚待實現的夢想——論先鋒劇作家高行健的戲劇
探索》。

　　該文系統梳理高行健理論與實踐兼具的戲劇探索，論述高行健戲劇探索
對 90 年代先鋒戲劇乃至對當代戲劇的深遠印象，分析當代戲劇仍處於危機的
現狀，我們發現，中國戲劇要進入超越重重危機的涅槃境界，還是一個有待
實現的夢想。〔註 1319〕

2004 年　64 歲

　　1 月 21 日（農曆 2003 年除夕），劇作《叩問死亡》中文定稿。〔註 1320〕

　　1 月，劉再復寫作《精神囚徒的逃亡——讀〈八月雪〉》一文。

　　他寫道：高行健的十八部劇本，雖然每一部都融入自己的理念，但沒
有一部是完全寫自己的。而這一部，寫的則是他自己，劇中的慧能便是高
行健，慧能就是高行健的思想座標與人格化身。解讀高行健，只要把《八
月雪》讀深讀透就行了。《八月雪》裏藏著一個真實的、內在的、得道的高
行健。〔註 1321〕

　　1 月，（臺北）聯合文學出版社有限公司推出高行健著、可樂王圖《朋
友》〔註 1322〕初版。

　　該書收入高行健《諾貝爾文學獎領獎答謝詞》、推薦序《友情的深度》（作
者鍾怡雯）、三篇小說《朋友》、《雨、雪及其他》、《花豆》。

　　2 月 8 日，劉再復寫作《高行健的黑色鬧劇和普世性書寫》一文。
〔註 1323〕

〔註 1318〕劉再復著《再論高行健》第 241～244 頁。
〔註 1319〕中國知網。
〔註 1320〕高行健著《叩問死亡》第 53 頁。
〔註 1321〕劉再復的《精神囚徒的逃亡——讀〈八月雪〉》寫於 2004 年 1 月 15 日，收
　　　　　入劉再復著《高行健論》一書。
〔註 1322〕高行健著《朋友》，（臺北）聯合文學出版社有限公司 2004 年 1 月初版。
〔註 1323〕高行健著《叩問死亡》第 55～71 頁，臺北聯經出版事業股份有限公司 2004
　　　　　年 4 月初版。

2月15日，《海南師範學院學報（社會科學版）》2004年第1期刊發姚新勇的論文《藝術的高蹈與政治的滯累——高行健兩部長篇小說評論》。

文章摘要：高行健獲諾貝爾文學獎，為諾貝爾文學獎的20世紀「持不同政見」獲獎系列增添了最後一個社會主義陣營的逃亡者。此授獎很自然會引起20世紀冷戰思維式的反應，而且高行健某些作品的政治意味也明顯可見。這都與獲獎者本人一再宣稱的沒有主義、文學寫作就是進行語言遊戲的宣言，形成強烈的對照。這種「前閱讀」語境，就為批評者提出了封閉閱讀和敞開審視的雙重要求。〔註1324〕

2月，《浙江學刊》2004年第1期刊發王音潔的文章《是「先鋒的品格」，還是「先鋒的技巧」？——評孟京輝與高行健的「先鋒戲劇」實踐》。

提要：本文以孟京輝與高行健的先鋒戲劇實踐為考察對象，並結合中外戲劇研究工作的理論成果，試圖從歷史和戲劇本體去接近西方戲劇傳統的核心價值，同時以這種返本溯源的核心價值作為參照系，梳理出中國先鋒戲劇與戲劇本質的契合或逃離，揭示出先鋒戲劇在先鋒性上的不同表現。〔註1325〕

2月，《當代作家評論》2004年第1期刊發王堯的論文《1985年「小說革命」前後的時空——以「先鋒」與「尋根」等文學話語的纏繞為線索》。〔註1326〕

4月，劇作《叩問死亡》由臺北聯經初版。

該書目錄如下：

山窮水盡的《叩問死亡》（胡耀恒）

叩問死亡

高行健的黑色鬧劇和普世性寫作（劉再復）

附錄：

馬賽高行健年《叩問死亡》獲滿堂喝彩（楊年熙）

《叩問死亡》聯合導演羅曼・伯南

找到西方戲劇更新的契機（楊年熙）

〔註1324〕《海南師範學院學報（社會科學版）》2004年第1期第23頁，2004年2月15日出版。姚新勇，暨南大學中文系副教授，文學博士。
〔註1325〕《浙江學刊》2004年第1期第51～57頁。
〔註1326〕《當代作家評論》2004年第1期第102～132頁。

詮釋豁達的人生態度

狄耶里・伯克的全新體驗（楊年熙）

5 月 9 日，馬悅然在斯德歌爾摩寫作《答〈南方週末〉記者問》一文。
〔註 1327〕

文中指出：我的妻子寧祖在的時候，對我的幫助很大，她愛好中國文學，她也知道我欣賞哪一類的文學作品，她當然比我讀得快得多。她常常告訴我：這本書你非看不可，非常好！高行健和李銳的著作是她先發現的。〔註 1328〕

對能夠閱讀並欣賞中國文學的人而言，魯迅、李劫人、沈從文、高行健、李銳，和其他許多作家的作品顯然是足以登上世界文壇的。問題是，在中國之外少有讀者有能力欣賞這些作者的原作，因此得依賴翻譯。〔註 1329〕

6 月，《山西煤炭管理幹部學院學報》2004 年第 2 期刊發鄭凌娟的文章《〈終局〉與〈活著〉及〈彼岸〉中不同人生觀之比較》。

論文摘要：通過對法國當代著名劇作《終局》與中國小說《活著》及戲劇《彼岸》的分析，意在比較作品中反映出的中國與西方世界在遭遇社會劇變時的不同人生態度，並揭示這幾部作品中蘊涵的人生哲理對人類產生的重大意義。

作者爲廣東外語外貿大學英文學院碩士生。〔註 1330〕

6 月，《晉東南師範專科學校學報》2004 年第 3 期刊發王澤龍的論文《略論法國文學在中國的傳播與接受特徵》。〔註 1331〕

8 月，《重慶社會科學》2004 年第 3～4 期刊發鄭毅的文章《從高行健到庫切看諾貝爾文學獎的價值取向》。

摘要：自人類進入 21 世紀，諾貝爾文學獎已授予了四位作家：高行健、奈保爾、伊姆雷和庫切。本文通過對他們的作品及他們獲獎理由的分析，探求其共性，從而得出諾貝爾文學獎在這一時期的價值取向：1、對反叛意識的青睞；2、對移民視角的推崇；3、全球化的視角。在這三大價值尺度的背後，我們發現後現代主義和後殖民主義是其理論依據。在這些分析的基礎上，我們對諾貝爾文學獎做出了自己的價值評價，並對中國當代文學的發展提出內

〔註 1327〕《當代作家評論》2004 年第 5 期第 30 頁，2004 年 9 月 25 日出版。
〔註 1328〕《當代作家評論》2004 年第 5 期第 29 頁。
〔註 1329〕《當代作家評論》2004 年第 5 期第 30 頁。
〔註 1330〕《山西煤炭管理幹部學院學報》（季刊）2004 年第 2 期第 64～66 頁。
〔註 1331〕《晉東南師範專科學校學報》2004 年第 3 期第 30～37 頁。

省式的思考。

作者爲重慶師範大學外國語學院講師。〔註1332〕

10月29日，馬悅然爲劉再復的書《高行健論》作序。

馬文第一段寫道：

我所欽佩的中文作家朋友中，再復和行健是必然要提到的。爲一個欽佩的友人所寫的闡釋另一個欽佩友人之著作的書，撰寫一篇序文，不亦樂乎？

馬悅然，瑞典諾貝爾學院終身院士。〔註1333〕

10月，《雲南大學學報社科版》2004年第5期刊發荷蘭萊頓大學教授杜威·佛克馬的文章《無望的懷舊　重寫的凱旋》，譯者王浩，校對張曉紅。〔註1334〕

該文從昆德拉、納博科夫到談及中國文學中的懷舊，認爲高行健的《靈山》和《一個人的聖經》很多方面類似於納博科夫的《禮物》和《說吧，記憶》，認爲俄國文學是《禮物》的主人公，中國文化則是《靈山》的主人公。

12月，劉再復的著作《論高行健》由臺北聯經出版社初版。

12月，李澤厚在美國波德鎮寫作《四星高照，何處靈山——讀高行健》一文。〔註1335〕

李澤厚寫道：

我欣賞高行健有三點。

1. 是反對歐化語言，「我想做的事，恰恰是避開套用西方的歐化的句式句法」（高行健《沒有主義》第140頁）。《靈山》不在歐化的句法裏。

2. 當尼采已成爲今日中國名流學者的最大偶像神靈時，高卻說：「尼採用超人來代替上帝，當其時，固然也是個人對社會的一種反抗。到浪漫主義早已終結的今天，自我再膨脹爲上帝就令人可笑。」高避事（政治）避世（流浪），逃避「主義」（意識形態），竭力尋求自我和眞實，卻並不落腳在尼采貶斥庸人，以強凌弱的發狂「自我」中。因爲這種譁眾取寵的「自我」恰恰是活在別人世界裏，成了廉價商品。高行健辛辣諷刺了一個人被關在閉館的博物館的展覽廳內成了標準「行爲藝術」，它被「精裝的目錄，用最時新的語彙加以評論」，一下子就成了世界新聞，出了大名，「足以令藝評家、藝術史家

〔註1332〕《重慶社會科學》2004年第3～4期第88～92頁。
〔註1333〕《當代作家評論》2010年第2期第48頁。
〔註1334〕《雲南大學學報社科版》2004年第5期第71～80頁。
〔註1335〕劉再復編、李澤厚、林崗、杜特萊等著《讀高行健》第2～8頁。

滔滔不絕沒完沒了的評論、論說，評論不已。」（《叩問死亡》）

這當然不會是《靈山》。

3. 也是最重要的，有如卡夫卡，高行健只需寫作，不求發表，不是爲了拯救他人或個人洩憤。《靈山》寫成可以擱置七年，壓縮出版也被高拒絕。《靈山》就是他的「靈山」，提出人生無意義、世界無目的，也不歸屬在蔑視群氓的高蹈自我中，也並不認同那貌似驚世駭俗實乃矯揉造作的現代行爲藝術。它指向的是實實在在的人際此在，它指向了平凡日常生活。高說：「尼采在上個世紀宣告上帝死了，崇尚的是自我。今天的中國文學大可不必用那個自我再來代替上帝。我以爲，我們的文學與其要西方那個迷醉的酒神，倒不如求得對自我和文學清醒的認識。這也包括不要把文學的價值估計過高，它只是人類文化的一個表象。文學家不是討伐者，也不是頭戴光環的聖徒，我們一旦從文學中清除了那種創世英雄和悲劇主角的不恰當的自我意識，便會有一個不故作姿態而實實在在的文學。」（第102～103頁）

我以爲這是冷靜、謙虛和實在的。「靈山」在哪裏呢？在各人自己去尋找、去選擇、去決斷的平常生活中。而且，離殤尚未終結，無論是世界或中國，爲社會不公，爲弱勢群體，還有大量事情要做。而且在科學中，在腦科學、在基因研究、在新藥合成、在火星探測、在環境保護中，也在文學和藝術中，還大有人生價值和意義可尋。

高行健是冷的，他一點也不狂熱。那麼，四星（指影星、歌星、球星、節目主持星）高照，何處靈山？「靈山」不也就在這四星高照的此岸世界的行程中嗎？只要你不被明星高照弄得暈頭轉向，不因而自我膨脹或失魂落魄，「靈山」，也就在你腳下。〔註1336〕

這一年，香港中文大學圖書館建立「高行健作品典藏室」。臺灣大學授予高行健榮譽博士稱號。西班牙出版《沒有主義》。美國、澳大利亞、英國出版《給我老爺買魚竿》英譯本，譯者陳順妍。法國出版戲劇集《叩問死亡》（同時收入《彼岸》和《八月雪》）和論文集《文學的見證》，譯者杜特萊夫婦。越南河內出版社出版《給我老爺買魚竿》越南文譯本。西班牙巴塞羅那出版高行健的論著《另一種美學》。

加拿大阿爾伯大學戲劇系演出《對話與反詰》。新加坡劇團演出《生死界》。美國波斯頓大學演出《彼岸》。波蘭電臺廣播《車站》。西班牙巴塞羅

〔註1336〕劉再復編、李澤厚、林崗、杜特萊等著《讀高行健》第6～8頁。

那當代藝術中心的「2004年世界文學節」舉辦高行健的個展「高行健的世界面面觀」。法國巴黎畫廊舉辦高行健個展並出版畫冊《高行健水墨》。法國巴黎一畫廊以高行健的個展參展當代藝術博覽會。〔註1337〕

上海師範大學景曉鶯（英語語言文學專業，導師葉華年）提交的碩士論文是《比較〈等待戈多〉與〈車站〉——影響研究與平行研究》。

該文使用比較文學的兩個主要方法——影響研究和平行研究——對兩部作品進行比較。〔註1338〕

2005年　65歲

年初，高行健執導的《八月雪》在馬賽演出。

西零寫道：

這部歌劇是前人從未有過的嘗試——第一次把禪宗題材呈現到戲劇舞臺上，第一次京劇與西方歌劇融合，第一次由西方合唱隊用中文演唱，第一個東方歌劇在西方歌劇院製作上演。舞臺上，古代與現代，東方與西方，京劇與歌劇，禪宗與藝術，渾然一體。這也是高行健追求的全能戲劇，既不同於意大利抒情歌劇，又不同於中國傳統戲曲，也不同於西方當代歌劇。這樣一種獨特的歌劇，用樂隊的法國指揮圖特曼的話說：是歌劇史上沒有過的。

歌劇院的門票在首演之前就已經售罄。原本習慣看西方歌劇的觀眾，被感動了，謝幕的時候，整個歌劇院沸騰起來，掌聲如雷鳴，熱烈的喝彩聲經久不息。

主演是臺灣著名演員吳興國，在劇中實現了一位全能的演員的精彩表演。還有許多臺灣國立戲校和國光劇團的京劇、雜技演員，經過一年多的現代舞和西方聲樂發聲方法的訓練，從傳統的程序裏解脫出來，同時又唱念做打俱全。舞蹈家和編舞林秀偉指導演員的形體訓練，同時設計舞蹈動作。這部戲除了音樂，還融合了說白、對話、舞蹈、雜技、武術。京劇和雜技演員大都第一次走上西方歌劇舞臺，巨大的挑戰和艱苦的努力，可想而知。作曲家徐舒亞的音樂完美演繹了這一齣既非古典又非現代、既東方又西方的以禪宗精神爲題材的歌劇。

《八月雪》的最後一場演出結束後，劇組的演員穿著戲裝走出歌劇院，

〔註1337〕劉再復著《再論高行健》第244～245頁。
〔註1338〕中國知網。

進入攝相機的鏡頭。那一年馬賽的冬天，天氣異常，最低氣溫降到攝氏零下十幾度。午夜裏，馬賽老城的街頭，黑暗寒冷，空無一人。突然間，出現了一群來自遙遠時代的中國人，手舉著火把，有六祖慧能、女尼無盡藏、禪師、作家、歌伎、瘋和尚……戲裏的人都來了，緩緩走過古老的石階，就像一個夢。

第二天，這些劇中的人物，又來到老慈善院古老的石拱廊上，每個人站在一個石拱下，一共三層拱廊，就像一幅幅古老的人物畫，鑲嵌在巨大的畫框裏。

所有的人還沉浸在夢境裏，而一切都已經完結，離去的時候到了，就像《八月雪》最後一幕，大禪師喊：「散了，散了，參堂如戲園，此處不留人，人走場空，各自營生去吧！」結尾時，眾人合唱：「這世界本如此這般，哪怕是泰山將傾，玉山不倒，煩惱端是人自找；莫道雨夜打芭蕉，輕車駛過風也蕭蕭。今朝與明朝，同樣美妙，還同樣美妙！」

我們又回到巴黎。高行健的身體狀況已經穩定下來，並且漸漸好轉，開始恢復正常的生活，平時又在家裏寫文章，或是去畫室。

我繼續做助理工作，每天還要處理繁雜瑣碎的日常事務，有時會回想起《八月雪》裏眾俗人的唱詞：「我等搬磚的搬磚，打掃的各自打掃！」「到彼岸即是大智慧」，而下面的一句至關重要，那就是——「發平常心即是大慈悲！」〔註1339〕

1月10日，**劉再復在美國科羅拉多大學寫作《從中國土地出發的普世性大鵬——在法國普羅旺斯大學高行健國際研討會上的發言》。**〔註1340〕

劉再復用中國文化中一個著名意象來探討高行健的精神之路——就是莊子《逍遙遊》中的大鵬。該文分為四小節：如同大鵬一樣的精神生命；超越精神障礙的個體醒觀美學；創造當代的「脆弱人」形象；超越二元，發現主體的三重性。劉文這樣說：

所謂逍遙，就是得大自在。這不是居高臨下的傲慢，而是一種超越世俗限定的無限精神自由。莊子在《逍遙遊》中說，對於這種大鵬，地上無數的鳴蟬和斑鳩等處於「小知」境地的生命很難理解他。高行健就是這樣一隻大鵬。這是從中國文化的母體中誕生、但又超越母體的普世性大鵬。

〔註1339〕西零《家在巴黎》第59～61頁。
〔註1340〕劉再復著《再論高行健》第83頁，臺北聯經事業股份有限公司2016年12月初版。

　　大鵬的精神特點是以贏得身心大解放爲最高目的而不斷突圍、飛昇、向宇宙境界貼近。高行健正是這樣一種精神生命，他的人生與創作特點就是不斷地走出、逃出、飛出各種意義上的精神牢獄，即人爲設置的各種限定。

　　高行健的精神歷程與方式，倘若用學術的語言來描述，則可以說，在二十世紀的八九十年代整整二十年裏，高行健開始如被囚禁的大鵬，之後便一再從牢籠中「逃亡」，在當代的中國作家、世界作家中，他是一個高舉逃亡和自救旗幟、拒絕政治投入而獲得巨大成功的特異作家。不僅逃出政治陰影，而且逃出影響創作大自由的各種思想框架與精神理念。他走出了中國當代作家很難走出的三種框架：第一，「持不同政見」的理念框架；第二，「中國背景與中國情結」的問題與心理框架；第三，以漢語爲寫作工具，又超越「漢文字單語寫作」的文字語言框架。走出這三個框架，面對所有人的問題（不僅是中國問題）寫作，這就是普世性寫作。在這種寫作方式的實踐中，他又飛越出幾個難以飛出的精神障礙，可稱爲深層的精神越獄。

　　第一層是對籠罩一切政治意識形態的超越。第二層是對「人權」與「人民大眾」這類空話的超越。第三層是對尼采超人理念和相關的救世神話的超越。如果說，第一二層超越是回到活人和回到充分把握個體的生命價值的話，那麼第三層超越則是回到「脆弱的人」內心的眞實。

　　高行健的天才，便是把以往哲學家頭腦中的「三」，變成生命中的「三」和藝術的「三」，而闖出一套新文體。這裡的關鍵是高行健在發現主體的三個座標之後，又抓住「人生」這個中介，把抽象之我變成血肉之我，把邏輯分析中的主體變成活生生的歌舞言笑的主體。高行健已爲人類文學和戲劇提供了嶄新的、豐富的審美經驗，不僅創造出新的文體，而且創造出新的美學。

　　高行健從中國土地出發，已經飛向很高很遠的萬里天空，但他已不孤獨，今天我們正在面對著他，世界也在面對著他，我相信他的故國總有一天也會熱烈地面對著他。〔註1341〕

　　1月28～30日，法國普羅旺斯大學舉行高行健國際學術研討會，來自世界各地的三十多位學者、作家和翻譯家討論了高行健的普世性寫作方式和嶄新的審美經驗。〔註1342〕

〔註1341〕劉再復著《再論高行健》第75～83頁。
〔註1342〕《明報月刊》編者按，劉再復著《再論高行健》第75頁。

　　1 月底，劉再復到普羅旺斯大學參加高行健的國際學術研討會，開幕式前夜在馬賽歌劇院看了高行健導演的《八月雪》。之後兩人促膝長談，劉再復整理後發表《放下政治話語──與高行健的巴黎十日談》〔註 1343〕。

　　高行健強調「禪是一種立身的態度、一種審美」〔註 1344〕。他推崇的六祖慧能是「不立文字、不使用概念的大思想家、大哲人」〔註 1345〕、是「東方的基督」〔註 1346〕，「開創了新風氣」〔註 1347〕。他指出：慧能與聖經中的基督不同，他不宣告救世，不承擔救世主的角色，而是啓發人自救。〔註 1348〕慧能的思想和他的一生提示我們還有另一種生存的可能，另一種生活態度。〔註 1349〕對當下清醒的意識，對活生生的生命的感悟，便進入禪。所謂明心見性，就是對此刻當下清醒的意識，對生命瞬間的直接把握。〔註 1350〕

　　劉再復這樣回應：禪實際上是審美，擱置概念、擱置現實功利的審美。〔註 1351〕哲學本是「頭腦」的、思辨的，邏輯的，實證的，但禪卻把它變成生命的，感悟的，直觀的。它創造了另一種哲學方式。〔註 1352〕慧能不識字，可是他的思想卻深刻得無與倫比。他的不立文字、明心見性，排除一切僵化概念、範疇的遮蔽，擊中要害，直抵生命的本眞。〔註 1353〕慧能把禪徹底內心化了。他的自救原理非常徹底，他不去外部世界尋求救主，尋求力量，而是在自己的身心中喚醒覺悟。佛不在山林寺廟裏，而在自己的心性中。每個人都可能成佛，全看自己能否達到這種境界，明白這一點確實能激發我們的力量。〔註 1354〕慧能

〔註 1343〕《放下政治話語──與高行健的巴黎十日談》之「（一）慧能的力度」，收入劉再復著《思想者十八題──海外談訪錄》第 5～12 頁，明報出版社有限公司出版，2007 年 6 月初版。該文署名「劉再復高行健」於 2009 年 4 月刊發在中國大陸《書屋》期刊，題目爲《禪性與文學的本性──與高行健的對話錄》。也收入高行健著《論創作》第 297～323 頁，臺北聯經事業股份有限公司 2008 年 4 月初版。
〔註 1344〕劉再復著《思想者十八題──海外談訪錄》第 5 頁。
〔註 1345〕劉再復著《思想者十八題──海外談訪錄》第 6 頁。
〔註 1346〕劉再復著《思想者十八題──海外談訪錄》第 7 頁。
〔註 1347〕劉再復著《思想者十八題──海外談訪錄》第 8 頁。
〔註 1348〕劉再復著《思想者十八題──海外談訪錄》第 7 頁。
〔註 1349〕劉再復著《思想者十八題──海外談訪錄》第 8～9 頁。
〔註 1350〕劉再復著《思想者十八題──海外談訪錄》第 11 頁。
〔註 1351〕劉再復著《思想者十八題──海外談訪錄》第 5～6 頁。
〔註 1352〕劉再復著《思想者十八題──海外談訪錄》第 6 頁。
〔註 1353〕劉再復著《思想者十八題──海外談訪錄》第 6～7 頁。
〔註 1354〕劉再復著《思想者十八題──海外談訪錄》第 7 頁。

的一個思想貢獻，是把佛學的外三寶——佛、法、僧，變爲內三寶：覺、正、淨。這是一個關鍵。把外在的求佛、求法、求救，變成內在的自覺，變成清醒的意識。〔註1355〕

1月，《文史哲》2005年第1期刊發周怡的文章《諾貝爾獎關注的文學母題：流亡與回鄉》。

文章討論了諾獎得主庫切、凱爾泰斯、奈保爾及高行健等的流亡話題。

作者爲山東大學威海分校中文系教授。〔註1356〕

4月，劉再復在廣州中山大學發表題爲《從卡夫卡到高行健》的演講。

他認爲：禪宗的審美眼睛和卡夫卡的現代意識構成了高行健作品的詩意源泉，高行健無論在戲劇創作還是小說創作中，都有一種冷眼靜觀的態度，冷觀世界，也冷觀自己，創造了世界上獨一無二的醒觀美學和冷文學。〔註1357〕劉再復說：高行健的「觀自在」得益於禪的啓迪。禪宗的「明心見性」其要點是開掘「自性」（《六祖壇經》：萬法從自性生。）他通過對個體生命之脆弱與混沌的清醒意識來肯定個體生命的價值，肯定人性弱點的合理性，從而給予生命最大的寬容。二十世紀彌漫著救世主情懷，高行健一再批評尼采，正是批判自我的膨脹。尼采一面宣布上帝的終結，一面則在實際上宣布自我的創世紀，把自我膨脹爲重建世界的超人。〔註1358〕

5月，《當代作家評論》2005年第3期刊發樊星的論文《禪宗與當代文學》。〔註1359〕

文章分爲幾部分：賈平凹與禪宗、韓少功與禪宗、高行健與禪宗、范小青與禪宗、關於禪宗當代意義的遐想。

6月，臺灣期刊《興大中文學報》第17期刊發徐照華的論文《論高行健〈靈山〉的敘述結構》。

論文摘要：高行健的《靈山》雖說得了諾貝爾文學獎，但作爲小說藝術而言，確實有許多令人質疑而難解的地方。這也正是它創新、獨特、而被稱許得

〔註1355〕劉再復著《思想者十八題——海外談訪錄》第11～12頁。
〔註1356〕《文史哲》2005年第1期第117～122頁。
〔註1357〕《放逐的靈魂釋放自由的聲音——〈亞洲週刊〉石燕紫的報導稿》，轉引自劉再復著《思想者十八題——海外談訪錄》第362頁。
〔註1358〕劉再復《從卡夫卡到高行健——高行健醒觀美學論述提綱》，原載《明報週刊》2005年9月號，收入劉再復著《論高行健》一書中。
〔註1359〕《當代作家評論》2005年第3期第130～137頁。

獎的原因。本文即嘗試從此一關鍵著手，分析作者的特殊敘述手法、探討《靈山》的內容底蘊、并尋繹作者的創作旨趣；其中包括《靈山》小說「視角轉換」與心靈世界的關係、情慾沉陷作為生命出口、逃離藝術的原因；以及小說內容中有關「文明對自然的肆虐」、「歷史文化的質疑」（對正史與傳說，統治者文化與庶民文化等的多元包容），以及「各種價值的解構」（如野蠻與文明、土匪與官兵等），甚至關於小說體制、主題結構、語言試煉等藝術手法，最重要的是對傳統與封閉、禁錮與陳規的批判與消解，皆為本文探討的重點與範圍。

徐照華是臺灣中興大學中文系教授。〔註1360〕

6月，《上海文學》2005年第6期刊發趙毅衡的文章《無根者之夢：海外小說中的漂泊主題》。文章第四部分討論了高行健的《靈山》。〔註1361〕

6月，《文學自由談》2005年第3期刊發桑農的文章《誰先提出「語言流」？》〔註1362〕

夏天，貝嶺到巴黎住了三個月，有機會與高行健再見面。

貝嶺寫道：

2005年夏天，我得一機會和一位音樂家互換居所，在巴黎住了近三個月，一安頓下來，便去他在巴黎一區的新居拜訪他。睽違三年，一見，我心裏一驚，老高好像老了十年。老高看出我的訝異，笑著告訴我，諾貝爾文學獎是他的催命符，他剛撿回一條命。確實，得獎曾徹底改變了他的生活和作息，鋪天蓋地的採訪、戲約、稿約、邀請，他要一一應付，有一陣子，他雇了助理，不接電話，仍不得閒。

（2003年動了兩次大手術後），老高立即戒了煙和肉，食亦無鹽。那兩年，他婉拒一切外邀，暫停工作，專心養病，讓身體漸漸恢復。〔註1363〕

8月20日，《藝苑》2005年第4期刊發余琳的論文《對一種現代戲劇的追求——高行健20世紀80年代戲劇研究簡述》。

文章摘要：高行健在20世紀80年代是作為小說家、劇作家以及理論家出現的，其作品與理論的實驗性、先鋒性和探索性有目共睹，尤其在戲

〔註1360〕來自華藝臺灣學術文獻數據庫，該數據庫2018年4月～6月在汕頭大學免費試用，筆者4月13日下載。

〔註1361〕《上海文學》2005年第6期第92～98頁。

〔註1362〕《文學自由談》2005年第3期第100～102頁。

〔註1363〕貝嶺《高行健榮開七秩》，楊煉編《高行健作品研究：逍遙如鳥》第188～189頁。

劇上，他的戲劇文學與劇場藝術緊密融合，實踐著其戲劇理論和主張。三者之間構成一種複調，引起廣泛的爭議和討論。限於相關資料的缺乏，本文主要就高行健 20 世紀 80 年代創作的七部藝術上各具創新意味的劇作，包括《絕對信號》（1982 年）、《車站》（1983 年）、《現代折子戲》（1984 年，四折：《模仿者》、《躲雨》、《行路難》、《喀巴拉山口》）、《獨白》（1985 年）、《野人》（1985 年）、《彼岸》（1986 年）、《冥城》（1987 年）以及表達他豐富全面的戲劇理想的《對一種現代戲劇的追求》（1988 年）所引發的評論、研究進行一番綜述。〔註 1364〕

9 月上旬，《山西文學》的主編韓石山通過電子郵件採訪杜特萊教授。〔註 1365〕

9 月，香港《明報月刊》2005 年 9 月號刊發劉再復的文章《從卡夫卡到高行健——高行健醒觀美學論述提綱》。〔註 1366〕

10 月 17 日，巴金去世。

10 月 18 日，在巴黎寫作《悼念巴金》。〔註 1367〕

該文寫巴金的知遇之恩以及對巴金的懷念。文章最後一段寫道：

二十多年的往事一經勾起，巴老那溫和平實的模樣竟然歷歷在目，還聽得見他一口川音。他滿頭白髮，身體還很硬朗，興致勃勃，在巴黎先賢祠廣場邊上的一條小街，竟然認出了當年住過的那棟老房子。他仰望樓上的那個窗口，說起在那間房裏寫他第一部小說，每天都聽見旁邊教堂的鐘聲，而每天經過廣場的時候，都同在沉思中的伏爾泰的銅像照面，正是這種精神把他引上了文學之路。其時，我拍下了連同《巴金在巴黎》一文發表在《當代》上的那張照片。這一切恍如昨天，我還拍攝了巴老許多照片，留在北京，都一無下落，但這番記憶卻在心中永存。〔註 1368〕

10 月，《山西文學》2005 年第 10 期刊發杜特萊的文章《跟活生生的人喝著咖啡交流——答本刊主編韓石山問》。

〔註 1364〕《藝苑》2005 年第 4 期第 27～30 頁，2005 年 8 月 20 日出版。

〔註 1365〕《山西文學》2005 年第 10 期第 4 頁，「編者按」。

〔註 1366〕劉再復著《再論高行健》第 57～63 頁，臺北聯經出版事業股份有限公司 2016 年 12 月初版。

〔註 1367〕高行健《悼念巴金》文末標注：2005 年 10 月 18 日於巴黎。《論創作》第 344 頁，臺北聯經出版 2008 年 4 月初版。

〔註 1368〕高行健《悼念巴金》，《論創作》第 344 頁，臺北聯經出版 2008 年 4 月初版。

　　杜特萊提及高行健時這樣說：

　　使我著迷的是這位老兄詩一般的描述以及展現與女人之間關係時筆下那種坦率。我當然也喜歡他作品中的那種探索精神。就說《靈山》吧，人物只是被簡單地冠以我、你、他或她，這應該是極其獨特的。〔註 1369〕

　　1991 年，高行健在臺灣出版了他的小說《靈山》。我一看到這本書，馬上就感受到其與眾不同，將其翻譯成法文的願望亦即產生。我太太麗蓮和我，在還沒有找到出版社的情況下開始翻譯了。事實上，作品本身使我們確信它會在法國取得巨大的成功。當我們的翻譯於 1995 年出版後，評論界的頌揚之詞隨即送至。

　　高行健榮獲 2000 年度的諾貝爾文學獎，我們對此並不感到特別意外。我覺得這個獎跟如此風格獨特而又內涵豐厚的著作很匹配，高行健畢竟對西方文學和中國古典文學皆有相當深的功底。受東西方兩種文化之厚愛，當然也得益於其自身超然獨立的創作意識（他寫作是回應一種內在的需要而非滿足這種或那種政治風向），在我看來，他的確開拓了一條中國文學全新的創作之路。就像部分中國作家所承認的，這一獎勵對世界對中國都是至高的榮譽。

　　不管怎麼說，每次諾貝爾文學獎頒獎後都會有很大的辯論和爭論隨即而來，這絕不是關聯高行健的個別現象。

　　在我看來，文學的創造不應該只賦於這個或那個國家，她應該屬於全人類，應該超越國界和意識形態的差異。〔註 1370〕

　　10 月，《東南學術》2005 年第 5 期刊發南帆的論文《現代主義：本土的話語》。〔註 1371〕

　　11 月，《福建論壇人文社科版》2005 年第 11 期刊發吳金喜、鄭家建的論文《詩學的與哲學的維度——論 20 世紀中國小說研究的兩個生長點》。〔註 1372〕

　　12 月 20 日，《戲劇》2005 年第 4 期刊發付治鵬的文章《生態批評與中國生態戲劇——對三個戲劇文本的生態主義批評》。

　　內容摘要：生態批評自上世紀 70 年代被提出後至今方興未艾，它不僅是

〔註 1369〕《山西文學》2005 年第 10 期第 6 頁。
〔註 1370〕《山西文學》2005 年第 10 期第 7 頁。
〔註 1371〕《東南學術》2005 年第 5 期。
〔註 1372〕《福建論壇》2005 年第 11 期第 10～14 頁。

一種新的批評理論，而且是一種新的思維方式和創作思想。戲劇史上，在易卜生和契訶夫的某些作品中，生態戲劇已初露端倪，那麼中國的生態戲劇的緣起及現狀如何，它有什麼樣的文化歷史風貌，又蘊藏著哪些獨特的生態觀念？就這些問題，本文擬運用生態批評的方法對三個話劇文本——《野人》、《中國夢》和《魚人》進行闡釋。〔註1373〕

12月25日，《藝苑》2005年C1期刊發喬悅的文章《導演中心主義與中國當代探索戲劇》。

文章摘要：1986年由林兆華導演的《野人》正式公演，這齣戲以豐富的想像力和極強的視覺衝擊力震撼著話劇界。林兆華以生態學家的意識流為線索，用原始的人體造型與燈光的配合來表示劇中的意象，巨幅白布和著20雙手緩緩升起，燈光一打，形成一種變幻莫測的神氣景象，標示出與人藝當時風格迥然不同的另類風情。此劇公演之後便引起軒然大波，備受爭議，人們在懷疑林兆華的同時，不禁疑惑。「這難道也是戲劇？這是以寫實為標誌的人藝戲劇嗎？戲劇居然也可以這麼導？」〔註1374〕

12月，香港大山文化出版社推出柯思仁的著作《高行健與跨文化劇場》（譯者：陳濤、鄭傑）。〔註1375〕

該書目錄如下：

〔註1373〕《戲劇》2005年第4期，中央戲劇學院戲劇雜誌社2005年12月20日出版。

〔註1374〕《藝苑》2005年C1期第92～98頁，2005年12月25日出版。

〔註1375〕該書的出版信息由劉劍梅幫忙查閱，特此感謝。

附錄　多聲部作爲現實的批判：《叩問死亡》中命運與自由的反思
中文版後記

12 月，《重慶社會科學》2005 年第 12 期刊發胡志峰的文章《從語言到表演到禪——談高行健的戲劇觀念》。

摘要：高行健是當代戲劇家中有自己獨特又清晰的戲劇觀念的劇作家。高行健的戲劇理論否定了戲劇是文學的戲劇，建立了圍繞表演展開的、強調表演的劇場性和假定性等的戲劇觀。隨著他對禪宗觀念思考的日益加深，戲劇觀中透露出濃厚的禪宗思想。〔註 1376〕

這一年，意大利米蘭出版《給我老爺買魚竿》意大利文譯本。法國巴略雨果劇場演出《生死界》。希臘雅典東方文化中心演出《夜遊神》。德國畫廊舉辦高行健個展並出版畫冊《高行健水墨作品》。新加坡美術館舉辦高行健繪畫大型回顧展並出版畫冊《無我之境，有我之境》。〔註 1377〕

《冷的文學——高行健著作選》（中英文對照版，高行健著、方梓勳、陳順妍譯）由香港中文大學出版。

該書包括導論（《自由與邊緣性：高行健的生命與藝術》，由方梓勳著、陳嘉恩譯）；文章：《冷的文學》（陳順妍譯）、《文學的理由》（陳順妍譯）、《〈沒有主義〉自序》（陳順妍譯）、《巴黎隨筆》（方梓勳譯）；小說（《《靈山》選段（陳順妍譯）、《一個人的聖經》選段（陳順妍譯）、《給我老爺買魚竿》（陳順妍譯）、劇本《生死界》（方梓勳譯）；詩歌（《《聲聲慢》變奏》（方梓勳譯）、《我說刺蝟》（方梓勳譯）。

方梓勳在「導論」的最後指出：

高行健是藝術家，也是作家，他最珍視自由。他曾寫道他慶幸自己獲得法國接納，賦予他表述與創作的自由。然而，在不同的社會制度下生活，他又得抵抗新一種壓力，這種壓力來自藝術的商品化，它有別於中國的政治禁制，它通過共識進行，而非強行控制。在法國，高行健在他移居的社會及時代裏，選擇了所容許的最大自由：

你選擇的是不理會市場行情的自由，你選擇的是不追隨時髦的藝術觀念的自由，你選擇的是做你自己最想做的藝術的自由，你選擇的是合乎個人的藝術趣味的自由。

〔註1376〕《重慶社會科學》2005 年第 12 期第 52～55 頁。
〔註1377〕劉再復著《再論高行健》第 245～246 頁。

　　因此，他願意冒險，自甘被視為不合時宜的藝術家，絕跡於藝術編年史的名列。不過，他泰然自若，安守時代潮流以外的位置，開展他自成一派的美學與藝術的追尋。

　　當今是流亡作家的年代。高行健之有別於其他流亡作家，在於他能把他生命中的兩種文化結合起來，以融會不同的眼界，然而這並非表面化或機械式的，而是一種有機的融和，也是一種生活方式，甚至是一種生存的自衛機制。為了避開集體主義的圍攻，高行健以西方的個人主義作庇護，但後者不過基於自我膨脹及生活與存在的種種荒誕，他也不能接受。高行健自成一派的個人主義富有人文主義色彩，它既非對抗，也不利己，只求達致個人的安寧與不必去從的充分自由。

　　高行健相信，流亡不會導致文化衝突或兩邊孤寂，他處於「雙重外置」的處境——不論處境新舊，他永遠都是異鄉人，何時何地他都可安享自由；新與舊的關係靈活多變，更替不迭，優先的事項也不停轉換。中間的狀態既見接觸，又有調和，變得極富生產力，對高行健來說，更有無盡的可能。〔註1378〕

　　劉再復的文章《中國現代文學中的兩大精神類型——魯迅和高行健》刊發在香港《文學評論》2005年創刊號上。此文為劉再復在臺灣清華大學臺灣文學研究所和菲律賓亞洲華人作家協會上的演講稿。〔註1379〕

　　劉再復指出：魯迅和高行健是二十世紀中國現代文學中很有代表性的兩種精神類型。但是，對於中國人來說，對魯迅已非常熟悉，認識也很充分，而對於高行健，雖然也知其名，但仍然很不瞭解。對於高行健，我們最好先認知，然後再作價值判斷與情感判斷。高行健是一個非常特別的中國作家，正如我的朋友李歐梵教授所說，高行健的審美趣味是歐洲高級知識分子的審美趣味，精神內涵比較深邃，藝術形式也比較不同一般，因此，要進入他的世界，相對就比較難。

　　他們兩個有兩個共同點：第一，他們都是原創性極強的文學天才。五四前驅中，魯迅出手不凡，一寫起小說來，就寫得那麼成熟，自成一種文體，

〔註1378〕方梓勳《自由與邊緣性：高行健的生命與藝術》，陳嘉恩譯，高行健著、方梓勳、陳順妍譯《冷的文學——高行健著作選》之「導論」，xlv～xlvii.
〔註1379〕劉再復著《再論高行健》第65～73頁，臺北聯經事業股份有限公司2016年12月初版。

其《狂人日記》，今天讀起來，還讓我們覺得文氣那麼豐沛，文字那麼漂亮。魯迅小說的藝術效果不是讓人感動，而是讓人震動，它總是搖撼著你的靈魂。高行健也很特別，他的作品還沒有問世，他把幾個小說的稿子給巴金看，就得到巴金的激賞。他寫出《現代小說技巧初探》，一下子就引發了一場全國性的討論，而他的長篇小說一旦寫成，就完全改變了小說的觀念與小說的文體。他的十八個戲劇，每一個都不重複自己，還完成了三項突破：在戲劇內涵上突破了奧尼爾的四重關係，創造了人與自我的第五種關係；在戲劇藝術上，創造了戲劇史上未曾有過的內心狀態戲；創造了演員、角色、觀眾的戲劇表演三重性。

　　第二，他們不僅是作家，而且是深刻的思想家，作品中都有作家難以企及的思想深度。五四的文化先驅者，都看到禮教「吃人」，魯迅也看到了，但他多看到了兩個層面，一是「我亦吃人」，二是「自食」，自己吃自己。當時的思想者，如李大釗等，只看到中國的制度問題，以爲制度一旦得到「根本解決」，其他的都會迎刃而解，而魯迅還看到「文化」問題，特別是深層文化問題，即國民性問題。他看到國民性不改變，什麼好的制度進來都會變形變質。事實證明魯迅的見解是對的。高行健也是如此。「六四」的學生逃亡者和一些知識分子都認爲，只要能從政治陰影中逃亡，便萬事大吉。高行健則想到，人最難的是從「自我的地獄」中逃亡。人最難衝破的是自我的地獄，無論走到哪一個天涯海角，自我的地獄都會跟隨著你。高行健的劇本《逃亡》，表述的正是這一哲學主題，但被誤認爲是「政治戲」，其實，是很深刻的哲學戲。

　　魯迅和高行健是兩種完全不同的精神類型。簡要地說，魯迅是入世的，救世的，戰鬥的，熱烈擁抱社會擁抱是非的；而高行健則是避世的，自救的，逃亡的，抽離社會與冷觀社會的。

　　與魯迅的「橫眉冷對」不同，高行健的特點卻是「低眉冷觀」。他高舉「逃亡」的旗幟，拒絕政治投入。他從政治中逃亡，從集團的戰車中逃亡，從「主義」中逃亡，最後又從市場中逃亡。他的逃亡，不是政治反叛，而是自救，也可以說，逃亡不是一種政治行爲，而是一種美學行爲，一種人生態度，一種從現實政治關係和其他各種利益關係的網絡中抽離出來的生命大書寫，簡單地說，是一種冷觀現實的超然態度。他們不同的精神取向，可以從他們崇尚的人物和筆下人物看得十分清楚。魯迅不喜歡莊子，他的《起死》（《故事

新編》嘲弄了莊子的無是非觀，而高行健則喜歡莊子的自然文化。魯迅批判「隱士」，高行健則尊崇隱逸文化。如果說，黑衣人宴之敖是魯迅的人格化身，那麼，慧能則是高行健的人格化身。這兩個化身形象，映像出兩種非常不同的精神類型。

這裡應當指出的是，人們往往誤以為，魯迅有社會關懷，而高行健則沒有。這是極大的誤解。其實他們都有關懷，只是從不同層面去關懷而已。高行健不像魯迅那樣，直接投身社會鬥爭，從政治或半政治層次上切入現實關係，而是在從政治中抽身之後，從更高的精神層面去關懷人類的生存困境和自身的人性困境與心靈困境。

不同的精神類型形成不同的文學形態：熱的文學與冷的文學。魯迅是典型的熱文學。《吶喊》、《熱風》、《鑄劍》，連名稱都是熾熱的，魯迅把自己的雜文稱作「匕首與投槍」，稱作「感應的神經」、「攻守的手足」，當然是熱的。即使是前期的小說，其基調也是批判的，抗爭的，感憤的。高行健則拒絕作魯迅式的批判者、反叛者和裁決者。作為一個作家，他給自己的定位是觀察者、審美者、呈現者。他的所謂「冷」不是冷漠，而是冷觀。他的作品的詩意不是來自莎士比亞、歌德式的激情，而是來自卡夫卡式的冷觀。卡夫卡才是高行健的出發點。不瞭解卡夫卡，就沒有辦法瞭解高行健的《夜遊神》、《叩問死亡》等荒誕戲劇，就不可能進入高行健的深層世界。他的《一個人的聖經》寫的文化大革命，是黑暗的年代，是混亂的現實，但寫得很有詩意，其關鍵就在於它不是訴諸譴責控訴，也不是訴諸悲情，而是冷靜地呈現。詩意來自低眉冷觀。這與魯迅的詩意源泉——戰鬥激情，差別很大。在說明高行健文學的詩意源泉時，特別應當強調的是高行健發現了內部主體三重性，即人的內心中你、我、他三座標，尤其是他，這是一雙具有觀察自我的中性眼睛。有了這雙審視自我、評述自我的眼睛，便有冷靜。可以說，到了高行健，中國現代文學的政治浪漫和文學浪漫才有了一個句號，一個終點。

高行健選擇一種和魯迅完全不同存在方式和寫作方式，卻在不同程度上反映中國現代知識分子和現代作家巨大的精神變遷。研究這種變遷，將是一個很有趣的課題。〔註1380〕

巴黎中國書展把高行健排斥在外，引起法國輿論和知識界不滿。

高行健的妻子西零回憶：巴黎的 2005 年書展，以中國為主題，把高行健

〔註1380〕劉再復著《再論高行健》第 65～73 頁。

排斥在外，引起輿論和知識界的不滿。作家評論家、電視主持人菲德利克・貝德貝格身穿寫有「我們都是高行健」的 T 恤衫，在書展開幕式上鬧場。這條新聞被炒得沸沸揚揚，大家都為高行健抱不平。他在獲得諾貝爾文學獎之後又一次成為新聞人物。當時的外交部長、後來的總理維勒班還特意來家裏看望他。和以前一樣，不從事政治的人，這一次又被牽扯進政治。那又如何？他不以為然，也不為所動，依舊還是回到自己的書房、畫室，做自己的文學藝術。〔註 1381〕

2006 年　66 歲

1 月，馬來西亞期刊《焦風》第 495 期發表劉慶倫在法國採訪高行健的文章——《後諾貝爾時期的高行健》。

文章寫道：在高行健榮膺諾貝爾桂冠後，法國南部的城市馬賽為高行健舉辦了「馬賽高行健年」，內容包括呈現他的一個大型畫展、一部戲劇《叩問死亡》、一部歌劇《八月雪》以及目前進行最後製作階段的藝術電影《側影或影子》。高行健在短短幾年內以帶病之軀完成了多項巨作的創作，超越了他所設給自己的挑戰，無怪乎他笑言：「目前是我生命中最享受的階段，我把它稱為我的「後諾貝爾時期」。

問：獲獎對你的創作有什麼影響？

答：應該說沒有什麼影響。得獎後來自各地各界各種各樣的反應，你根本無法去回應，而我甚至沒有時間去看，因為單單是排山倒海的活動已經是招架不住了。

第一時間的即興反應，往往沒有多大的意思，真正的反應，應該是去讀嚴肅的研究文章。對我來說，我最有興趣的是去做新的創作，過去我的作品該怎麼去評呢？我認為寧可留給評論家去研究，或者是讀者去評論。通常，有很多人想和我討論我以前的作品，我的回應是：最好你去寫你的，我怎麼看、怎麼說是不重要的，你怎麼看，怎麼評才是重要的，你才是研究者，你完全不要管我怎麼看。我希望他們寫出一些不一樣的看法。

目前有來自法國、美國、意大利、比利時以及亞洲的一些博士生對我的作品進行研究，我覺得有一些論文確實寫得很有意思。他們用另一個觀

〔註 1381〕西零《藝術家妻子的簡單生活》，西零著《家在巴黎》序第 6～7 頁。

點，另一個文化背景切入，寫得相當聰明，相當深入，為我提供了另一個角度來看回我自己的作品。偶而讀到一些新鮮角度的研究文章，還是很有意思的。

我以為我自己最好不談（評論）自己的作品，很多研討會要我談自己的作品，我說最好由大家來談，我坐一旁就好了。如果我來說，那麼大家就不好意思談了；我的看法不一定就是你的看法。我希望我的作品所提供的看法是多面的，有完全不同的看法也可說是我作品的信念之一。因此，我最好不評論我自己的作品。

問：你如何抉擇採用哪一種媒介來創作？

答：這話說來只有從事創作的人自己才會知道。譬如這個材料就適合作一個短篇，要是撐長就不行了；而那個材料立刻讓你感覺到做成一個短篇是不夠的，它必須寫成一個戲劇；但是，有的戲劇是可以改編成電影的，有的戲劇是不能改編成電影的，因為它不是電影的材料。這就是「藝術感覺」，這感覺很難去加以解說，也很難描述。有可能是這材料到了別人的手上，他的藝術感覺是處理成戲劇，可是到你的手上是處理成小說，但是到了另一個人的手上，卻處理成詩歌，這說明每一個人的藝術感覺都是不一樣的；但是這樣對於每個創作者來說，他自身的藝術感覺和創作手法的選擇性卻是非常明確的。

我的藝術感覺來自於經年累積的藝術趣味、工作經驗以及複雜而充滿多元文化的背景衝擊和培養而形成的，這當中當然也包括了我個人的遭遇及觸景生情，於是突然間對於某個材料引起了興趣而非要寫不可；這是很微妙的，卻是那麼的實在。

問：您怎麼看「改編」？

答：好的改編是一部「再創作」。除非在原著中找到另一個形式來進行再創作，讓他重新再發光。我對於自己的作品從不進行改編。如果是針對電影，我就創作電影劇本；如果是創作戲劇，我就寫戲劇的劇本。至於像有位法國的演員想把我的戲劇《逃亡》改編成電影，那麼我就讓他改編，我也不做任何創作上的要求，讓他自由發揮，因為這是他的再創作。

問：戲劇《天使的日記》發表了嗎？

答：《天使的日記》最後的命名就是現在的《夜間行歌》，目前已完成了，但是還沒有發表。現在有一組從事音樂電影的法國青年，要把這個劇本改編

成電影，可能明年可以開拍。

　　最近有一個很有意思的現象，就是我收到一位墨西哥的年輕導演的來信，他剛剛獲得了兩個國際電影節獎，說要把我的短篇小說《抽筋》拍成電影，我看了他寄來的兩個 DVD 短片，其中一個還得了兩個獎——確實拍得很好，而且看了他的作品，我完全明白他對我的作品的瞭解，也相信他能拍得很好。另外還有一位曾經拍過我的繪畫短片的法國導演，現在要和一位舞蹈家聯合來呈現《靈山》的其中一個片段，並採用我的繪畫圖像作爲其中的元素，從而進行電影的創作。此外，一位法國的年輕演員和他的組合希望明年能夠開拍我的《逃亡》，很有意思。他們全都沒有中文的背景，但是偏偏《抽筋》、《逃亡》及《靈山》都是我在中國著手創作的作品，因此我深信有一種「語言」是可以交流和溝通的。

　　人本身在深深的內心之中是孤獨的，但是通過藝術和創作竟然可以溝通，可見藝術和創作就有這麼一種力量。

　　問：談談實驗性對您在創作時的重要性。

　　答：是的，我的戲劇一直都在作實驗的工作。從早期在中國大陸演出的《絕對信號》開始，甚至更早以前就已經展開了實驗性。事實上我的每一個戲劇都在實驗，而且我從不重複，所以寫作法、劇作法都是不重複的。我從不強迫導演，但是我會建議給導演、演員一條思路，這條思路在我已開始創作劇本的時候就已經存在了。

　　通常我在寫劇本的時候，我的眼裏會出現演員的呈現，這樣寫起來才會有味道，否則和舞臺脫節了，那麼寫出來的東西一定不好看，這是創作戲劇的要求。

　　問：創作時您會想到讀者嗎？

　　答：我在進行創作的時候，包括寫作、繪畫，我都不會想到讀者或者觀眾，直到作品完成以後，別人怎麼看、怎麼評論，那是另外一回事。我甚至會審視我自己，我要把我自己淨化掉，盡量不要帶太多的情緒去進行創作。我把這個情況稱爲「第三隻眼睛」或「中性眼睛」。在進行創作的時候，心境上要有一種距離感，那麼才能夠準確地捕捉，否則只是一種情緒的衝動。

　　問：您對華文文學特別是馬華文學有何要說的嗎？

　　答：對於馬華文學而言，只要大家有自信，要沉得住氣，還有不管他人認可與否，持之以恆的創作，同時確有表述的對象，而且不去討好、取巧，

那麼一定是會出成果的。

馬來西亞擁有一個很好的華文背景，也有一個很紮實的華文教育基礎，從我自身的經驗：在最早期接觸到的一個馬來西亞華人朋友——他是《靈山》英譯者陳順妍教授的朋友兼中文顧問，我被邀請到他家作客，發現他藏書之多，以及對於古文修養的掌握，可說是目前中國大陸缺乏古文修養的年輕一代所遠遠不及的，而事實上這位馬來西亞的朋友卻原來是一位數學老師；後來我在臺灣又見到很多優秀的馬來西亞人，最近我讀到一位在《聯合報》獲獎的馬華年輕作家的短篇小說，他對於中文文字語言的掌握相當不錯，我甚至覺得這樣紮實的文字在中國大陸當前的寫作青年來說也並不多見。

因此我們可以說，除了中國大陸以外，事實上華文文學已遍及全世界，加上華人在全球的地位已提高，華人的文化修養也提高了，加上文化提升的必要條件——經濟基礎以及教育水平都相應提升了。無可否認，一定的經濟條件、生活無虞、良好教育，才會產生文化需求以及藝術追求。再者，海外華人社會比起大陸更有優勢的有利條件，就是掌握了多語的能力，以及更貼近與西方文化的交流。因此除了以中文寫作的華人作家外，現在甚至出現了一些很好的「華人英文作家」。我相信好的華人作家是有的，只是什麼時候成熟？這就有待作品的成熟以及作家自身的成熟而論。

另外一個很重要的關鍵就是「有待發現」。我們的文學評論往往只是往外看，不往內看，評論家應該要往內看，發掘本地優秀的創作人。我想蔡明亮就是一個例子，我從各方面的來的訊息，包括法國評論界對於他幾乎都是一致好評，他顯然是一個很好的藝術家，我希望有時間能夠好好地看看他的電影。〔註1382〕

2月，《華文文學》2006年第1期刊發周冰心的文章《迎合西方全球想像的「東方主義」——近年來海外「中國語境」小說研究》。〔註1383〕

該文在第二部分談及高行健的小說《靈山》與《一個人的聖經》。

3月，《四川教育學院學報》2006年第3期刊發佘愛春的論文《生態戲劇的經典之作——高行健劇作〈野人〉的生態解讀》。

〔註1382〕來自華藝臺灣學術文獻數據庫，該數據庫2018年4月～6月在汕頭大學免費試用，筆者4月13日下載。

〔註1383〕《華文文學》2006年第1期第41～68頁。

文章摘要：高行健的三幕戲劇《野人》可以說是 20 世紀中國戲劇史上生態戲劇的經典之作。劇作從人類的終極關懷出發。通過古老文明中人與自然的和諧與現代社會中人對自然的瘋狂掠奪、壯美寧靜的原始森林與嘈雜喧囂的現代都市、「野人」的醇厚質樸與現代人的利慾薰心等方面強烈而鮮明的對比，凸顯出現代社會中人與自然、人與人、人與自我之間嚴重失衡的殘酷現實，表現出重建人與自然的和諧融洽、共生共榮的生態理想。〔註 1384〕

4 月，《華文文學》2006 年第 2 期刊發馬建的文章《重新開闢的語言境界——比較高行健和哈金的小說語言》。

摘要：高行健和哈金同樣被西方讀者接受，他倆的獨特之處在於語言境界中一個曲高和寡，一個通俗易懂，共同之處是冷靜和樸實。高行健操控小說如戲劇，天馬行空的文筆。而哈金則緊跟著十九世紀的作家們早已成型的模式，勤勉不倦地努力耕耘著。

4 月，《圖書館論壇》2006 年第 2 期刊發李江瓊的文章《中文普通圖書著錄解疑》，該文從計算機編目和圖書著錄提及高行健的著作。

她在對「314 字段」一節中指出：

為了知識責任附注項，記錄圖書各種責任者的文字說明，應使用本字段詳細記錄其基本情況，如有關國籍、出生年月等，以便為建立名稱規範記錄提供充分的依據。我館對該字段著錄的傳統是：在封面或封底出現的個人或團體責任者說明，做 314 字段的著錄，在內文或編目員通過網絡獲取的有關個人或團體責任者的說明應著錄於 314 字段。如高行健所著《靈山》（2004 年出版）一書，書中沒有著者國籍的說明，規範庫中的相關資料，於是筆者認為本書的相關項的著錄為：

1010＃$achi（因為著者仍以中文寫作）

2001＃$a 靈山$f〔法〕高行健著（方括號內的國籍來自非規定信息源）

314＃＃$a 高行健（1940—），是以中文寫作的法籍華裔，生於中國江西贛州，2000 年獲諾貝爾文學獎，……

690＃＃$AI56545$4

由此可見：由於 314 字段的附注說明，本書因著者國籍的改變而歸類到法國的現代小說，如果沒有 314 的說明，則本書仍歸類到中國的現代小說，

〔註1384〕《四川教育學院學報》2006 年第 3 期第 64 頁，2006 年 3 月出版。佘愛春，玉林師範學院中文系講師，文學碩士。

顯然是不合適的。同時也爲更新該著者的名稱規範記錄提供充分的依據。同樣本館入藏的高行健近年創作的《朋友》、《叩問死亡》等作品也存在著上面的問題。〔註1385〕

6月，臺灣期刊《中山人文學報》第22期刊發李怡瑾論文《高行健戲劇藝術的「跨領域」芻論——以中山大學劇場藝術學系2005年製作的〈車站〉爲例》。

論文摘要：戲劇一向被視爲一種「綜合藝術」。它兼備了文學、音樂、視覺等的多樣藝術元素。隨著劇場藝術變革的多樣化演變以及藝術美感經驗的多元化訴求，東、西方現代戲劇反而朝向「返樸歸眞」的簡單化發展。高行健的實驗戲劇以其民族特色引起關注，2005年中山大學劇場藝術學系所推出的年度製作《車站》這齣戲，便是在現代戲劇與「民族形式」的藝術特色中進行創作的。《車站》的「跨領域」藝術特色表現在融合布萊希特「史詩劇場」的表演美學，因此在戲劇形式方面，它具有史詩劇的形式和東方傳統戲曲舞臺「假定性」的特點。該劇以中、西方戲劇形式的融合，以及高行健戲劇理論所主張的「劇場性」，呈現出新穎的現代戲劇樣式。本文即力求透過《車站》這部劇作的呈現，對高行健戲劇觀在「跨領域」的影響做初步的探討。

作者李怡瑾爲臺灣中山大學助理教授。〔註1386〕

10月，臺灣期刊《哲學與文化》第33卷第10期刊發蔡明哲的論文《全球化與中國文人水墨畫的藝術界域問題——民族主義的張大千和沒有主義的高行健》。

文章摘要：本文以兩位因政治局勢而被迫自我放逐域外的水墨畫家：文化民族主義者張大千和沒有主義者高行健爲例，分述他們對文化全球化和中國傳統文化，所採取的差別反應。檢視他們對東西方藝術界域的不同詮釋，以及從東西藝術界域局限下追求解脫的幅度和方式，藉此瞭解東西方藝術交流的界域問題。

張大千的「新文人畫」，受西方藝術影響，主張敞開心胸，接納西方藝術。雖然他吸收的西方藝術成分不多，但這種主張有益於水墨畫向西方學習和創

〔註1385〕《圖書館論壇》第26卷第2期第165頁，2006年4月出版，該刊爲廣東省立中山圖書館主辦。李江瓊爲廣東省立中山圖書館編部館員。

〔註1386〕來自華藝臺灣學術文獻數據庫。

新。高行健自認水墨畫是一種「心象圖畫」。「另一種美學」，主張「溶解東西方的水墨」。「沒有主義」，指不管風潮，畫自己的畫。這對試圖跨越中西藝術界域而言，是個非常現實的解脫方式。

蔡明哲是臺灣東吳大學社會學系教授。〔註1387〕

10月15日，大江健三郎與高行健在法國對談。

該活動源於法國愛克斯－普羅旺斯圖書節邀請大江健三郎訪問法國，舉行以「邊緣」爲題的對談，主持人爲愛克斯－馬賽大學副校長、高行健的譯者杜特萊教授和法國作家菲利普・弗萊斯特。〔註1388〕

10月，《語文學刊（高教，外文版）》2006年第10期「文學研究」欄目刊發景曉鶯的文章《相似和對立：〈車站〉與〈等待戈多〉主題之比較》。

摘要：兩劇在主題（subject）上相同而在主題思想（theme）上對立，反映了各自的時代特徵、生活狀況和價值取向。

作者爲上海師範大學外國語學院講師。〔註1389〕

10月，《遼寧工學院學報》2006年第5期刊發王京鈺的文章《解讀〈靈山〉中的「你」「我」「他」》。

作者爲日本福岡教育大學的教師。〔註1390〕

11月，劇作《週末四重奏》由臺北聯經初版第四刷。

12月，臺灣期刊《嘉南學報（人文類）》第32期刊發陳昭昭的論文《另一種模糊美學：論高行健〈山海經傳〉》。

論文摘要：高行健無論在小說、戲劇、水墨畫、美學理論等諸多創作，皆能開拓獨特脫俗之新境。其中《山海經傳》乃以中國神話巨著《山海經》爲基石，所建構的一齣史詩現代劇作。此劇不但企圖脫離傳統意識形態，還原原始神話面貌，且「是回到中國古老的戲劇傳統以找尋現代戲劇形式的一種嘗試」。該劇結構多變而統一，劇中人物群像也幾近顛覆傳統形貌，也有當代劇評家將之歸爲「荒誕派」。以上諸如從傳統轉化爲現代戲劇試驗過程之「不確定性」，或劇作結構「多變而統一」，或劇中人物形塑具「多樣顛覆性」，以及創作類型「荒誕」等現象，均與「模糊美學」理論相關。

〔註1387〕來自華藝臺灣學術文獻數據庫。
〔註1388〕高行健著《論創作》第324頁，臺北聯經事業股份有限公司2008年4月初版。
〔註1389〕《語文學刊（高教，外文版）》2006年第10期66～69頁。
〔註1390〕《遼寧工學院學報》2006年第5期第73～75頁。

作者陳昭昭單位為嘉南藥理科技大學文華事業發展系。〔註1391〕

這一年，高行健導演的第一部電影《側影或影子》（128分鐘）拍攝完成。該片在柏林國際文學節首演。

法國出版杜特萊編的論文集《高行健的小說與戲劇創作》。美國出版社將《靈山》收入現代經典叢書並出版該書珍藏版。美國公共圖書館頒發給高行健雄獅圖書獎，同時獲獎的還有諾貝爾文學獎得主土耳其作家巴穆克和諾貝爾和平獎得主美國作家威塞爾。澳大利亞出版《文學的見證》英譯本，譯者陳順妍。

意大利威尼斯戲劇雙年展演出《對話與反詰》。意大利聖米尼亞多劇場演出《逃亡》。韓國首爾劇場演出《絕對信號》、《車站》和《生死界》三部劇作。美國布萊克斯堡的威爾尼吉亞科技學院和州立大學演出《彼岸》。

參展法國巴黎藝術博覽會。法國巴黎一畫廊舉辦高行健個展並出版畫冊《高行健》。德國柏林法國學院舉辦高行健水墨個展。比利時布魯塞爾一畫廊以高行健的個展參展當代藝術博覽會。瑞士伯爾尼美術館舉行高行健個展。〔註1392〕

2007年　67歲

2月9日，在巴黎寫作《林兆華的導演藝術》，高度評價了20多年前的搭檔林兆華的戲劇美學，認為他是世界級別的大導演。〔註1393〕

他不吝讚美地說：評論家通常都說林兆華有幸同我合作，殊不知，如果沒遇上他，我這一番戲劇構想在中國舞臺上也見不了天日。〔註1394〕

「如果說，《車站》和《絕對信號》在北京人藝開創了中國當代的前衛戲劇小劇場實驗戲劇，林兆華的戲劇美學也就初見端倪——從生活的真實出發去找尋盡可能充分的舞臺表現。也可以倒過來說，在充分肯定舞臺假定性的前提下，去找尋表達人物真實感受盡可能鮮明的表演。充分確認劇場這當眾表演的環境，不去複製一個虛假的現實場景，舞臺上做的就是戲，不去製造

〔註1391〕來自華藝臺灣學術文獻數據庫。

〔註1392〕劉再復著《再論高行健》第246～247頁。

〔註1393〕高行健《林兆華的導演藝術》文末標注：2007年2月9日於巴黎，林兆華口述，林偉瑜、徐馨整理《導演小人書》（全本）之「看戲」第181頁的注釋。

〔註1394〕高行健《林兆華的導演藝術》，林兆華口述，林偉瑜、徐馨整理《導演小人書》（全本）之「看戲」第176頁。

幻覺的真實，這就是林兆華給中國話劇界帶來的第一個啓示。〔註1395〕

　　林兆華在中國開創的小劇場實驗戲劇帶來另一個啓示：演員在舞臺上不必等同於角色，他可以是角色，也可以還原爲演員，進出自由。這在當時的中國話劇舞臺上也未曾見過。他一直企圖建立中國的表導演學派。俄國的斯坦尼斯拉夫斯基的表演方法長期主導中國話劇的舞臺，是林兆華第一次改變了這種局面。他創導的方法也不同於德國的布萊希特，前者主張的心理體驗，也就是，如何把我化成角色，二者合二爲一；後者的間離法，強調的是演員如何詮釋他的角色。林兆華的獨特之處在於，他發現在兩者之間還有個中介，即中性演員的身份。〔註1396〕

　　林兆華導演的《哈姆雷特》，可以說正是他的這種表導演方法的一個充分的舞臺體現。諾大的舞臺上只有一把椅子，也不知是理髮師的還是牙醫的，何等的簡潔！九個演員串演了莎士比亞的這麼一齣大悲劇，哈姆雷特的臺詞居然也可以由殺父奪母的篡位的扮演者來說，劇中的刀光劍影，演員只徒手比劃比劃，好生瀟灑，卻把當時的丹麥這個陰森的監牢表現得驚心動魄，是我看過的許多《哈姆雷特》的演出中最精彩的一齣，我个禁要說林兆華是一位大導演，同現今西方最優秀的導演相比，絲毫不遜色。他能把中國的、外國的、古典的、現代的戲，按照他的方法，處理得這樣生動、活潑、鮮明而富有舞臺感。這種毫不掩飾的劇場性也是他導演的特色。」〔註1397〕

　　他在最後一段深情地說：我同林兆華無間的合作，許許多多徹夜長談，共同的策劃和默契，是我在中國最美好的回憶。〔註1398〕

　　2月15日，在巴黎爲「斯奈特美術館高行健水墨展」寫序言。〔註1399〕

　　2月，《第三隻慧眼──高行健訪談》刊發在法國的《歐洲》文學雙月刊1／2月號上，由丹尼爾・貝爾熱撰文，蘇珊譯。〔註1400〕

〔註1395〕高行健《林兆華的導演藝術》，林兆華口述，林偉瑜、徐馨整理《導演小人書》（全本）之「看戲」第176～177頁。

〔註1396〕高行健《林兆華的導演藝術》，林兆華口述，林偉瑜、徐馨整理《導演小人書》（全本）之「看戲」第177～178頁。

〔註1397〕高行健《林兆華的導演藝術》，林兆華口述，林偉瑜、徐馨整理《導演小人書》（全本）之「看戲」第180～181頁。

〔註1398〕高行健《林兆華的導演藝術》，林兆華口述，林偉瑜、徐馨整理《導演小人書》（全本）之「看戲」第181頁。

〔註1399〕高行健著《論創作》第346～347頁，臺北聯經股份有限公司2008年4月初版。

〔註1400〕高行健著《論創作》第288～296頁。

4月17日，在巴黎寫作關於《側影或影子》。〔註1401〕

4月，《大江健三郎與高行健對談》（蘇珊整理翻譯）刊發在香港《明報月刊》2007年4月號。〔註1402〕

4月，《勵耕學刊（文學卷）》2007年第1輯刊發張檸的文章《一個時代的文學病案》。

該文摘要：早期高行健以戲劇創作聞名，但他的獲獎卻與其20世紀90年代創作的兩部長篇小說《靈山》和《一個人的聖經》關係更爲密切。本文以高行健的這兩部主要敘述作品爲研究對象，探究敘事者的精神狀態和敘事語言的發生學問題，「追寇入巢」地解析一個時代的語言疾病、心理障礙和文化治療的敘事路線，並詳細討論高行健小說「疾病語言」和「遊戲語言」的衝突，重構歷史和「記憶障礙」的矛盾，「厭女症」和殘缺不堪的女性主題，民間文化和東方美學與文化治療的關係等問題。〔註1403〕

4月，《韶關學院學報社科版》刊發季玢、金紅的論文《追求原始的野性——論高行健戲劇觀的傳統資源》。

摘要：假定性、劇場性以及娛樂性是高行健從民間文化中摘取的三顆重要的「種子」。他渴望這三棵「種子」能在20世紀70年代末的中國土壤中存活下來，以此帶動中國戲劇的復興。高行健尋戲劇之「根」並不是對中國原始野性文化的自戀，而是再現代性浸淫中對傳統戲劇資源的新的開拓，是一種找尋超越與突破支點的努力。〔註1404〕

5月14日，余英時在普林斯頓爲劉再復的新書《思想者十八題》作序《從「必然王國」到「自由王國」》。〔註1405〕

余英時說：

在對談錄部分，我特別要提醒讀者注意他和高行健、李歐梵、李澤厚三位朋友的對話。這是思想境界和價值取向都十分契合的「思想者」之間的精

〔註1401〕高行健著《論創作》第111～120頁。

〔註1402〕高行健著《論創作》第324～333頁，臺北聯經股份有限公司2008年4月初版。也收入劉再復著《再論高行健》第97～108頁，臺北聯經事業股份有限公司2016年12月初版。

〔註1403〕《勵耕學刊》2007年第1輯第39頁，由北京師範大學文學院主辦，學苑出版社2007年4月出版。張檸爲北京師範大學教授。

〔註1404〕《韶關學院學報 社會科學》2007年第4期第14～17頁。

〔註1405〕劉再復著《思想者十八題——海外談訪錄》第xxi頁，明報出版社2007年6月初版。

神交流。儘管所談內容各有不同，但談鋒交觸之際都同樣迸發出思維的火花。在這三組對談中，2005 年《與高行健的巴黎十日談》使我感受最深。他們不但是「漂流」生活中的「知己」，而且更是文學領域中的「知音。」他們之間互相證悟，互相支持，互相理解，也互相欣賞。這樣感人的關係是難得一見的，大可與思想史上的莊周和惠施或文學史上的白居易和元稹，先後輝映。再復十幾年來寫了不少文字討論高行健的文學成就。無論是專書《高行健論》或散篇關於《八月雪》劇本的闡釋，再復都以層層剝蕉的方式直透作者的「文心」，盡了文學批評家的能事。這是中國傳統文藝評論所說的「眞賞」，絕非浮言虛譽之比，更沒有一絲一毫「半是交情半是私」（楊萬里句）的嫌疑。在《巴黎十日談》中，高行健先生對再復兄說：

出國後你寫了那麼多書，太拼命了。光《漂流手記》就寫了九部，這是中國流亡文學的實績，還寫了那麼多學術著作。前幾年我就說，流亡海外的人那麼多，成果最豐碩的是你。你的散文集，我每部都讀，不僅有文采、有學識，而且有思想、有境界，我相信，就是思想的力度和文章的格調說，當代中國散文家，無人可以與你相比。這都得益於我們有表述的自由。更關鍵的是你自己內心強大的力量，在流亡的逆境中，不怨天尤人，不屈不撓，也不自戀，而且不斷反思，認識不斷深化，這種自信和力量，眞是異乎尋常。你的這些珍貴的文集呈現了一種獨立不移的精神，寧可孤獨，寧可丟失一切外在的榮耀，也要守持做人的尊嚴，守持生命的本眞，守持眞人品、眞性情。僅此一點，你這「逃亡」就可說是此生「不虛此行」，給中國現代文學增添了一份沒有過的光彩，而且給中國現代思想史留下了一筆不可磨滅的精神財富。

在這短短兩三百字中，高行健爲再復的「第二人生」勾勒出一幅最傳神的精神繪像，不但畫了龍，還點了睛。這也是建立在客觀事實之上的「眞賞」，絕不容許以「投桃報李」的世俗心態去誤讀誤解。〔註1406〕

7 月 30 日，在巴黎寫作《作家的位置》。〔註1407〕這是作者應臺灣大學邀請作的一系列關於文學、戲劇、美學講座的第一講。第二講《小說的藝術》，第三講《戲劇的潛能》，第四講《藝術家的美學》。作者當時身體尚未康復，不便遠行，用錄影的方式做的這一系列演講。〔註1408〕

〔註1406〕劉再復所著《思想者十八題》第 xii～xiii 頁。
〔註1407〕高行健著《論創作》第 29～43 頁。
〔註1408〕高行健著《論創作》第 29 頁。

8月30日，在巴黎寫作《小說的藝術》。〔註1409〕

8月，山西的《滄桑》2007第4期刊發劉琦的文章《觀眾：交流的彼岸──簡析高行健探索劇中的「觀演關係」》。

摘要：高行健的戲劇探索是卓有成效的。考察高行健加強「觀演之間交流」的原因與途徑，可以進一步把握他的戲劇美學追求。

該刊是山西省史志研究院主辦。劉琦是江蘇揚州大學碩士生。〔註1401〕

10月1日，在巴黎寫作《戲劇的潛能》。〔註1411〕

10月20日，《華文文學》2007年第5期刊發戴瑤琴的文章《「圈地」裏的低吟淺唱──論現階段歐洲華文文學》。

文章摘要：歐洲華文文學是發展中的文學，與其他華文文學板塊相比，它具有鮮明的文化氣質和文學個性。文章試從文化環境、文學內涵與文體結構三個角度，分析當前歐洲華文文學的特點、困境與發展方向。〔註1412〕

戴文中與高行健相關的文字這樣表述：

在歐洲文學中，始終堅持巴金一脈，即拋開單純異國風情的表達，而把握中西文化的特質，並著力人性開掘的作家中有高行健和虹影。高行健在國內是「第一隻現代主義的風箏」，旅居法國後，把他提出的文藝創作理念：「語言的三重性」和「表演的三重性」進行了更充分的實踐，小說《靈山》、《一個人的聖經》，戲劇《夜遊神》、《生死界》、《對話與反詰》、《八月雪》等，都成爲他匯通中西的創作範本。但是需要注意的是，雖然中西文化雙重作用於高行健作品是不可否認的事實，但「東方化」才應是他最鮮明的創作旗幟。從客觀上看，高行健汲取了大量的中國傳統文化和中國民間文化資源，並將之融入文藝創作，因此，高行健海外作品在形式和內容上具有明顯的中國特色。從主觀上看，高行健本人從未放棄對現代漢語的偏愛和對中國文化的感激，雖然他一再宣稱自己是「世界人」，但從他的作品中可以捕捉到他對中華文明之根的承繼。他的海外戲劇，並沒有偏離他在國內時提出的「東方戲劇觀」的思想軌跡，而他的小說，更是滿蘊著漢語的優美、中華文明的博大精深和一個中國文人的浪漫才情。同時，高行健的作品技術上的「現代」並非

〔註1409〕高行健著《論創作》第45～59頁。

〔註1401〕《滄桑》2007年第4期第166～167頁。

〔註1411〕高行健著《論創作》第60～77頁。

〔註1412〕《華文文學》2007年第5期第67頁，2007年10月20日出版。戴瑤琴，大連理工大學文學院教師，文學博士。

僅僅體現在他對西方現代主義文藝傳統的繼承，他的「現代」更大程度上表現為他的「現代」眼光和創新膽識，他善於在語言表達和寫作技巧上進行自己的創造。〔註 1413〕

10 月 24 日，在巴黎寫作《藝術家的美學》。〔註 1414〕

11 月 11 日，在巴黎寫作《自立於紅學之林》，該文是為劉再復英譯本《紅樓夢悟》所寫的序言。〔註 1415〕

高行健寫道：

小說在中國封建傳統文化中一直受到排斥，不登大雅之堂，二十世紀初，梁啓超宣導的小說界革命，把小說提升到文學的中心位置，可惜梁啓超看重的只是小說推動社會改革的政治意義，卻忽略了小說對社會和人的生存這更為深刻的認知，文學介入政治，意識形態主導文學，五四啓蒙運動之後，成了中國現代小說的主流思潮。紅學的研究也不例外，以俞平伯為代表的考據和索引派的研究日後則受到嚴厲的批判，代之以政治和意識形態的解說，《紅樓夢》這部巨著審美和哲學的深刻的內涵同樣被掩蓋了。唯獨王國維的《紅樓夢評論》則可謂世紀一絕，首先揭示了這巨大的悲劇中大於家國、政治和歷史的宇宙境界。劉再復的《紅樓夢悟》，可以說是王國維之後紅學研究的最出色的成就，充分闡述了這部文學經典在小說中涵蓋的哲學意蘊。

劉再復的論述著眼的不是曹雪芹的家世，而是叩問《紅樓夢》深層的精神內涵。他指出：書中的男女主人公在世俗功利之外，而正是這種「局外人」才把握到生命的本真；《紅樓夢》不僅是中國封建社會生活的百科全書，而且是中國人文思想的集大成者，達到了東方哲學的至高境界。從中國的原始神話女媧補天淘汰下的頑石，到幻化入世後彷徨無地並目睹周遭眾生不知歸屬、「反認他鄉是故鄉」的荒誕處境，這一切正是人類生存困境的真實寫照。劉再復從王國維出發，又超越了王國維的悲劇論和倫理學，進而說明《紅樓夢》不僅是一部大悲劇，也是一部荒誕劇，作者對生命意義的大叩問，導致「無立足境，是方乾淨」的大覺大悟，何等透徹。劉再復的這番悟證發人深省，令人信服，這才是曹雪芹的精神所在。

《紅樓夢悟》一書，別開生面，不同於通常的考據和論證的方式，以禪

〔註 1413〕 《華文文學》2007 年第 5 期第 69 頁。
〔註 1414〕 高行健著《論創作》第 78〜97 頁。
〔註 1415〕 高行健著《論創作》第 348〜349 頁。

宗的「明心見性」之法，擊點要津，深刻闡釋了曹雪芹的這部生命之書也是異端之書，在敘述藝術掩蓋下的大思想家的眞實風貌，從而在紅學叢林中自立一家「檻外人」門戶，故特此介紹給英語讀者，以助進入《紅樓夢》這超越時代也超越國度的精神世界。〔註1416〕

12月底，劉再復英譯本《紅樓夢悟》由紐約 Cambria Press 出版社推出，譯者爲美國紐約州立大學舒允中教授。〔註1417〕

12月，《揚子江評論》2007年第6期刊發陸煒的文章《高行健與中國戲劇》。

該文稱涉及四個問題：從中國當代戲劇看高行健；從高行健看中國當代戲劇；高行健戲劇是怎樣的；中國當代戲劇是怎樣的。作者爲南京大學文學院教授。〔註1418〕

這一年，出席瑞典筆會舉辦的「獄中作家日」詩歌朗誦會並朗誦《逍遙如鳥》。

美國紐約人道主義和世界和平促進者親穆儀大師授予高行健「以一體之心昇華世界」獎。美國昆西學院演出《彼岸》。美國克利夫蘭劇場演出高行健劇作選段。美國印地安那州聖母大學美術館舉辦高行健個展並出版畫冊《具象與抽象之間》，該大學同時舉辦高行健文學戲劇和電影創作講座並朗誦高行健的劇作《夜間行歌》，並演出《彼岸》、《夜遊神》和《逃亡》的片段。

新加坡國立大學東亞研究所舉行高行健文學講座。影片《側影或影子》在新加坡「創始國際表演節」公演。捐贈給新加坡美術館巨幅水墨新作《晝夜》，並出席該館舉行的接受儀式。誰先覺畫廊舉行高行健個展。

西班牙巴塞羅那出版《沒有主義》西文譯本。美國耶魯大學出版社出版《文學的見證》英譯本，譯者陳順妍。法國出版《側影或影子：高行健的電影藝術》的英文畫冊。香港中文大學出版戲劇集《逃亡》和《叩問死亡》的英譯本，譯者方梓勳。香港中文大學和法國普羅旺斯大學兩校圖書館簽署合作協議：共同收集高行健的資料，建立網頁、資料和人員交流。

意大利巴勒爾摩劇場演出《逃亡》。法國巴黎一劇團演出《生死界》。

〔註1416〕劉再復著《再論高行健》第301～303頁。
〔註1417〕高行健著《論創作》第350頁。
〔註1418〕《揚子江評論》2007年第6期第68～77頁。

　　德國科布倫斯・路德維克博物館舉辦高行健大型回顧展並出版畫冊《世界末日》。參展瑞士蘇黎世國際當代藝術博覽會。〔註1419〕在國際當代藝術展（巴黎）上，「高行健水墨個展」盛況空前。

　　西零寫道：開幕式那天，作品全部售罄，就連畫冊都被一搶而光，在巴黎引起轟動。後來這個藝術展不再接受高行健個展，理由是本博覽會不做個展，朋友們都開玩笑說：「是不是賣得太好了？」〔註1420〕

　　廈門大學的余琳（戲劇戲曲學專業，導師周寧）提交的碩士論文是《另一種現代戲劇——高行健戲劇及其理論初探》。

　　摘要：高行健戲劇是對人的永恆困境的再闡釋，通過演繹人與人尤其是兩性關係、人與自我的關係，對「自我」進行深刻探討，揭示困境的形成和突圍都維繫於「自我」的觀念，啓發觀眾以超然的心態獲得自由。〔註1421〕

　　西北大學的李彩虹（英語語言文學專業，導師胡宗鋒）提交的碩士論文是《流亡與探求的追尋之路——原型批評視角下〈天路歷程〉與〈靈山〉之對比研究》。

　　該文以班揚的《天路歷程》和高行健的《靈山》爲分析對象，以神話—原型批評爲理論依據，從文學原型和文學敘述程序兩個方面對兩部作品進行平行研究。〔註1422〕

2008 年　68 歲

　　2 月上旬，劉再復在美國科羅拉多爲高行健的著作《論創作》作序，題目爲《走出二十世紀》。〔註1423〕

　　劉再復指出：高行健的文學與美學思想在 2000 年獲得諾貝爾文學獎之前的表述，主要收集在《沒有主義》一書中。獲獎後又立即出版了《文學的理由》，進一步立論，更爲紮實。現今這本《論創作》，思想和論述又進一步，讓我再一次感到「新鮮」。尤其是他提出作家不以「社會批判」作爲創作的前提，可以說是直指現當代文學的主流，這得有很大的理論勇氣。近一百多年來，一個先驗設置的烏托邦成了裁決是非和社會正義的標準，把文學也弄成

〔註1419〕劉再復著《再論高行健》第 247〜249 頁。
〔註1420〕西零《巴黎藝術展》，西零著《家在巴黎》第 177〜178 頁。
〔註1421〕中國知網，中國優秀碩士學位論文全文數據庫。
〔註1422〕中國知網。
〔註1423〕高行健著《論創作》第 i〜xi 頁。

了改造社會的工具。高行健卻毫不含糊丟開這個前提，拒絕充當人民和社會正義的代言人，也拒絕充當政治的鬥士和烈士，而只是作為社會的觀察家、歷史的見證人和人性的呈現者，對現時代的作家而言，這不能不說是立身處世和寫作態度的一個根本的轉變。他有一種深刻的懷疑，不相信這世界是可以改造的，也不相信人性可以改造，這種懷疑精神貫穿他的全部作品，從《靈山》到《叩問死亡》。他這本書集則做出了充分的闡述。

《論創作》一書，內容廣泛而豐富，而全書的基調就是「走出二十世紀」。1996年李澤厚和我發表《告別革命》之後不久，高行健寫作《另一種美學》，也提出「告別藝術革命」的理念。上世紀90年代，他不斷和我說的是「走出政治陰影」、「走出噩夢」、「高舉逃亡的旗幟，拒絕政治投入」。2005年我和他多次重新觀覽羅浮宮。之後，我又到佛羅倫薩、威尼斯、梵蒂岡等處閱覽古典大藝術。回到巴黎，我們談論起巴黎藝術，他總是說：比起文藝復興和十八、九世紀的啓蒙思想及人文主義，二十世紀是藝術大倒退。從尼采到泛馬克思主義思潮，到後現代主義，其基本點是社會批判。顛覆前人則是這些思潮的基本策略。高行健對這些思潮，對以「現代性為旗幟的二十世紀藝術思潮提出大懷疑。

從告別二十世紀的藝術革命開始，近十年來高行健形成了「走出二十世紀」的大思路，他面對的不僅是藝術，而且是被東西方知識分子普遍認同，形成「共識」和「通識」的一些主流思想，至今還在東、西方課堂上與社會上廣泛流傳，諸如「革命是歷史的火車頭」、「徹底粉碎舊世界」、「作家是人民的喉舌，時代的鏡子」、「造就新人新世界」、「資本主義必然滅亡，社會主義必將在全世界贏得勝利」、「顛覆傳統」、「不斷革命」、「作者已死」、「藝術的終結」、「解構意義」、「零藝術」、如此等等，這些理念和思路，在高行健看來不是現代烏托邦的妄言，就是自我無限膨脹的臆語。而他講的清明意識，則是指作家得回到脆弱的個人，以一雙冷靜的目光既關注人世，又內審自我，從二十世紀的意識形態的迷霧中走出來，發出個人眞實的聲音，從而留下人類生存困境和人性的見證。

高行健的「走出二十世紀」，並不是什麼高調，更不企圖製造新的烏托邦和新的幻象，只不過返回巴爾扎克和陀思妥耶夫斯基，返回荷馬、但丁和莎士比亞，也即返回作家本來的角色和文學的本性。在我見到讀到的當代作家

中，沒有一個像高行健對二十世紀文學藝術的這種時代病如此敏感，又如此
尖銳地指出這病痛之所在。

　　高行健不承認「文學已死」、「繪畫已死」這種命題，相反在確認文學、
戲劇、繪畫各種藝術形式的限定下找尋再創造的可能，而不去「反小說」、「反
戲劇」、「反繪畫」。對於二十世紀的藝術革命和顛覆傳統這一主流思潮，他恰
恰反其道而行之。他牢牢把握各種藝術樣式最基本的限定，在有限的前提下
去追求無限。高行健的創作美學已經超越了二十世紀主流的意識形態，提示
了一個十分有趣的新方向。〔註 1424〕

　　2 月，《江漢論壇》2008 年第 2 期刊發谷海慧的文章《中國式荒誕劇的
精神指向分析》。

　　論文摘要：不同於西方荒誕派戲劇，新時期以來的中國式荒誕劇在對世
界保持有限懷疑的前提下，本著對現世人生的責任，從未包含終極絕望的內
核。1980 年代上半期的荒誕劇富於建構熱情，具有莊重性；1980 年代下半期
的荒誕劇呈現著離奇世相，發揮了社會諷刺的功能；而 1990 年代以來，對人
類悖論式生存體驗的歎息成為荒誕劇的常態議題。由於追問、探究態度的缺
乏，中國式荒誕劇的深刻性與力量感受到了一定程度的影響。

　　作者單位為解放軍藝術學院文學系。〔註 1425〕

　　3 月，臺灣期刊《中國文哲研究通訊》第 18 卷 1 期刊發李奭學論文《三
訪靈山：論高行健的語言觀及其與中國小說傳統的關係》。

　　文章認為「要談當代中國文學，沒有比 2000 年前後的『高行健現象』更
值得深思」。

　　作者為臺灣中國文哲研究所副研究員。〔註 1426〕

　　4 月，高行健著作《論創作》由臺北聯經初版。

　　該書目錄如下：

序　劉再復

第一輯

文學的理由

文學的見證——對真實的追求

〔註 1424〕劉再復著《再論高行健》第 97～108 頁。
〔註 1425〕《江漢論壇》為湖北社科院主辦的月刊，2008 年第 2 期第 133～138 頁。
〔註 1426〕來自華藝臺灣學術文獻數據庫。

高行健創作年表

4月，**潘耀明在《明報月刊》發表《是開綠燈的時候了》，爲高行健打抱不平。**

潘耀明在《明報月刊》的「卷首語」回應中國對高行健的態度，即對中國的態度提出質疑，他說：

法國人「能充分認識到高行健的作品對於法國的意義，而中國人難道就不會認識到用中華民族的母語寫作成功的意義嗎？

文學與其他藝術如繪畫、音樂等一樣，都是超越時空、政治的，一旦受到政治干預，便被扭曲、肢解，缺乏生命力，甚至經不起時間的考驗。

我們相信，在可以預見的日子將還高行健一個公道。已逝的作家巴金、表演藝術家趙丹都曾公開撰文要求「黨不要過問文藝」，中國政府是對文藝開綠燈的時候了！〔註1427〕

4月，**《揚子江評論》2008年第2期刊發朱崇科的文章《想像中國的弔詭：暴力再現與身份認同——以高行健、李碧華、張貴興的小說書寫爲中心》。**〔註1428〕

4月，**《文學前沿》2008年第2期刊發宋德揚的文章《〈靈山〉的第二人稱敘述》。**〔註1429〕

作者單位爲首都師範大學文學院。

5月，**劉再復與高行健在香港對談「走出20世紀」。**

他們從多個層面跳出20世紀的思維框架與概念。劉再復這樣說，「20世紀的人類有很大的問題，儘管『科技發展』與『結束殖民時代』這兩項有巨大成就，但缺少理性，發生了兩次世界大戰。世紀的前期變成戰爭動物，中期變成意識形態動物（冷戰動物），後期變成經濟動物。整個世紀完全是天才小說家卡夫卡所預見。他的三部小說名字，《變形記》、《審判》、《城堡》，本是大寓言，不幸變成世界性的大預言。20世紀的人類變成甲蟲（先是生活在裝甲車裏的戰爭動物，後又是生活在各種機器包括汽車裏的經濟動物）、摩天大樓、機場等變成使人異化的迷宮，更可憐的是本來什麼問題也沒有的正常

〔註1427〕潘耀明《高行健與香港》，劉再復編、李澤厚、林崗、杜特萊等著《讀高行健》第99～100頁。
〔註1428〕《揚子江評論》2008年第2期第87～92頁。
〔註1429〕《文學前沿》2008年第2期第223～232頁。

－494－

人，卻到處被批判、被揭發、被追蹤。直到今天，卡夫卡的預言沒有過時，人類仍然處在被物化、被異化的狀態中。莊子所說的『心爲物役』已發展到極爲嚴重的程度。人爲他物他者所役，包括被各種自己製造的大概念所役。『繼續革命』、『全面專政』，都是我們自己製造的概念牢房。在文學藝術領域，我們也製造了許多漂亮的概念，例如『時代的鏡子』、『時代的鼓手』、『時代的風雨表』、『匕首』、『投槍』、『旗幟』、『新民、新社會、新國家的歷史槓杆』等等，每一種概念都使文學變成非文學。此外，許多作家以爲可以充當『救世主』，可以當改造世界的靈魂工程師，結果擔負不該擔負的各種重擔，完全被他性所困，從而失去心靈的自由。」〔註 1430〕

5 月，臺灣《聯合文學》2008 年 5 月號刊發德國評論家貝亞塔・賴芬帥德的文章《世界的盡頭——高行健「世界的盡頭」畫展序言》；法國評論家弗朗索瓦・夏邦的文章《巴黎克羅德・貝爾納畫廊「高行健新作展」序言》，作家阿蘭・麥卡的文章《高行健的電影》，由繆詠華翻譯。

貝亞塔・賴芬帥德（德國科布倫茲市路德維希美術館館長）寫道：

高行健是在眾多世界之中的流亡者：他是一個非自願、同時又是自願的流亡者，非得永遠離開他廣大且文化富足的祖國：中國。新的思想在文化大革命的旗幟中並不受歡迎，且被認爲是可疑與反革命的。儘管國家在「大改造」，高行健迸發的意志歷經農村環境與粗重的農村勞動，仍沒有受到禁錮，因爲這些圖像不斷在他腦海中，並且伴隨著無法遏抑的渴求、熱望；在這藉由語言與其他人進行個人溝通也成枉然的時光，要想克服困難度過，唯有將他個人的思想藉著語言文字，於寂靜與隱秘中，貫徹不懈地記錄下來。而當下也有許多其他圖像應運而生，那是出於細微且伴隨著巨大客觀事實，同時也是充滿強烈個人意志的詩文，其承載著語言組織，連接著具有文學性的西方文化，銜接著巨幅長篇小說，同時也有中國文化與知識學問的注入與滲透：包括神話、傳說、智慧與歷史；書寫被作爲一種能僥倖下來的一種策略。而書寫也是對於所丟失、消失的一切，展開的一種追尋。

1979 年，他首度前往歐洲、抵達意大利和法國，歷史繪畫的美感與力道開啓他的雙眼，但也讓他是否繼續著手油畫，萌生放棄之念；接著，他轉向水墨，這是最古典的，也是所有中國式表達可能性之基礎，同時這也標示著

〔註 1430〕《文學自性與文學本義——劉再復答朱愛君》，轉引自劉再復、吳小攀著《走向人生深處》第 205～206 頁。

流亡者在不同世界夾縫之間的一個廣大面向。1980 年代末，他藉著回歸中國水墨畫，表達個人對家鄉的道別，而當時他也成爲了一位尋求庇護的流亡者；他首先到德國，之後是到法國，不僅是因他可於語言上運用無礙，此地也全然備妥地等待著他，並成爲他的家鄉，而巴黎也就成爲他新生活開展的中心。而他針對著名的「如天堂般和平之地」——天安門，就在紫禁城大門前，1989年發生的政治事件，當和平示威遊行的學生在此被政治當權者以及他們所尊敬的軍隊所屠殺，他不僅表達個體上的抗議，這樣的抗議也是基於人道邏輯上的。在繪畫上以及生活中心（包括中國與他在文學上信賴的法國）兩端的流亡與擺蕩之間，高行健尋找到一個更明確更具有決定性的立足點；中國撤銷了他的戶籍，而他也宣稱，1989 年之後，他便打算不再回到中國。

對高行健以及對於中國而言，高行健的水墨已經不只是水墨，於形式語言上更走上另一條不尋常的道路；然而他的語言文字卻仍停駐在他的記憶、經驗與反思之中，緊扣著他個人在家鄉的生活經驗，而此源頭不可避免地不斷反身指向中國，儘管是蒼白的圖像，出現在這失落靈魂的國度——《靈山》之中；接著他在之後流亡法國的生涯裏，他將對於失去的、斷絕關係的家鄉記憶，寫成《一個人的聖經》，這部作品以在中國的記憶爲開端，以動身前往一個新的國度——法國作爲結束，整部小說最後的一個詞即爲——被視爲具有象徵意義的——巴黎。如果中國青年多經由母親可輕易學習其不可計數的漢字符號，對於高行健來說，他開始用毛筆於宣紙上作畫，源起亦同；但是這並非是指他的圖像經由他的文字轉化產生；語言文字並沒有預先爲任一的圖像所準備，圖像也並非由轉化而來。高行健經歷過超過三、四十年以上的繪畫歷程之後，仍不斷有新的拓展。這些繪畫產生迥然不同且獨具個人風格的表達魔力，並且緊繫著小說與繪畫中的情節人物，對於這些角色憂傷抑鬱、孤獨寂寥、與不斷增加與攀升的「空曠化」的基調，具有雙重的意義；而此不僅與他形式上的簡化表現有關，有時讓畫面人物顯現的姿態極少，亦有來自禪宗、精神與形式上的「空」，試圖達到一種絕對之境，一個宣示「世界末日」的範疇，無論是否挾帶著恐懼於其中。

高行健的系列作品如同一個終點，宛如一部最後、最終的戲劇呈現；同時這也是他近期以來，不只是來自繪畫、同時也來自文學上創造的場幕而做的總結。他的成就還在於他開啓了極端與殘酷無情的深淵，而這在他過去的

繪畫作品中並未曾顯現。因此他使得不只是他自身，還有觀畫者，皆可以感受全然的「邊陲化」與「空曠化」——於深深墜落之前；而如此的下墜在他看來也不會有雙重地基來支撐的。在此，高行健使每一個地點都成爲一種暗指，試圖清晰地解釋、闡明，不論這些地點場域在西方文化中是作爲天國或者地獄；他皆視作最可怕的夢魘與驚恐；在空曠化的景致上，瀕死的自然景象如幽靈般出現，並將其上的生命吹拂殆盡，而畫面人物有著過退隱生活的面孔。同時在某些譬喻的圖像幻影中，也揭開了其於精神逃亡中的庇護之地，這也可能存於禪宗裏的靜與空的過渡之中。出於這種聚焦凝神的狀態，亦可能會突然有神秘經驗進駐，比如「開悟」（Satori）或者「見性」（Kensho）；特別是「開悟」，不僅作爲最原初的、整體穹宇的歷練，或者矛盾對立——尤其是主客體區分上的消解，而被理解。高行健繼續也再度打開「看見」（Sehen）的大門以及一扇窗，以抵達一個全新、尚未被定型化的世界；世界盡頭的邊界地帶，對他而言不僅可能成立，且還賦予了思維上正向、對即將抵達的彼岸一些尚無法清晰辨得的觀點，或者更進一步來說，這還是指所有在思維上面對的彼岸。亦或者，高行健的繪畫作品已全然道出睿智的佛陀本意，這也與佛陀最初的教誨、傳授息息相關：

教外別傳，
不立文字，
直指人心，
見性成佛。
——菩提達摩四句偈詩〔註1431〕

弗朗索瓦・夏邦是法國雅克・杜塞文學圖書館榮譽館長、策展人和藝術評論家。他對高行健說：

我很想久久沉浸於你「世界末日」畫展的獨特圖畫中，並在你爲其所配的文字啓示下聚精會神地細細加以品味。

此一學習吸收的時光對我來說尤爲重要：通過對你言談的質疑和再版你的作品，我似乎聽到和看見一種新語言正在形成。它回應了這樣一種期盼：儘管藝術如人們斷言的那樣將會枯竭，但藝術始終在你我貪婪嘗新的思想中延續著。這種期盼不僅止於要擺脫現實中的約定俗成，而是要將普通論據賦予新意。

〔註1431〕劉再復編、李澤厚、林崗、杜特萊等著《讀高行健》第224～236頁。

　　你的造型創作之所以能如此自由揮灑，是因爲你受到曾經歷過的心靈洗禮啓發，這點我們在你的書中都見識到了。這些初期試煉爲你卓越的文學作品做好了準備，並讓你的繪畫獨樹一格，令其與任一流派、任一既有技法迥然不同。科布倫茲路德維希美術館出版的畫冊中的傳統中國水墨和中國繪畫方式，就讓我們能更靈敏地自由觸及未知世界（莫非這就是你畫筆下遭到黑色深淵吞噬的世界末日，我們這個宇宙的終結？）

　　多虧了透過剖析此一偉大藝術所獲得的這份簡樸無華，你得以突破人類空間的規則，不囿於時間計算的限制，並在人類意識中尚未成型的影子裏發現了調節宇宙運動及其反映的和諧之聲。

　　我佩服你從不墨守各種信條、定義、教義及秘訣等成規，這使你像是蹬出決定性的一記腳跟那樣，從既得知識的沼澤中躍出，朝著原始本質的淨區攀登。這個淨區在你身上既非完全抽象，亦非全然具體，也非各自分離。你幫助它顯出自然狀態；而該狀態是與人類生命的每一衝動回應緊密相連的。〔註1432〕

　　阿蘭・麥卡寫道：

　　作家高行健在他的第一部電影《側影或影子》中的野心，歸根究底起來，就是在於成爲世界電影活記憶的先驅者。

　　高行健的電影是個正在形成的故事。他的眞正目的在於分割動作的畫面，抓住這些畫面的每一個狀態。於是影像就成了編舞，成了怪異舞者的舞蹈片段，就這點來說，高行健導了部非常獨特的電影，攝影鏡頭下所呈現出來的畫面帶有造型意味。因而，這是部具動感結構的靈活電影。他在注重呈現繪畫般美感之餘，也將戲劇與純敘事上的功力融入本片。高行健承認，唯有當留白不是讓觀眾重新喘口氣的單純間隙、唯有這些留白原本就不是單純的漸弱時刻，而是本身就具有戲劇效果，並與劇情主軸相抗衡，導演的基礎方得以建立。

　　很難將高行健的電影歸入現今的固定模式。他捨棄現成的拍攝方式，採用的技法令人感到格外自由，比如說片中用仰拍手法來塑造主導人物（由他自己擔綱演出），以俯視拍攝虛白畫面。拍片同時他沒有忘記營造詩意的三大元素：聲音、畫面和音樂。有聲世界隱藏著更吸引人的潛力，因爲聲音比影像更能直接反應現實，觀眾在不知不覺中就受到聲響的強烈刺激，音樂則像

〔註1432〕劉再復編、李澤厚、林崗、杜特萊等著《讀高行健》第266～267頁。

在召喚藝術家真正覺醒起來，張開眼看看人類生存的可怕情況。

他的電影是場介於美與敘事間的戰鬥，他竭力創造出一個當代故事和他自己所感悟到的人際關係的詩意空間，其目的在於感覺，而非敘事。至於他對蒙太奇的看法則來自於三大彼此獨立的元素間互相激烈的碰撞。印象和張力的強烈與否取決於不同畫面間的不協調程度，這種張力看來是以造型形式表現出來的：從一個畫面到另一個畫面、從小說到繪畫、從戲劇到歌劇，高行健都在玩線條、色調、節奏與移動。跟愛森斯坦在他那個時代一樣，高行健也領先於許多當代導演，甚至未來導演。他因為表現出一種生命——結構電影和電影詩的生命——所以超越同儕。高行健絕對是位卓越的詩人，一個有待創造新電影形式的預言家。

拍攝《側影或影子》這部電影期間，我學到了好多。這是諾貝爾文學獎得主的第一部長片，不容小覷，尤其是在旁觀察他，他對自己電影的探索、即興創作和令人歎為觀止的專屬表現手法，他同時也沒有忘記牢記把握住以感覺取勝的劇本。高行健不停地找尋真切的、真實的、真正的，經過畫面考驗了的移動。

透過這部電影，他向我們展示了電影是所有藝術中最國際化的一種。這位將其思想的材料傳達給觀眾的魔法導演，已然躋身於電影魔法之林，對鏡頭和景深都應付自如，就在創造出魔法的那一霎那，直接且瞬間就將他對美的詮釋顯現在魔法之中。於是，一個廣袤無垠、令人驚訝的世界便展開在面前。〔註1433〕

5月，《新世紀文學選刊》2008年第11期刊發邢向輝的文章《心靈的飛翔——讀高行健的〈靈山〉》。〔註1434〕

6月，臺灣期刊《戲曲學報》第3期刊發朱芳慧的論文《高行健禪劇〈八月雪〉之劇場藝術》。

摘要：高行健新編戲劇《八月雪》於2002年在臺北國家劇院首演，2005年和法國馬賽歌劇院合作演出成為跨國界的盛事。本文共分為三章節；前言：一、高行健風潮在臺灣的前奏曲、二、臺灣製作《八月雪》及其製作群、三、《八月雪》法國馬賽歌劇院演出。第一章是對高行健新創《八月雪》禪劇的分場解析；一、雨夜聽經－慧能與無盡藏的對話、二、東山法傳－弘忍傳慧

〔註1433〕劉再復編、李澤厚、林崗、杜特萊等著《讀高行健》第268～271頁。
〔註1434〕《新世紀文學選刊》2008年第11期第61～63頁。

能衣缽、三、法難逃亡－慧能點化惠明頓悟、四、風幡之爭－慧能點化眾僧、五、〔一〕、開壇－小沙彌神會、〔二〕、受戒－慧能弘法、六、拒皇恩、圓寂、大鬧參堂。第二章，《八月雪》劇場藝術所呈現的創作群理念一、高行健的「四不像全能戲劇」形塑京劇演員為「全能演員」、二、許舒亞將京劇板腔溶入歌劇詠歎的「無調性」音樂、三、聶光炎「非常抽象，極端寫意」的舞臺、四、葉錦添打造「超脫京劇色彩，達到無色簡約」的妝扮。第三章，筆者針對高行健《八月雪》諸多表演藝術諸創新理念與實踐提出個人的看法：一、背景情境音樂〔一〕、會說話的精靈音符、〔二〕、道白進行時的補充音樂、〔三〕、情節進行時的氛圍襯托。二、中西融唱三重性、三、吟白與合唱、四、劇情交疊進行性、五、中西融唱多重性。高行健新編的禪戲劇《八月雪》，提供了二十一世紀戲劇發展的新方向。

作者朱芳慧為中國文化大學中國戲劇學系副教授。〔註1435〕

6月，《揚州教育學院學報》2008年第2期刊發朱智勇的文章《「史詩劇」樣式與「史詩性」缺失——略論話劇〈野人〉的藝術得失》。

文章摘要：旨在探討《野人》戲劇樣式在新時期話劇舞臺的探索意義，分析其文本對主題的蒼白表現，進而探討劇作者「完全的戲劇」理論的負面效應，肯定戲劇文學的優良傳統對戲劇實踐仍具有意義，給當下戲劇理論和創作實踐以啟迪。〔註1436〕

6月底到7月中旬，高行健再度出席意大利的米蘭藝術節，朗誦他的法文詩《逍遙如鳥》。藝術節還專場放映他的電影《側影或影子》，觀眾反應熱烈。該藝術節為表彰他全方位的藝術成就，向他致敬，特別給他頒發獎狀。

該藝術節每年一度，從六月底到七月中旬，是一個文學音樂電影綜合性的國際藝術節，有上百位各國著名的作家、詩人、音樂家和電影導演應邀參加盛會。此次應邀的諾貝爾獎文學獎得主還有尼日利亞作家索因卡（Wole Soyinka）和聖盧西亞詩人沃爾科特（Derek alcott），以及諾貝爾和平獎得主美國作家維塞爾（Elie Wiesel）。高行健2001年剛獲得諾貝爾文學獎就已經應邀出席過一次。

〔註1435〕來自華藝臺灣學術文獻數據庫。
〔註1436〕《揚州教學學院學報》第26卷第2期第14頁，2008年6月出版。朱智勇，揚州大學文學院碩士研究生。

　　米蘭藝術節給高行健頒獎的頌詞如下：對於 2000 年諾貝爾文學獎得主，《靈山》、《一個人的聖經》和《給我老爺買魚竿》這些眞正傑作的作者高行健來說，全能的藝術家才是唯一確切的稱謂，他既在自我內心的深處探幽，又在他的故鄉曠漠無垠的自然中跋涉，他豐富多重的想像，跨越東西方文化，成了我們這「後革命」時代現實的標誌。他不僅是一位作家，也是詩人、文學批評家、劇作家、畫家和導演，正是米蘭藝術節理想的嘉賓。他作品豐富細緻的表現力和語言的感染力，以及他的學識，恰恰是我們藝術節一直熱切追求和堅持的主要目標。高行健最近還投入電影創作，在他精彩的影片《側影或影子》中，透過一個個如夢的畫面，可以看到他創作的漫長旅程。米蘭藝術節今天要向這位眞正純粹的思想探索的先行者致敬，並期望他對藝術創作的執著和創造力持續不斷讓全世界的自由精神爲之感動，並以他來確認大寫的藝術之無限理想。〔註 1437〕

　　8 月 17 日，《外國文學動態》2008 年第 4 期刊發徐永平的文章《俄羅斯對中國現代文學瞭解多少？——訪著名文學評論家弗拉基米爾・邦達連科》。

　　在談及諾貝爾文學獎時，弗拉基米爾・邦達連科這樣說：再看中國的獲獎者高行健，我讀過他的作品的俄文片段內容。據說，著名漢學家德米特里・沃斯克列先斯基翻譯了他的《靈山》，即獲得諾貝爾文學獎的作品，但沒有一家俄國出版社願意出版這本書。評委會把諾貝爾文學獎授予了公開反對共產主義、反對國家的「中國的索爾仁尼琴」高行健。作爲評論家，我對高行健感興趣，但他的作品的讀者並不多……帕慕克、帕斯捷爾納克、索爾仁尼琴的讀者眾多，儘管他們已經成了一種政治象徵。但高行健這樣的精英作家，讀者不會多。我爲高行健高興，爲中國文學高興。有更多的人將會通過高行健更多地瞭解中國。〔註 1438〕

　　11 月 29 日，維也納日報刊載德國批評家魯迪格・哥奈教授的文章《感受取代敘述》。該文爲高行健短篇小說集《給我老爺買魚竿》德譯本書評。〔註 1439〕

〔註 1437〕劉再復著《再論高行健》第 51～52 頁；部分文字引自再復迷網站。

〔註 1438〕徐永平《俄羅斯對中國現代文學瞭解多少？——訪著名文學評論家弗拉基米爾・邦達連科》，《外國文學動態》2008 年第 4 期，中國社科院外國文學研究所、譯林出版社 2008 年 8 月 17 日出版。

〔註 1439〕劉再復編《讀高行健》第 239～241 頁，香港大山文化出版 2013 年 8 月初版。

魯迪格·哥奈指出，

1989 年 6 月，天安門廣場屠殺在一團混亂的場地上進行之時，他正在巴黎寫他的遊記《靈山》，1990 年臺北出版，德文版 2001 年出版。小說寫的是雙重的旅行，其一，橫穿中國，其二是敘述者內心之旅，兩條道路相交於中國這座神秘的靈魂之山，也可說是對世界的一個驚人的小說隱喻。

高行健不是二十世紀毛澤東讚賞的魯迅。激進派的辯護士魯迅通過《狂人日記》可說是集憂鬱與革命精神於一身，而高行健卻把憂鬱落實到底，他這些短篇小說絕大部分都是他 1987 年移居法國之前在北京寫的。那第一篇就顯示了影子的王國，兩位舊友十三年後重逢，一位講述了他被假槍斃過和當時的感受；另一篇小說講的是一個人游泳時腹部痙攣，差點淹死。還有一篇講車禍喪生；一輛公車撞死了一個帶孩子騎自行車的人，孩子幸存下來。要是騎車的這人晚一分鐘離家也就沒事，純屬偶然，如此等等，這又同影子有關了。

他許多小說對話的結構嚴謹，如同《靈山》，讀者經常身臨其境，因爲敘述者直接訴諸人稱你，這些對話又時常同對自然景色的描述交織，那些奇怪的場景令讀者難忘。《給我老爺買魚竿》這篇小說，孫子給祖父買了一根新魚竿，卻明明知道那地方早已乾涸。一位海濱度假的人扒住一艘漂泊的船弦，竟然聽見有人對茫茫水面放聲大唱，而唱的那人五音不全。再則，又一個故事我們眼看它消解，成爲一些印象，或是變成如人所說的水墨畫。

這些故事都沒有公認確定的因素，語調輕鬆，不動聲色，略有嘲弄，言談時常空空如也，目光卻落在細小的事情上，通過敘述讓人感到總也在摸索，出於敘述者的輕巧微妙，這些敘述倒不如說是感受，而這種微妙卻是再生更新的先決條件，恰如莊子的寓言。

11 月，《藝苑》2008 年第 11 期刊發林瑞豔的文章《行走著的「等待」：簡析高行健的〈車站〉》。

摘要：20 世紀 70 年代末 80 年代初，中國劇壇出現了先鋒戲劇。此時的中國進入改革開放初期，主流意識開始鬆動。在漫長的禁錮之後，中國社會逐漸出現了新的質素，文藝則起到了領頭羊的作用。在戲劇領域，高行健的重要性是毋庸質疑的。而在他的創作中，《車站》則起到了承上啓下的作用，頗爲引人注目。〔註 1440〕

〔註 1440〕《藝苑》2008 年第 11 期第 17～18 頁，2008 年 11 月出版。

12 月 2 日，電影《洪荒之後》在法國國立藝術史研究所放映。〔註 1441〕

12 月 8 日，歐洲巴黎日報刊發楊年熙的文章《試為 21 世紀電影指引一條新路》。

文章寫道：

和高行健的第一部影片《側影或影子》比起來，《洪荒之後》將他的電影理論做了更明確的實踐。這部實驗電影自然不能和傳統意義上的電影類比——無論是一般的商業電影或導演個人風格明顯的作者片。然而他口中的「電影可以這麼拍」，倒確實給第七藝術指出了一條新路，其中所傳達的觀念，實踐中間所用的手法，很可以轉用在傳統電影中，作為插入點綴，所提出的問題亦十分耐人尋味。

高行健原是以戲劇在中國建立了遠傳至西方的知名度，但他在八〇年代初便動了拍電影的念頭，後來還發表了電影劇本《花豆》。相隔這麼些年，他終於完成了將畫面、語言、音樂各自獨立的電影，亦即當時大家開玩笑時所說的「三元電影」。《側影或影子》基本上將高行健的各類創作過程，對藝術的多方思考，以及平日所關懷的問題，以抽象手法串聯起來，最終以畫面的結構，光影的運用為主。

《洪荒之後》令人驚異的是，每一個鏡頭都是精雕細琢的造型設計，是活的雕塑。語言被完全剔除，增加了四名舞者和二名演員，配音上，只有風雨聲的音響效果。電影剪輯上常是（在電腦上）處理三條軌道：畫面、語音和音樂，以畫面為重，用語言說明，音樂則烘托所說和所看到事物。高行健立意將這種說明和烘托的關聯打破，用意何在？有何好處？

十二月七日在他巴黎的家裏，他說，如此分割，是從音樂的聲部得來的靈感，既然每一種元素都有其獨立的價值，讓它們在電影所提供的技術可能性中各展風騷，電影藝術不是更為自由？

任何一種創新都不免讓人惶惑和懷疑，《洪荒之後》亦不例外，但它的亮麗讓人眼界大開。說是電影，很多時候卻很像攝影。人不動，景不動，只有鏡頭在緩慢地掃描，做了照片欣賞的導引。整個背景都是高行健的黑白水墨畫，在他由過去的帽子工廠改裝的攝影棚中，將畫拍攝之後投影在捲筒式的白幕上。當女演員的側影平擺在整個銀幕的底線上，畫中的白色洞眼由上往下逐漸接近，側影便有如飄浮而起，新的空間被開闢出來了。

〔註 1441〕筆者 2014 年 7 月在澳門大學查找的網絡信息。

　　「動的是畫」，高行健說。由是觀之，放在時間的進程裏的三元素（畫面、語音和音樂），儘管各自獨立，彼此之間實際上相互召喚和對應。這些鏡頭需要觀眾的高度關注，它們的結構之美又自然而然地吸引人們的眼光，等著出現下一個造型，要明察秋毫地研究細節的變化。這是一種挑戰，帶著緊張，也往往產生莫名的感動：未料到形狀和身影的組合搭配能到如此和諧的地步。雖說一切都包含在畫面和舞蹈之中，任由觀眾體會，如人飲水，冷暖自知，但作者本身有故事要說嗎？高行健表示，大洪水之後，人類滅亡了，畫面上（以及演員面部）所強調的眼睛是對人類的記憶，黑白中出現淡淡的色彩，是淡淡的記憶。六名演員和舞者的身影最後和畫中的六使者重疊，向人們傳達災難的訊息，「帶著黑色幽默」。

　　大洪水取自聖經典故：諾亞依上帝囑咐建造方舟，保存善良的人類和牲畜植物各類物種。高行健說，拍攝用了六個下午的時間，但是加上之前的設計（繪畫，拍攝畫面，剪出和演員搭配的部分）和之後的剪輯製作，前後花了四個月。現在感到滿意而輕鬆，觀眾的反應都好。他計劃以後做一系列的實驗影片，不是談技術和觀念，而是找出電影的新方向。〔註1442〕

　　這一年，高行健導演的第二部電影短片《洪荒之後》（28 分鐘）拍攝完成。

　　英國華威大學邀請高行健作文學與戲劇創作的演講。法國駐香港澳門總領事館和香港中文大學聯合主辦「高行健藝術節」，舉行國際研討會「高行健：中國文化的交叉路」，放映影片《側影或影子》及歌劇《八月雪》，演出《山海經傳》，蔡錫昌導演。藝倡畫廊舉辦畫展，香港中文大學圖書館同時舉辦了特藏展「高行健：文學與藝術」。香港中文大學舉辦高行健講座「有限與無限——創作美學」，明報月刊舉辦講座「高行健、劉再復對談：走出二十一世紀」。法國普羅旺斯大學成立高行健資料與研究中心，同時舉行研討會、朗誦會並放映《側影或影子》。

　　韓國出版戲劇集《彼岸》，同時收入《冥城》、《生死界》、《八月雪》，譯者為吳秀卿。俄國雜誌刊載《週末四重奏》俄文本。臺灣《聯合文學》出版高行健專輯，刊載《關於〈側影或影子〉》和《逍遙如鳥》。香港明報出版社出版論文集《論創作》，新加坡青年書局出版該書中文簡體字版。香

〔註1442〕筆者 2014 年 7 月在澳門大學查找的網絡信息。

港中文大學出版社出版《山海經傳》的英文譯本，譯者方梓勳。匈牙利出
版《靈山》匈牙利譯本。西班牙巴塞羅那出版《高行健的劇作與思想》西
班牙譯本，收入《八月雪》、《夜間行歌》、《叩問死亡》、《生死界》、《彼岸》、
《週末四重奏》、《夜遊神》等七個劇作以及論文《戲劇的可能》，該書還推
出精裝本。波蘭波茲南出版戲劇集《彼岸》，同時收入《生死界》。荷蘭出
版高行健戲劇論集。德國法蘭克福出版短篇小說集《給我老爺買魚竿》。意
大利出版《逃亡》。

西班牙馬德里法國文化中心演出《生死界》。玻利維亞和秘魯的國際戲
劇節演出《生死界》。法國亞維農藝術節演出《彼岸》。西班牙馬德里劇團
和巴塞羅那劇團演出《逃亡》。意大利巴拉姆劇場演出《逃亡》。美國匹茲
堡大學演出《彼岸》，導演鄧樹榮。美國紐約城市大學戲劇系演出《彼岸》。
美國芝加哥等三個劇場演出《彼岸》及《生死界》。

畫作參展法國巴黎藝術博覽會。法國巴黎　畫廊舉辦高行健個展。德
國一美術館舉辦「高行健水墨畫展」。西班牙巴塞羅那舉辦高行健畫展，開
幕式上首演高行健的電影《洪荒之後》，之後畫展在博物館繼續展出，並出
版畫冊。〔註 1443〕

復旦大學倪立秋（中國現當代文學專業，導師陳思和）提交的博士論
文是《新移民小說研究——以嚴歌苓、高行健、虹影為例》。

該論文先概述了華人海外移民和移民文學的簡單歷史，繼而簡述了新移民
文學的源起與創作概況，在對嚴歌苓、高行健和虹影這三個新移民作家的主要
小說作品進行個案分析之後，再將新移民小說與早期移民小說作家作品、中國
本土同期小說作家作品進行比較，探索新移民小說所顯現出的文學特質、取得
的文學成就以及應享有的文學史地位。該文認為新移民小說已取得很大的成
就，許多作品與早期移民小說、中國本土同期小說相比毫不遜色，某些方面甚
至超過二者所取得的成就，值得學界好好重視並認真研究。〔註 1444〕

華中科技大學曾輝（中國現當代文學，導師李俊國）提交的碩士論文
是《「靈山」路上執迷的行者——高行健研究》。

該文深入高行健的文學世界和精神世界，從其文學創作道路、文學觀念
的發展之路和人生經歷中抽出幾條脈絡，求其共同點，歸結為一個象徵體「靈

〔註1443〕劉再復著《再論高行健》第 249～252 頁。
〔註1444〕中國知網，中國博士學位論文全文數據庫。

山」（代表一種意念、一種理想、一種追求等）。〔註1445〕

延邊大學金英（比較文學與世界文學專業，導師樸玉明）提交的碩士論文是《相同的等待，不同的結果——貝克特的〈等待戈多〉與高行健的〈車站〉之比較》。

該文以解構主義理論和比較文學平行研究的方法，對兩部作品的相似的等待和不同的結局進行研究，分析出現這種異同歷史的、文化的深層原因。〔註1446〕

福建師範大學王孟圖（中國現當代文學專業，導師鄭家建）提交的碩士論文是《高行健小說詩學研究》。〔註1447〕

2009年　69歲

1月，《東嶽論叢》2009年第1期刊發豐雲的論文《文革敘事與新移民作家的敘述視角》。〔註1448〕

2月，《濰坊學院學報》2009年第1期刊發王豔的文章《打破中國傳統戲劇意識的堅冰——從〈野人〉看高行健的現代戲劇觀》。

文章摘要：高行健是中國現代戲劇理論的先行者和實踐者。在新時期戲劇的探索思潮中，他打破了封閉守舊的傳統戲劇意識，確立了開放的寬容的現代戲劇意識，並在創作實踐中進行了具體的多方面的探索。1985年高行健創作話劇《野人》，複調、多重主題、多種技巧形成的應用都突破了以往僵化的戲劇理論的束縛，開拓出一片新的戲劇天地。〔註1449〕

2月，《文學教育》2009年第2期刊發倪立秋的文章《解構〈靈山〉敘事》。〔註1450〕

6月6日，劉再復在美國科羅拉多為萬之的著作《凱旋曲》作跋，題目為《人類文學的凱旋曲》。該書由香港牛津大學出版社出版。〔註1451〕

劉再復這樣評價萬之所寫的評論高行健的文字：

〔註1445〕中國知網。
〔註1446〕中國知網。
〔註1447〕中國知網。
〔註1448〕《東嶽論叢》2009年第1期第120～123頁。
〔註1449〕《濰坊學院學報》第9卷第1期第28頁，2009年2月出版。王豔，濰坊學院文學與新聞傳播學院教師，文學碩士。
〔註1450〕《文學教育》2009年第2期第4～11頁。
〔註1451〕劉再復著《再論高行健》第125～130頁。

這篇大約一萬字的文章，不僅把高行健爲什麼獲得諾貝爾文學獎說的一清二楚，而且把「高行健」這個形象活生生地清晰地勾畫出。這可不是空頭文章，而是一篇嚴謹、豐富、生動、紮實的歷史見證。我知道，此文只有萬之能寫出來，他擁有「地利」，身處瑞典；又有「人和」，認識瑞典學院的幾位院士；更重要的是他自身的條件，有思想、有才華、眞懂文學，眞愛文學。

通讀了全部書稿後，我自然地萌生出一個概念：凱旋曲。所有諾貝爾文學獎的獲獎作家能夠贏得這份世所公認的光榮，都是精神價値創造征途上的凱旋。凱旋不是終結，而是邁向更高層面的起點。而萬之的文章，每篇都是爲成功者唱出的凱旋曲。最爲寶貴的是，這些凱旋曲，不僅是眞誠的禮讚，而且是人類文學天才創作經驗和世界思索的薈集、匯聚和提煉。每一曲都是嘹亮的、雄健的，但又都是冷靜的、深邃的。作爲一個終身的文學研究者，我聽了這些充滿思想的凱旋曲，整個心靈境界獲得了提升，許多困擾的問題得到了回答。〔註 1452〕

6 月 26 日，《北京社會科學》2009 年第 3 期刊發徐健的文章《新時期北京人藝研究述評》。

文章摘要：新時期以來的 30 年是北京人藝在藝術探索、學派建設等方面有所作爲、有所創造、有所變化的三十年，也是中國話劇從封閉走向開放，從單一走向多元轉型最爲明顯的 30 年。該文在對各個時期研究格局及其形成原因、研究現狀的基礎上，總結北京人藝研究的得失以及在問題與方法上給予中國話劇研究的啓示。〔註 1453〕

文中談及高行健的部分內容摘錄如下：

高行健作爲當代戲劇的革新家、探索者，其理論和實踐在 80 年代的戲劇探索熱潮中具有較大的藝術影響和示範意義，對其劇作的爭鳴和討論也構成了 80 年代戲劇研究領域的熱點問題之一。1989 年由許國榮編寫的《高行健戲劇研究》一書面世，反映出 80 年代中後期對高行健戲劇研究的現狀及其所達到的高度。如果說「林兆華、高行健的出現表明，作爲一個藝術群落，北京人藝顯示了它的豁達，成熟，與時代同步的生命力」，那麼圍繞他們兩人展開的研究，則顯示出我國戲劇研究主體意識的強化，理論研究開始逐漸擺脫政

〔註 1452〕劉再復著《再論高行健》第 125～130 頁。
〔註 1453〕《北京社會科學》2009 年第 3 期第 74 頁，2009 年 6 月 26 日出版。徐健爲
　　　　　北京師範大學博士生。

治工具論的束縛，向著探索藝術本體魅力的層面回歸。〔註1454〕

6月，《西南民族大學學報社科版》2009年第3期刊發朱崇科的論文《面具敘事與主體游移：高行健、英培安小說敘事人稱比較論》。〔註1455〕

8月，《南方文壇》2008年第4期刊發金理、陳思和的論文《思潮與爭鳴：現實主義、現代主義、純文學的反思——〈中國新文學大系（1977～2000年）文學理論卷〉導言之一》。〔註1456〕

8月，《文藝爭鳴》2009年第4期刊發王堯的文章《「現代派」通信述略——〈新時期文學口述史〉之一》。〔註1457〕

10月，舞蹈詩劇《夜間行歌》中文本定稿。〔註1458〕

10月31日，高行健在巴黎寫作《論舞臺表演藝術》一文。〔註1459〕

11月，《社科縱橫》2009年第24卷第11期刊發張小平的文章《論20世紀80年代中國先鋒戲劇的藝術探索》。〔註1460〕

該文摘要：20世紀80年代的中國先鋒戲劇在藝術層面進行了卓有成效的探索，具體體現在敘述方式的變化、舞臺多樣性的追逐、舞臺自身語言豐富性的追求、觀眾和演員關係的強化以及戲劇結構的多樣性的探索五個方面。此時的先鋒戲劇在西方思潮蜂擁而入的大潮中，積極探索著自身的藝術品性和魅力，植根現實又超越現實，來源生活又義無反顧地踏上追逐先鋒價值與意義的征途。〔註1461〕

12月18日，影片《洪荒之後》在利耶日的現代美術館舉辦的高行健畫展開幕時同時放映。

達里奧・卡特琳娜指出：簡而言之，這可以說是一部非電影。世界末日

〔註1454〕《北京社會科學》2009年第3期第74頁。《北京社會科學》係北京市社會科學院主管、主辦的綜合性哲學社會科學類學術期刊，1986年創刊。

〔註1455〕《西南民族大學學報社科版》2009年第3期第158～163頁。

〔註1456〕《南方文壇》2009年第4期16～22頁。

〔註1457〕《文藝爭鳴》2009年第4期第132～135頁。

〔註1458〕高行健著《遊神與玄思》第37～81頁，臺北聯經事業股份有限公司2012年5月初版，6月初版第二刷。

〔註1459〕高行健、方梓勳著《論戲劇》第164～195頁，臺北聯經事業股份有限公司2010年4月初版。

〔註1460〕《社科縱橫》月刊創辦於1985年，由甘肅省社會科學界聯合會主管主辦。張小平，南京政治學院軍事新聞傳播系教師，文學博士。

〔註1461〕《社科縱橫》2009年第11期第74頁。

的這番審美觸動了當今由大氣暖化引起的焦慮，正打在點上。高行健通過這部影片表明電影，不如說非電影更爲確切，具有的無可爭辯的力度，同疲軟的商業電影大相徑庭。〔註1462〕

12 月 20 日，《華文文學》2009 年第 6 期刊發黃萬華的論文《平和長遠、散中見聚：歐華文學的歷史進程和現狀》。

該文指出：歐華文學創作的第二個高潮出現在 1980 年代後。高行健、虹影、楊煉、多多、林湄等大陸新移民作家成爲這一創作高潮的主體。〔註1463〕

12 月 31 日，**劉再復在美國科羅拉多寫作《當代世界精神價值創造中的天才異象》，祝賀高行健七十壽辰。**

劉再復寫道：

我在遙遠的東方向他表示熱烈的祝賀，但不是用空話祝賀，而是用簡潔的語言概說他的成就與貢獻。作爲和他一樣在長江黃河土地上生長起來的同齡人（我僅比他小一歲），我一直爲他而驕傲，衷心敬佩他。從 1983 年觀賞他的戲劇《車站》開始，近三十年來，我多次因閱讀他的作品而徹夜不眠。他的作品是那麼冷靜，他對世界是那樣冷觀，可是，我閱讀後則常常激動不已，而且多次受到震撼，爲什麼會產生這種閱讀效果？我至今還沒有完全想明白。但有一點我已想明白了，高行健是在我的同一代人中出現的一個天才，一種精神價值創造的「異象，一種超越時代的「個案」。以往常聽說，作品與人才是時代的產物，我不完全同意這種論點。我認爲，天才完全是個案，例如曹雪芹，他所處的時代正是黑暗的滿清雍正、乾隆文字獄最猖獗的時代，然而，恰恰是這個時候誕生了中國最偉大的文學作品《紅樓夢》。高行健也是一個在本沒有路可走而走出廣闊的創作之路的天才異象，而且可以說，他是一個被瑞典學院首先發現但沒有被他的祖國與人類世界充分發現和認識的天才異象。〔註1464〕

劉文概括了高行健完成的三項業績，以及超越當今世界還在流行的三種思潮。他的業績成果是：

1、紮根中國文化，對中國文化作出卓越貢獻；又超越中國文化，創造具有普世價值的人類文化新花果。

〔註1462〕達里奧・卡特琳娜《一個自由人普世性的面面觀》，劉再復編《讀高行健》第255 頁。
〔註1463〕《華文文學》2009 年第 6 期第 63 頁。
〔註1464〕劉再復著《再論高行健》第 45～46 頁。

　　通過《靈山》，展示了中國非正統、非官方的、鮮爲人知的另一脈文化，這是中原儒家文化之外的，常被忽略的隱逸文化、民間文化、道家自然文化與禪宗感悟文化。沒有一個人像高行健這樣，通過活生生的意象呈現出此脈文化的豐實血肉、生動氣息和不朽的活力；通過《山海經傳》，重新展示中國遠古神話傳統的精彩風貌，復活了幾乎被遺忘的中國原始文化體系。沒有人像高行健如此用完整的戲劇形式（近七十個神話形象）呈現中國這最本眞本然的文化。《山海經傳》是高行健對中國文化基因作了一次充滿詩意的閱覽與評價，它提供了中國原始原型文化的一個形象版本；通過《八月雪》把中國禪宗文化精神內核推向人類精神的制高點，讓禪的精神光輝在當代世界中再次大放光彩。在《八月雪》中高行健破天荒地把慧能作爲思想家加以呈現。這位偉大的思想家披著宗教的外衣，卻完全打破偶像崇拜，以覺代替神，創造了相對於基督救世體系的另一種自救眞理。不僅如此，慧能還在思想史上創造了無須邏輯的思想的可能和無須他者幫助而贏得自由（得大自在）的可能，從而把禪文化展示爲一種世所沒有的獨特思想文化創造，使一千年前產生的中國禪完成了一次現代的轉化。加上此劇使用京劇傳統演員，在形式上吸收西方歌劇的合唱與交響樂又不同於西方歌劇，從而具有現代感又不失中國的文化氣脈。

　　高行健紮根於中國文化，取材與創新中國文化，但他並不強調中國性更不強調民族主義，相反，他紮根中國文化又超越中國文化，追尋的是人類的普世價值。他在《靈山》、《山海經傳》、《八月雪》中探討的是人類如何在自己的心靈中找到太陽、找到靈山、找到光明之源的共同問題。

　　2、立足文學創作，創造出長篇小說的獨一無二的新文體；又超越文學創作，贏得戲劇試驗、繪畫試驗、電影試驗、藝術理論探索等全方位的成功，從而爲當代人類智慧活力作了有力的證明。

　　《靈山》創造了以人稱代替人物、以心理節奏代替故事情節的小說新文體。中國自從百年前梁啓超提倡新小說以來，作家雖然具有小說觀念，但缺少小說藝術形式的創造意識，因此小說文體一直是「人物、故事、敘述」三者結合的模式。高行健打破這種模式，而以「人稱、心理、對話」三者結合的方式，創造了另類小說。「你、我、他」三個內在主體座標，可以展示如此豐富複雜的語際關係，可以觸及如此深刻的文化內涵和人性內涵，這是前無古人、後啓來者的大創造。馬悅然說它是「二十世紀最偉大

的小說之一」，絕非虛言。

　　他的戲劇創作幾乎和文學創作同時開始又同步進行。他的戲劇創作也可以稱爲戲劇實驗。十八個劇本，每一個都不同，都不重複自己。在世界戲劇史上，就精神內涵而言，他在前人（從古希臘悲劇到現代奧尼爾的戲劇）展示「人與自然」、「人與上帝」、「人與社會」的關係內容之外開闢了「人與自我」另一重大關係，從而把人的內心狀態呈現於舞臺。這種把不可視的心相化作可視的舞臺形象，在戲劇史上是一種巨大的突破。而在戲劇審美形式上，他又把戲劇的表演性發揮到極致，讓演員兼任「角色」和「扮演者」雙重身份，演出時不是模擬現實，而是戲弄人生。通過突破戲劇規範的試驗，高行健竟然可以在觀眾面前對角色進行心理剖析，竟然可以把人的夢幻、人的沉思、人的感受、人的心理衝突統統搬上舞臺，這不能不讓人驚歎。法國女作家兼導演安古拉・威爾德諾這樣評價高行健：

　　　　高行健的劇作特別值得當作一個謎來解說……高行健爲戲劇
　　打開了一扇全新的門：以演員爲中心，以傳統爲根基，從當今世界
　　的現實出發，爲當代戲劇找到一個新天地。

　　她的文章指出高行健建立的表演理論是戲劇主張的一大特點，指出揭示人內心世界的多重性和三人稱的運用是高行健戲劇作品的特點，指出劇場性和表演三重性是高行健開掘戲劇潛能的關鍵處，等等。她的評價表明，高行健不盡是中國戲劇的改革家，而且在西方當代戲劇平臺上，他也是一個先鋒之先鋒，前衛之前衛。如果要瞭解西方戲劇，僅知道貝克特和熱奈是不夠的，還必須面對遙遙領先的高行健。

　　高行健在繪畫上也取得舉世矚目的成就。他已在歐洲、美洲、亞洲舉行過 60 次以上的個人書畫展覽。他的水墨畫，畫的不是物相，而是心相；或者說，畫的不是色，而是空。他的畫不是現實的摹寫，而是心境的投射。他的畫，不僅有繪畫性，還有文學性。所謂文學性，就是指內心的深度。要在只有黑白兩色的變幻中展示內心的深度是很難的。高行健突破這一難點的關鍵是在畫中引入中國水墨畫忽略的一種繪畫語言，即光線（中國水墨畫來自書法，只有水墨布局結構觀念，沒有光線概念）。而行健畫的光源與西方畫來自「物」不同，它來自「心」，是心相之光，不是物理之光。因此，其光是飄動不定的。行健這種「明」（光）在心裏，亮在紙上的畫法絕對是前人所無。西方的印象派繪畫雖注意「光」，但其光源來自外（物）不是來自內（心）。印

象派講繪畫回到二度空間，消滅了深度（文藝復興後的繪畫受科學技術的影響，創造了焦點因而也創造了深度），行健吸收了此派「光」的藝術又自創另一種深度，這不能不說是一種奇觀。

　　3、全方位藝術試驗背後的哲學思考與思想成就：既有現代感，又衝破「現代性」教條。通過文學藝術語言表達，實現了對三大時髦思想的超越，成為另類思想家的先鋒。

　　他的思想既在《現代小說技巧初探》、《沒有主義》、《論創作》等理論形態的文章中體現出來，又在作品中表現出來。他的每一部作品，哪怕是一部小戲，都蘊含著豐富的思想。世上有兩種思想家，一種是訴諸哲學概念與哲學框架的思想家，這是從柏拉圖到康德的一類哲學家；另一類則是在文學作品中蘊含著巨大思想深度的思想家，但丁、莎士比亞、歌德、托爾斯泰等，便是這類思想家。高行健屬於後者，他的思想蘊含於意象、形象和語際關係中，其形態不是抽象的思辨，而是在創作美學導引下的具象的表述。可以說，高行健已為中國文學和世界文學提供了一個精彩的創作美學系統，這一系統包括文學觀、戲劇觀、繪畫觀、電影觀，也包括他自身豐富的創作經驗。高行健的創作美學，其特點是「沒有主義」，沒有意識形態，沒有哲學框架。他的美學是不依附任何哲學框架的獨立存在，因此，他不預設絕對真理和先驗世界觀。他只求認識世界（主要是指認識人的生存環境和人性）並不解說世界，更不叩問世界本體和終極究竟，這一意思倘若用習慣性的哲學語言表述，便是認識論大於本體論。在高行健的美學系統中，主客觀常常融合為一，其認識手段與方式也完全不同於通常的哲學家，即不通過邏輯和思辨去認識世界，而是通過直覺、直觀與感受去靠近和把握活生生的世界尤其是活生生的人的存在。

　　高行健認識世界的獨特方式和獨特態度，使他超越了歷史學，超越了政治家語言，也超越了道德判斷；因此，他的思想便超越了當今世界還在流行的三種大思潮：1、超越了二十世紀也已成為主流意識形態的泛馬克思主義思潮。這一思潮以批判資本主義、社會進步、烏托邦理想為核心內容。高行健跳出這一思潮，所以強調文學藝術不應以批判社會和改變歷史為出發點，僅以見證人性（包括見證人的生存環境）和見證歷史為使命。2、超越了西方老人文主義、人道主義關於人的認識，揚棄文藝復興以來那種把人理想化、浪漫化的思潮，不再把人視為大寫的人，而是視為脆弱的個人。他一再

說明，如果不落實到「個人」，所謂人道主義和人文理想就會變成一句空話，
這種思想體現在文學藝術上，便是不滿足於老人道主義關於人的解說，從而
深入到人自我內心的陰暗面，在「觀世界」時也注意「觀自我」，特別是正
視人內心那個最難衝破的自我的地獄。話劇《逃亡》和《生死界》、《週末四
重奏》等一系列戲劇，充分顯示，高行健已遠離老人道主義空泛的理念。3、
超越了當代時髦的「現代性」和「後現代主義」思潮。高行健在不斷試驗、
不斷創新的時候，對於過去的文化藝術傳統，從未簡單否定，更不當造反派。
他只是用另一種眼光審視傳統，理解前人抵達的制高點，然後尋找潛意識的
機制和再創造的可能性。即不是從外部去顛覆去另起爐灶去給藝術重新命
名，而是從內部開掘新的生長點與發展點。高行健創作美學中所表明的這些
思想極為深刻和寶貴，他倒是真正提供了一種文學藝術創造的「新方向」。
〔註 1465〕

　　12 月，《齊魯藝苑》（山東藝術學院學報）2009 年第 6 期刊發張小平的
文章《論 20 世紀 80 年代中國先鋒戲劇的思想主題──以高行健作品為例》。

　　文章摘要：20 世紀 80 年代，中國的先鋒戲劇明顯受到西方文化思潮和西
方戲劇的影響，同時探詢中國先鋒戲劇的民族品格，由於當時中國特定的國
情，決定了此時的先鋒戲劇多從「人」出發，對人性進行探討，對普通人的
焦灼生存狀態和人的精神世界的多面性進行展示，從「人」、異化、心理、社
會批判四大基點出發，在思想層面形成明顯的主題性特徵。

　　作者的單位為南京政治學院軍事新聞傳播系。〔註 1466〕

　　這一年，詩歌《逍遙如鳥》中文本定稿。〔註 1467〕

　　西班牙拉里奧拉劇團演出《逃亡》。意大利米蘭藝術節演出《夜間行
歌》。意大利都靈劇團演出《車站》。法國劇團演出《夜間行歌》。葡萄牙舉
辦高行健大型畫展。法國艾爾斯坦博物館舉辦高行健和德國諾貝爾文學獎
得主格拉斯的雙人聯展。〔註 1468〕

　　2009～2010 年，比利時跨年度的歐帕利亞大型國際藝術節以中國藝術

〔註 1465〕劉再復著《再論高行健》第 45～55 頁。
〔註 1466〕《齊魯藝苑》2009 年第 6 期第 36～40 頁。
〔註 1467〕高行健著《遊神與玄思》第 23～32 頁，臺北聯經事業股份有限公司 2012 年
　　　　　5 月初版，6 月初版第二刷。
〔註 1468〕劉再復著《再論高行健》第 252～253 頁。

爲主題，高行健應邀參加了三個城市爲他舉辦的一系列的展覽、演出、演講和會見，布魯塞爾藝術宮邀請法國蘇魯思劇團演出了他的法文劇作《生死界》，布魯塞爾的巴斯田藝術畫廊舉辦了他的水墨畫個展，利耶日市現代與當代美術館舉辦了他在畫布上的巨幅水墨新作展並放映他的影片，蒙斯市蒙丹納姆基金會舉辦了他的作品朗誦會，布魯塞爾自由大學授予他榮譽博士。〔註1469〕

2010 年　70 歲

　　1 月 4 日，高行健 70 歲生日。

　　他的朋友馬建、楊煉、陳邁平在倫敦爲他舉辦了兩天的「高行健創作思想研討會」。〔註1470〕研討會之前，他接受了 BBC 中文網記者嵇偉的專訪。報導題目爲《高行健：中國沒變，我也沒變》

　　該報導如下：

　　2010 年 1 月 4 日是 2000 年諾貝爾文學獎得主、法籍華人作家高行健先生 70 歲生日，也是他獲諾貝爾文學獎的第 10 個年頭。爲此，中文文學界在倫敦大學亞非學院舉辦一次專題研討會，重點研討高行健先生的各種文學藝術作品和思想。

　　記者：今天是您的 70 大壽，先祝您生日快樂，也祝您獲諾貝爾文學獎十週年。您的 70 年歲月我猜也像許多您同代的中國人一樣，充滿了風風雨雨，在您記憶中最深刻的是什麼？

　　高行健：回顧自己的一生，風風雨雨，太多的經歷。一時要說哪個是印象最深刻的，很難說。我在巴黎呆了 22 年了，開玩笑說是三生有幸，現在算是第三生了，第一生在中國，第二生在法國，諾貝爾獎獲獎以後，我生了一場大病，也可以說是大難不死，又有一生，我自己開玩笑說眞是三生有幸。

　　記者：您是迄今爲止唯一獲諾貝爾文學獎的華人，按理中國政府應該以您爲驕傲，但事實完全相反。也許您早已加入了法國國籍，可能不重視中國政府對您的態度，但畢竟您生在中國，而且在那裡生活了 47 年，所以您對政府的冷漠有失落感嗎？

　　高行健：也談不上。其實我在中國遇到很多問題，不是得諾貝爾獎之後

〔註1469〕劉再復編《讀高行健》第 258 頁。
〔註1470〕《逍遙如鳥：高行健作品研究》（楊煉編）第 190 頁，臺北聯經事業股份有限公司 2012 年 6 月初版。

的事情，之前我的作品在中國就一直是被禁止的，我人還在中國的時候，作品就是被禁止的。幾十年如此，中國沒變，我也沒變，狀況就是這樣，所以我倒不覺得什麼失落不失落。有個身份認同是個很時髦的題目，大家都在談，我倒覺得這個題目純粹是個政治話題，跟文學創作沒有關係。我不如自認一個世界公民，事實上我的生活也是這樣，今天在這兒，明天在那兒，世界各地到處都有活動，都有自己創作的活動。至於中國政府怎麼看，對我來講實際上已經不重要了。

記者：您離開中國的時候是當時中國文壇的先鋒派作家代表人物，崇拜您的讀者非常多。但是我前兩個月回中國時，在一個聚會上有朋友說，為什麼共產黨中國的大學畢業的沒有諾貝爾獎獲獎者？我立即說，有啊，高行健就是北外畢業的。但在座的十來個人中居然沒有一人知道。對於中國大陸的公眾和讀者的不瞭解，您是否感到遺憾呢？

高行健：這也是沒有辦法的事情。既然我的作品在中國是禁止的，甚至我的名字在相當大的程度上也是禁止的，包括我朋友送給我的禮物，說你看看，我給你帶來一個有趣的禮物，中國大陸出版的關於一百年諾貝爾獎獲獎人的傳記和照片，唯獨缺了 2000 年，就是我得獎的那一年，他們把這一年跳過去了，我拿到了那本書，覺得是很有趣的，大家一笑很開心，就是一個玩笑。其實我覺得一點也不奇怪，沒有什麼太多可遺憾的，因為讀者有很多，世界也很大，據我所知我的東西已經被翻成 36 種文字了，而且中文的讀者也是很容易找到的，臺灣、香港、包括在新加坡，凡是有華人的地區，有華人的書店都可以找到。

記者：我知道您一直認為作家捲入政治後會影響作品的質量，但無論一個作家或藝術家怎麼保持他自身和政治的距離，他的作品中總是會多多少少折射出政治的影子，所以作家本身和作品這兩者與政治的關係有沒有矛盾呢？您又是怎麼做的呢？

高行健：這是一個很複雜的問題。有兩方面的因素，一個是，是不是作家自認他自己有一個作品，這在 20 世紀很時髦，受馬克思主義的普遍影響，認為作家就一定要從政，有個政治的介入，有個鮮明的政治態度，以至於作家投入政治，但結果是很悲慘的。我們回顧 20 世紀，要不就是作家犧牲自己的創作，變成某種政治的傳聲筒；要麼如果他不贊成當權的、講所謂的政治不正確的話，他就被扼殺。我認為作家在 20 世紀從政的結果對作家講是一個

教訓。那作家是不是有他自己的看法呢？我認為在超越政治視野以外，作家可以有他自己的看法，恰恰作家應該有他獨立不羈的看法，當然也包括對政治的看法。但一個作家的文學作品主要是涉及人生和人生存的普遍困境，這些問題都大於許多具體現實的政治。

記者：您原來在中國寫的劇作和現在的作品和政治的關係不是很近的，但您在獲獎之後的講話和在六‧四之後寫的《逃亡》都跟政治很近的，不是嗎？

高行健：既然作家是一個獨立的思想者，他有自己對現實的看法，當然也包括對政治的看法，我並不迴避我對政治的看法，這種看法並不是把我納入到另一種政治中去。我們大家都知道，政治實際上是一種利益、權利的平衡。如果文學也捲入這種遊戲中，文學的價值就喪失了。我認為作家的價值恰恰是關注人的生存和人的生存環境，如果能做真實的寫照，抵禦各種各樣的政治風潮，而表明人真實生存困境的時候，這樣的作品才是經得起時間考驗的。

記者：中國大陸近年來很時尚的文化潮流之一，是用通俗的、現代的、實用的語言，來詮釋孔子、孟子等的學說，這是民間。在政府層面，中國的國際宣傳也是用推廣儒家學說，比如在世界各地開設孔子學院，來推廣中國文化。您對這些怎麼看？

高行健：對中國文化，我也有自己的看法，這個看法與這個時期和那個時期的官方文化政策是沒有關係的。我認為一個作家如果有他獨立的思考，他對文化、對歷史的看法是應該有他自己個人獨立不羈的看法，這種看法才是有價值的，經得起時間考驗的。當然我對中國傳統文化有自己的看法，我不認為儒家文化是中國文化的最精彩之處。我並不反對儒家，儒家是跟帝王時期，跟漫長的中國封建社會的社會秩序建立的一個倫理體系，它是為這個權力服務的，是為權力服務而建立的一個倫理體系。如果丟開這些看的話，儒家學說只不過是一家學說而已。中國文化其實很豐富，大家都知道，有老子，有莊子。我特別推崇的，又被中國思想史所忽略的一個人物就是慧能。我認為慧能是一個重要的思想家，恰恰被忽略了，從來沒有在中國思想史上提到慧能的名字，只把他最為一個佛教的代表人物，從來沒有把他作為一個思想家。我認為慧能的思想對中國文化來講是先秦以後的一大突破，給中國文化帶來新鮮的思想，這些新鮮的思想不是來自孔子，而是來自慧能。

記者：中國文化，尤其是在現代互聯網發達之後的中國文化，您認為它

會對世界的思想和文化能起什麼影響嗎？

　　高行健：互聯網是個非常新鮮的現象，近十年來越來越普及。做爲文化信息的傳播，它當然是非常有用的。但如果說作爲藝術家來講，它不能只滿足於互聯網這麼一種簡單的信息傳播。這個傳播對中國思想開放，接受世界各國新的信息以及相互之間的文化交流和思想交流是有它正面的影響的。但也應該看到一點，互聯網如果用得不好的話，一個是把文化過於通俗化，再一個是我認爲在中國文化中現在存在的一個潛在的危機，這個危機就是民族主義。我以爲中國知識分子或文化人要警惕的恰恰是這樣一種民族主義。我們不反對中國文化的傳統，從傳統中找尋更新當今文化創作的機制。我自己就這麼做的，我不但從中國傳統文化中找尋新的機制來更新自己的創作，但也不止滿足於中國文化。實際上我對西方文化包括對非洲、南美文化都有很大的興趣，而我的戲也在南美演出，我自己也很有興趣吸收不同民族的文化。如果說當今某些知識分子只強調民族文化，我覺得有點可疑，背後是不是有政治炒作在裏面。

　　記者：你是 1987 年離開中國的，在海外的這 20 多年中，你有沒有回過中國大陸呢？

　　高行健：沒有回過，甚至也沒想到要回去。因爲我沒有必要回到一個對我的作品和名字都禁止的國家，對我沒有什麼意義，再說我世界各地的邀請已經多的都無法再接受了。因爲你們是中文節目，當然要不斷地談到這個問題。其實在我現實的實際生活和創作中，中國已經是一個過去，這一頁已經翻過去了，我面臨更多新的題目、興趣和我的創作計劃。

　　記者：今天是您的 70 歲生日，現代人 70 歲還很年輕，儘管如此，許多中國人有葉落歸根的情結，您有過「有一天年紀眞正大了以後要回故鄉」的念頭嗎？

　　高行健：實在講，確實沒有。很多在海外的華人都有這麼一個情結，故鄉啊，葉落歸根啊，包括很多的知識分子。我認爲在現今這個時代，從經濟、政治、文化的傳播各個方面講，全球化已經深刻地影響著這個時代，也包括影響人們的思想。我認爲海外生活的華人，最好在哪裏生存就在哪裏生根，無處不可以生根。當然和中國文化血緣的聯繫也不要隔斷，因爲這是一個豐富的資源。我從來不反對傳統，我認爲華人生活在西方世界，或者希望生活在世界各地的華人，既然他生活在那，就在那生根。我認爲如果能夠有這樣

一種心態來看待自己，那麼在海外生活的知識分子，他如果能將之前的文化傳統與新的生活環境、處境、工作、甚至是事業結合起來，我想他可以把傳統文化發揚光大，可以做得更好。〔註1471〕

楊煉寫道：

2010年1月4日是高行健七十歲生日。這一天，一群旅居海外的中文作家朋友，以及從不同國家專程飛來的譯者研究者，假倫敦大學為他舉行慶賀活動。我們從現實到文學的四海漂泊，其實是一場不間斷的內心之旅。其景象，猶如一個人站在岸邊峭崖上，眺望自己乘船出海。那個地平線上的遠方不在別處，正在他（她）的自我之內，把每天人生的風雲變幻，納入一個不同拓展的精神縱深。高行健的創作，令這一生命定位歷歷在目，同時也給當代中文文學指出了一種境界、一種高標。那隻鳥，哪裏僅僅呻吟無根的苦楚？他的根——我們的根，從來帶在飛翔的體內，變被動的漂泊為主動的遨遊，盡情盡興無界無涯，堪稱逍遙，堪稱幸福！

高行健的七十歲生日，確實與眾不同。他這七十年，猶如一隻小船，鑽過的是中國歷史上、文化上最污濁血腥的驚濤駭浪。他降生的1940年，中日戰爭的烽煙裏，「救國」群情已常常混淆甚或覆蓋「救人」的冷靜。他九歲時，一定也瞪著眼睛，跟在敲鑼打鼓的隊伍後面慶祝過「建國」。十九歲時，卻已經品嘗過出生異類和家有「右派」親屬的苦況。二十九歲，「文革」開場時像正劇、高潮中如喜劇、水落石出無非鬧劇，一場噩夢已經在書寫那部《一個人的聖經》了。八十年代大陸文化反思中，他用《彼岸》向自我深處追問；八九年天安門屠殺發生，他用《逃亡》攥緊人生無路可逃的絕境。九十年代以來，大陸受控的權貴市場經濟，迷惑國人也迷惑了世界。一個人得有怎樣的定力，才能不為這個詞義徹底分裂、且無視自相矛盾的世界所動，而堅持做一個「主動的他者」，拒絕任何意義上的隨波逐流？高行健的七十歲，確實值得慶賀。因為他用一個活生生的例子，證明在當今中國語境下，保持人格的完整、思想的健全是可能的。他這隻小船，沒在激流中傾覆，在礁石上粉碎，或在安寧中腐朽，有幸運，更因為清醒。正是這種自覺，不僅創造了璀璨的文字，更把他整個人生錘鍊成一部傑作。由是，2010年1月4日，當朋友們聚集到倫敦，心中真正的慶典是：朝向一種獨立思想的禮敬。我們在倫敦舉行的，與其說是一次生日慶賀，不如說是一個「思想－藝術項目」：以高

〔註1471〕筆者2014年7月在澳門大學查找的網絡信息。

行健藝術爲貫穿線索、對中國和人類當下處境的深刻反思。

　　兩天的活動，既嚴肅又絢麗。倫敦大學校長的致辭，關於高行健思想藝術的專業研討會，朗誦它的最新劇本《夜間行歌》，高行健水墨繪畫大熒幕投影展，特別是集中放映三部高行健的電影：《洪荒之後》、《側影或影子》、《八月雪》（高行健編導、臺灣國家劇院演出的紀錄片），或許是世界上首次聚焦於它這一類相對不爲人知、卻同樣特立獨行的創作。活動的地點，還在倫敦大學的布魯涅畫廊劇場，連續兩天，三百餘人的場地座無虛席。觀眾華洋參半，問答漢英疊加，臺上臺下一片交流互動。誰說這世界不需要思想？恰恰相反，在空話假話一統天下、思想極度匱乏的今天，每個人潛意識裏最爲饑渴的正是思想。一枝藝術家的筆，只要能探入生命幽邃的痛處，就一定能喚起深藏的激情。〔註1472〕

　　馬建說：雖然老高的家族裏沒有人活過七十歲，我相信老高不僅超越了七十，而且還不斷地在開始，在追尋。他的文學和藝術的境界是長壽。〔註1473〕他在《泉石激韻——評高行健的小說》中指出：

　　在古代，小說被理解爲「淺識小道」，不是大道。正是歷代小說作家都無法名正言順地書寫，都在巧借神話，多用寓言而把自己藏在小說的後面而造成的。中國的文學名著大都沒有作者也證實了文學的危險含義，那就是個人思想在小說裏重如生命，作家寧可隱姓埋名地寫下去。那麼在我們閱讀名著時，正是作家的思想和我們的溝通才使小說永遠活下去。文學是永恆的。老高更試圖在語言之內的象徵中尋找現代漢語的出路。畢竟中國的政治制度對中文的腐蝕，已令作家無法信賴母語的純正和魅力了。

　　高行健在尋找靈山，但又不信任這尋找的意義。在尋找靈山的終點，尋到的是一位同樣在尋找破碎人生價值的女護士便是說明。在那裡，作者暗設了一條沒有彼岸的河，他和那姑娘都只能在這岸邊苟且偷生。而且他一再描寫，人越是親近，就越走向疏離。無論是文化館的姑娘，還是從道觀被趕出來的道士，人，都只能在遭遇中認出對方，那遭遇本身就是生活的無奈。這也是故事，但更像是文學的意境。……他得不得諾貝爾文學獎都是個眞正的流亡者。

　　我們常說藝術的境界來自夢想。說藝術家是個做夢的人。那麼，我們確切的理解是：文學的境界是清醒和沉睡之間的狀態，也叫夢之想。它不是理

〔註1472〕楊煉《編者序》第 ii～vi 頁，《逍遙如鳥：高行健作品研究》（楊煉編）。
〔註1473〕《逍遙如鳥：高行健作品研究》（楊煉編）第 81 頁。

性般清醒，也不是睡眠，而是每一位活人都忽視的偉大狀態。我們其實生活在三個空間：清醒、夢想和睡眠。但清醒和睡眠中自我並不存在。只有當你的身體放鬆，睡眠還沒有來臨的時刻，自我才被釋放出來。佛、禪以及靈感甚至氣功等都在這個時刻閃現。藝術家喝酒和吸大麻都是在試圖喚出沉睡的自我。但宗教意識和靈感不是唯一的自我釋放，人們要主動地打斷被社會和睡眠雙向麻木的人生，理解面對自我的唯一境界。我相信，在這個金錢災難時代，文學是人類唯一的精神之舟。

高行健爲漢語重建了一座靈山：那就是，人類自古至今都走在尋找家園的路上，都在漂泊之中。而逃亡現實的控制，把往前尋找變成了往後撤退的途徑，從而跨入了抵達生命本原的經歷，完成了一個作家不僅在自己的痛苦裏看破紅塵，而是宏觀地面對人世的悲憫，去傾注對人性的關懷，也使得一部小說成爲了一部文學著作。〔註 1474〕

楊煉在《成於言——從高行健作品看藝術的境界》中寫道：

我們不是庸俗地做壽，而是思想展示。通過連演三部他的片子《洪荒之後》、《側影或影子》、《八月雪》，和朗誦戲劇新作《夜間行歌》，探討高行健究竟怎樣「成於言」！在我看來，相對於中文作家不乏機靈、卻太缺耐力的普遍毛病，老高的「後勁兒」很重要，因爲它揭示了一種從內向外、從思想向作品生長的能量。首先是作爲一個人眞誠的生活、嚴肅的思考，然後是把自我提問轉化爲藝術提問，再從更新的藝術意識發展出全新的藝術形式，直到人和藝術同樣臻於純粹。一個「先鋒」氾濫的世紀剛過，我最看重的，恰恰是這樣的「後鋒」：厚積薄發，後發制人。本來，我們置身其中的「中國」這個題目，就是一首文化轉型的史詩巨作。那個「宏大敍事」，包含在哪怕再小的細節之內。一個作家一生發展的，就是揭示它的能力。〔註 1475〕

當高行健不停突破人們預期，拿出新作，令我們感動的，不只是他的天才，更是那個激發他超強活力的精神血緣，一層層帶領他突圍，把中國、西方、中文、外語、此岸、彼岸、現實、虛構統統變成假命題，而藝術直面一個人的存在，把它追問成一個思想宇宙。直到，藝術和人格，一而二二而一，互相成就，不可分割。我讀高行健的作品，在字裏行間，看出的兩個關鍵詞是：眞誠和純粹。

〔註 1474〕《逍遙如鳥：高行健作品研究》（楊煉編）第 76～86 頁。
〔註 1475〕劉再復編《讀高行健》第 77 頁。

　　高行健七十歲了。他的人生、思考和創作，跨越了二十和二十一世紀，要在這個漫長、複雜的歷程中做到真誠和純粹，且自覺實踐它們，從而真正成為一個精神上的幸存者，標準不是太低，而是太高了！中國猶如一個夢魘，糾纏著我們也糾纏著世界。

　　我在他的作品中讀出了一個重寫的譜系：《山海經傳》處理文化起源，《聲聲慢變奏》、《八月雪》更新古典精神，《靈山》貫穿遠古和當代，《逃亡》、《一個人的聖經》深化現實啟示，從《彼岸》開始一系列現代戲劇，從語言學到哲學推進層層的自我追問，而他的繪畫、電影、歌劇，則進行不停的美學整合，再經過一系列「另一種美學」的觀照反思，建立一座精神自足的城堡。

　　我曾反覆說過，當代中國藝術的兩大特徵，正是觀念性和實驗性。它必須有很強的觀念性，因為處在古今中外的「他者」之間，中國或中文，都是全新的現象。我們的提問，必須由自己解答。因為找不到任何現成的理論能解答它。西方研究「影響的焦慮」，可在我們這裡，該「焦慮」的恰恰是「沒有影響」——渴望被影響卻得不到！所以，高行健的「高」，正在於他貌似套用禪、道的思想，《山海經》、李清照的話題，《金剛經》、莊子的風韻，實際上卻幾乎無處不反其道而行之。托禪、道而反說教，用典故而言當下，在靈光四溢的語言流中沉吟人性的走投無路。我從他那些無名無姓、甚至性別不辨的「人物」，不僅讀出多人稱、更讀出「無人稱」。一種比無人更絕望的處境：明明有人，卻無法稱呼他。一個存在，明知在毀滅又無力表明自己的毀滅！

　　二十世紀中國災難重重的亂世，銜接上二十一世紀世界紙醉金迷的亂世，一個作家如何選擇自己的寫作？高行健提出兩點：一是「弱者的力量」，二是「冷的激情」。

　　為什麼高行健近年的《逍遙如鳥》、《夜間行歌》越來越直接呈現於詩歌形式。我幾乎感到，那是老高敏感地聽到了作品的內在選擇。那個一直隱含於他作品各種體裁中的「詩意」，終於直接現身，在藝術的最高海拔上，直接呼吸古今中外的偉大精神。「藝術的境界」，就是「這樣一種詩歌」。

　　「成於言」的原意是：藝術之「言」成就了藝術家的人格。創作者其實正是自己思想的作品。通過寫作，「人」漸漸被作品的精神雕刻出來，越來越像「它」。作品呈現的思想高度，給我們的人生確定了原則。在「人」的意義上，囊括從藝術到政治的一切層次。一個當代人，是人類整體處境的產物，

他的思想也奠基於這個整體。因此，狹隘民族主義的「中國」是一個虛構，簡單劃分的東、西方是一種空談。用這些假概念，不僅思考不了世界，更糟的結果，是取消眞正的思想，只給權力遊戲留下空白。順帶，也給我們一個詞、義無限分裂的語境。我們什麼都能說，卻什麼也不意味。我曾談過「本地中的國際」，其實比本地本土更到位的，是「本人」。一個人的反思，反向包容一切群體，且由個人給那些群體「定義」。藝術之「言」，就是這樣的本質的個人之言。

環顧流亡海外的中文作家，能在海外創作中走出一個全新階段的，確實唯有高行健。

高行健七十歲了。他是以思想和創作的實績，從他那一代中國作家中脫穎而出的。不靠單位，不靠團體，不靠宣傳機構，甚至不靠流派、思潮，就一個人，全方位承擔一個文化的責任，並且經得住這變幻世界層出不窮的檢驗。這現象獨一無二。在現實中，這是他個人的勝利。但在思想上，又是「人」的勝利、藝術的勝利──眞誠和純粹的勝利。透徹至此，諾貝爾獎眞有什麼價值嗎？沒獲獎老高就不這樣思考和創作了嗎？我還記得，獲獎消息發布後，看到電視上他一臉吃驚的樣子，那甚至更讓我感到欣悅，因爲那最好地證明了他沒存爲獎而寫的念頭。我又想到他援引文革經驗時說的：「即使那種壓力下也要寫，不得不寫」，何況只是忍耐貧困孤獨，默默無聞呢。這，就是境界。〔註1476〕

貝嶺爲此生日會撰寫《高行健榮開七秩》一文。〔註1477〕BBC 中文部記者嵇偉撰寫《高行健風風雨雨七十年》。〔註1478〕老咪寫《高行健在倫敦》。〔註1479〕

貝嶺寫道：

記得老高說過：「人的一生，只能專注於一兩件事」。他四十七歲才離開中國，可在法國十三年寫出的作品，比在中國的三十年還多。有一次，他甚至對我斷言：「我在法國完成的創作，換是在中國，恐怕三生也未必。」

一個人步入七秩時，他人總以「飽經滄桑」來形容，這或許不錯；可是

〔註1476〕《逍遙如鳥：高行健作品研究》（楊煉編）第126～151頁。
〔註1477〕《逍遙如鳥：高行健作品研究》（楊煉編）第182～189頁。
〔註1478〕《逍遙如鳥：高行健作品研究》（楊煉編）第190～195頁。
〔註1479〕《逍遙如鳥：高行健作品研究》（楊煉編）第196～203頁。

人生的滄桑未必讓人的心思複雜，高行健即是。老高生於亂世，暴政的殘酷，人世的險惡，乃至人心的難測，人言的可畏，老高無一幸免，然這一切並不必然致使心思複雜。老高專注於工作，所以，他的處事方式簡單，友人和他的友誼亦簡單。老高是爲藝術而人生，那些人世的險惡，除非厄運迎面，否則，他能躲就躲，不必也不想「陰」著心思去應對。

老高雖好靜，可並不遁世。老高厭政治，可在大是大非上絕不含糊。1989年「六四」，統治者爲了維持政權開了殺戒，他的憤和痛擲地有聲：「只要中國還在共產黨的統治之下，我就不回去，我的作品也不在中國出版。」這宣示聽著平實，要做到，數十年如一日，不易，那是「白髮，骨灰，家鄉，九泉。」是極高的自我要求。他是眞正的始終如一，「文字也是脊樑」。二十年來，老高從未在中國出書，讓自己是一個「空白」，乾乾淨淨的空白。〔註1480〕

記者嵇偉寫道：

高行健在採訪時曾對我說：生命是短暫和脆弱的，作爲個人的唯一主動能力，就是獨立思考和表述，這才是生存的見證。

這也是作家和藝術家的天職和使命。高行健就是在這樣不斷的身體力行。〔註1481〕

老咪寫道：

我在後排靜靜的看實驗電影《洪荒之後》，充滿禪意，卻又越出各家門派的高氏水墨畫和舞者富含表情的肢體語言，在壓抑又極具張力的背景音樂下融爲一體。這樣的電影，想必是戛納影展的評審也以超出了他們的藝術想像力爲理由而拒絕。

洪荒是災難，災難之後會是什麼呢？在電影中，我看到了空。空卻不是災難的結束，而是一切災難可能性凝結成的困境。或許是對死亡的恐懼，或許是對虛無的抵抗，但在這樣黑白的困境中，人的尊嚴與美感卻伴隨著壓抑和孤獨同時出現。這樣的電影，坦白說，看起來並不舒服。沒有角色，沒有故事，沒有對白，但同時，也沒有了界限，沒有了標籤。〔註1482〕

1月15日，達里奧・卡特琳娜的文章《一個自由人普世性的面面觀》刊發在《城市權益》網頁上，翻譯者爲蘇珊。

〔註1480〕《逍遙如鳥：高行健作品研究》（楊煉編）第183～184頁。
〔註1481〕《逍遙如鳥：高行健作品研究》（楊煉編）第195頁。
〔註1482〕《逍遙如鳥：高行健作品研究》（楊煉編）第200頁。

該文指出：

高行健小說與戲劇中表達出生命的詩意深深動人，給他的作品帶來一種普世的價值。小說《靈山》沿著如詩一般的旅程，以一種平等與分享的敏銳感受，揭示了男女之情。而他的繪畫在我們看來則是他的藝術的另一種領域。全然排除文學，進入那瞬間，在內心最幽深之處，竟然可以開掘出那樣一番天地。他以其繪畫實績介入了當代藝術的論爭。

高行健在《靈山》中觸及到男人與女人對生命的眷戀與絕望，叩問的卻是詩意的底蘊。他對哲學家有所懷疑，雖然也肯定他們的思考。他認爲，而我也同意——哲學家們讓二十世紀的藝術家們就範於他們對世界的某種解說，因而削弱了他們的創造力。相反，高行健的作品卻純然是個謎。他對世界的認識是獨特而開放的，而非閹割了的。這促使他重返人性的探索，廣而言之，在思想涉及的一切領域裏。生之荒謬與藝術喚起的希望之間，這難以平衡的抗爭激蕩我們的情感，且時不時困惑。

高行健的作品得力於他能運用不同的藝術媒體的性能。就繪畫而言，他出色發揮了水墨的傳統技能，雖然他並不專攻哪一種技法，也不是不知道要掌握祖先的技法得花上多年的工夫。可他著意的並不在此，他的目的在於發掘他內心潛藏的創造力，並引爆到藝術創作中去。通過這種實踐從而建構他的精神，同時發掘在作畫之前不甚了了的自我。

他的戲劇作品，我首先想到的是《生死界》，他賦予的是他的現代性的那種尺度。他參與的是許多創造者特別是貝克特和阿爾多等人的反自然主義運動。他的意圖是如同他們，去發掘抓住此刻當下的劇作法，其劇作法的創造本身便已經提示演員如何表演，令觀眾也分享激情。他把歐洲同中國傳統戲劇結合起來，達到一種兩者共存的劇場性，借用啞劇的表演來展示我們的生活。

我們在劇場裏是活生生的觀眾，看的是演員在舞臺上表演人生，我們其實已經納入我們正在觀看的劇作法中去了。而導演的正是此時此刻，臺上生活在進行，我們則活在觀眾席裏，像一個不反光的鏡子，兩個世界互爲彼此。臺上講的是我們，臺下的戲在我們心中。女演員即席創作，男演員則以啞劇動作相伴，同時訴說臺詞，而且也即席純然在表演。

戲劇如同第二重的生活，這就是他向我們提示的。高行健一個重要的文學品格，便是給女人的言辭。他深深尊重女性，不守陳規，爲女性世界的自

由辯護。他理解並贊同這樣一種義務，促使男女兩級的結合，這使得他並通過他讓第二性發言。他許多作品中的色情顯示了愛的要義，他有一種本領引領我們進入女性言說的內心，因而讓我們大大接近由愛欲產生的融爲一體的一種隱喻。

　　歌劇《八月雪》給我視覺上的第一個印象是中國過去的世界令人炫目的華美，中國藝術和中文擁有出色的絢麗和嘹亮。因爲有個悖論：許舒亞用的音樂完全浸透了他對歐洲作曲家的認識，然而，卻又認識到中國傳統音樂事實上本身就具有一些當代的症候。這裡，圍繞禪宗慧能的故事實現的這美學的融合，讓高行健得以提出一番關於過去與我們現時代的思維方式交叉的思考。究其根本，西方現代思想排斥掉的那部分偉大的代表，上帝與不可知，卻讓高行健把從時間上割斷了的精神性重新連接起來，可這些精神究其普世性而言卻是相互延續的，並且同我們的世界對話。〔註1483〕

　　1月，萬之的書《諾貝爾文學獎傳奇》在上海出版。該書由馬悅然寫序，劉再復寫跋，收進他寫高行健的一章《「一」以貫之的文學之道》。〔註1484〕

　　萬之在其中的一節「巴黎明月勝故鄉」中寫道：

　　我有幸去法國參加過幾次有關高行健的活動，比如《八月雪》在馬賽歌劇院的首演式及當時的高行健作品研討會，埃克斯普羅旺斯大學成立高行健資料與研究中心的開幕式等等。每次有發言的機會，我都首先感謝法國。我深信，沒有法國，就不會有高行健的文學藝術成就，不會有他作爲中文作家第一個獲得諾貝爾文學獎的榮譽，而這也是中文文學的榮耀。

　　應該感謝法國爲高行健提供了必要的文化營養。高行健的幸運在於他是法語專業本科畢業，能夠熟練掌握這門優美的外國語言，於是他像是得到了一個語言之泵，能從法國文化法國文學的深厚資源中抽取豐富的思想養料和藝術養料。法國是歐洲文藝復興和啓蒙運動的重鎮，是現代人道主義的策源地之一，「自由、平等、博愛」的口號深入人心，這裡有優秀作家最需要的精神資源。這裡產生的文化巨人，已經數不勝數。當中國還處在封閉的時代，高行健卻因爲能看懂法文資料，可以跟蹤世界文化的最新發展，可以一直保

〔註1483〕達里奧・卡特琳娜《一個自由人普世性的面面觀》，劉再復編《讀高行健》第254～258頁。

〔註1484〕萬之《諾貝爾文學獎傳奇》第96～111頁，世紀出版集團、上海人民出版社2010年1月第1版第1次印刷。

持著開闊的藝術視野，因此處在一個前鋒的位置。文革後到八十年代初的中國小說和戲劇，基本上還沒有脫離「社會主義現實主義」歌功頌德的「金光大道」，即使是呻吟痛苦的「傷痕文學」也沒有脫離「批判現實主義」的窠臼，戲劇舞臺上基本還是「寫實劇」、「問題劇」的老套，而高行健率先另闢蹊徑，寫出《現代小說技巧初探》和《對一種現代戲劇的追求》這樣的前衛性的創作理論著作，寫出《車站》、《絕對信號》、《野人》和《彼岸》那樣的前衛戲劇作品，並且創作出內容形式都別具一格的長篇小說《靈山》，因此瑞典學院頒獎詞讚揚他「為中文小說藝術和戲劇開闢了新的道路」，實在恰如其分，是一個不可否認的事實！

應該感謝法國為高行健提供了一方自由發揮其藝術才能的天地，高行健在中國時創作的幾個劇本，在中國演出時都遇到麻煩，要通過重重審查關卡，弄得傷痕累累，及時得以公演之後還被禁止，有的乾脆就不允許公演，只能在排練場內部演出或在審查階段就被「槍斃」了，相比之下，他移居法國之後，不論文學創作，還是潑墨作畫，或是導演戲劇，甚至製作電影，他都可以揮灑自如不受拘束不受審查不被批鬥。且不提他在巴黎和法國各地乃至世界各地已經舉辦過的幾十次畫展，也不提其他的文學作品，僅僅劇作而言，高行健到法國後至今為止已經創作了十來部劇本，都可以順利而完整地登上法國的戲劇舞臺，能夠參加著名的亞維農戲劇節，能夠進入世界戲劇仰慕的法蘭西喜劇院劇場。他的劇作還在世界很多國家演出，包括非洲和拉丁美洲演出，也從來沒有一個劇本遭到禁演。高行健在法國如魚得水，如果在國內，大概只能到枯魚之肆去尋找他了。

應該感謝法國，也是因為法國對這位來自東方的優秀藝術家表示了應有的尊重和理解。對於瑞典學院歷年評選諾貝爾文學獎的結果，各國文學界反應不一有褒有貶本來正常。但是對高行健得獎，中文世界的很多反應是令人哭笑不得的。一些對於文學和藝術從來沒有敬意和興趣的政客，從來不進劇院看戲的人居然大批高行健的戲劇，從來不寫文學評論的先生女士們卻開始連篇累牘地批判他的小說。

與此鮮明對比的是，法國卻用另一種熱情姿態擁抱了這位中文作家。且不說高行健得獎之後法國總統到平民都熱烈祝賀，總統親自授予國家榮譽騎士勳章，法國世界文化學院還把他接納為院士。其實，早在 1992 年法國政府就授予他「藝術與文學騎士」勳章，表彰他的文學藝術成就；巴黎有兩百多

年歷史的莫里哀喜劇院 1995 年重新修繕後首演的第一部劇作就是高行健的作品《對話與反詰》。法蘭西喜劇院過去一直只上演經典劇作而從不上演在世的劇作家的作品，連法國本國劇作家生前都沒有這種榮譽，但是高行健首次打破了這個先例，在這裡上演了《週末四重奏》。

　　高行健獲獎之前，他的主要長篇著作《靈山》在中文世界幾乎還是默默無聞的，在臺灣出版幾年內也沒有賣出幾百本，實在曲高和寡。他的更新更精彩的劇作也從未有機會與北京的觀眾見面。但是他在自由的世界裏獲得熱烈的響應。最早把高行健的文學和戲劇作品翻譯介紹給瑞典讀者的是瑞典學院院士、漢學家馬悅然。《靈山》瑞典文版在 1992 年就已出版，是最早的歐洲語言版本，使得這部作品很早就進入瑞典學院的院士們的視野。1995 年法文譯本出版後，法國文學界對這部作品好評如潮，不論左派報紙還是右派報紙，不論《世界報》還是《解放報》或《費加羅報》，都在文化版用整版篇幅報導，讚譽有加。更要感激優秀文學傳統薰陶出來的法國讀者，他們對這部作品表現出比中文讀者遠爲深切的理解和誠摯的熱情，以致這本書一年內就一版再版連續六版，這在法國翻譯的中文小說中都是少有的現象。院士們自然也都是精通法文的，我想，《靈山》法譯本的成功，對於高行健最後獲得諾貝爾文學獎應該是起了重要作用的。

　　我自己不喜歡都市的喧鬧喜歡居住在郊外，喜歡比較嫻靜而田園如畫的氛圍，覺得這樣也有利於安靜寫作。我曾問過高行健，爲什麼不像很多作家詩人那樣，搬到比較幽靜的鄉間，他回答說，還是覺得巴黎好。當我自己後來到了巴黎幾次，參觀了很多博物館、藝術中心、歌劇院和劇場，也到了先賢祠拜謁那些文化先賢，當我徜徉巴黎的街頭，細細品味這個城市的文化氛圍，我覺得我開始理解高行健的選擇，也開始理解爲什麼在巴黎產生了那麼多的諾貝爾文學獎獲得者，不僅百年前全世界第一位諾貝爾文學獎的作家蘇利·普里多姆就誕生在這裡，之後多位法文作家羅曼·羅蘭、紀德、莫里亞克、沙特等等，而且還有全世界第一個獲得諾貝爾文學獎的流亡俄語作家蒲寧，猶太與英國混血的哲學家伯格森，來自愛爾蘭的劇作家貝克特……那麼，全世界第一個獲得諾貝爾文學獎的中文作家落腳此處，也是理所當然。

　　早在將近二百年前，歌德在與愛克曼的談話錄中就這樣稱讚過巴黎：一個大國的傑出人才都聚集在同一個地方，在每天的交往、鬥爭和競賽裏，互相切磋彼此提高，世界上從自然到藝術各個領域的精華都成天在這裡供人公

開觀賞，請你設想一下這樣一座世界大城，百年來經過莫里哀、伏爾泰、狄德羅等人的努力，已經有那麼多聰明智慧傳播在巴黎城裏，簡直在世界上找不到可以和它媲美的地方，只要這樣一想你就會明白，爲什麼一個有才能的人，在這樣聰明智慧的環境中會有所作爲。

巴黎是藝術之都，而藝術在這裡不分國籍。除了上述的諾貝爾文學獎得獎作家，巴黎還熱情擁抱過無數外來的偉大藝術家，讓他們的才能在這裡大放異彩。巴黎擁抱過波蘭鋼琴家蕭邦，擁抱過西班牙畫家畢加索，擁抱過羅馬尼亞戲劇家尤奈斯庫，擁抱過中國畫家趙無極……這個名單可以長無盡頭，連接遙遠的過去，又通向未來。

所以，高行健定居巴黎，對人也總是說自己的家在巴黎，當然不是迷戀這裡的繁華，也不在乎這裡的喧鬧，而是這裡可以自由自在地創作。巴黎之所以是藝術家的天堂，因爲它有著自由不羈的藝術氛圍，這對於戲劇家來說尤其重要。對於一個只用文字寫作的小說家和詩人來說，寫作是非常個人化的事情，只要有筆有紙，外在的自由並不十分要緊，所以普魯士的專制制度下也能誕生卡夫卡。但是對於劇作家，尤其是對於注重舞臺實踐的戲劇家來說，創作過程不是一個人可以完成的，需要表演導演、舞臺美術、燈光設計、劇場管理和具有戲劇修養的觀眾等多方面的參與，戲劇演出必然具有公眾性，那麼自由寬鬆的環境就非常重要了。正是爲了這種戲劇藝術自由的環境，高行健 1987 年就斷然出走移居法國，即使背井離鄉，即使放棄了國家劇院國家級編劇的地位，即使不再是布羅斯基諾貝爾文學獎演講詞中所說的那種權勢社會中的「人上人」，也在所不惜。

真正的文學家、藝術家必須有自由的心靈狀態，當然也追求自由的創作環境。我想，任何人都可以理解，就是一隻鳥可以選擇，也都不會選擇留在封閉的鳥籠裏，它一定會飛出鳥籠，飛翔在自由的天空之下。高行健這種抉擇，本來純粹是一個藝術家爲了維護自己藝術生命、追求藝術自由而做的選擇。這種選擇本來和庸俗的政治其實毫不沾邊，高行健本人其實也從來不涉足庸俗的政黨政治的活動。只有那些用心險惡的漢學家，帶著一種與《巴黎聖母院》中弗羅洛神父極端相似的陰暗心理，也因爲自己政治賭博押寶下注的作家沒有獲獎，才用政治大棒來打壓高行健。

高行健選擇了巴黎，只因爲這裡有著文學獎藝術家的生命之歌藝術之夢不能缺少的清風明月。事實上，一個中文作家，不論身居何處，只要繼續用

中文寫作，就永遠不會離開自己的文化故鄉。〔註 1485〕

3 月 26 日，臺灣亞洲藝術中心負責人李敦朗爲高行健 2010 年繪畫新作展「光與影」寫序言《世紀交替的美學恒流》。

他寫道：高行健的畫作以中國傳統水墨畫的形式傳達當代思潮，開創出當代水墨的新藝術形式，將水墨技法和美學特質與西方抽象形式融合，黑白的基調，自然地勾繪出光影的幻動，推動情緒與感知的起伏，啓發深層的省思。其光影表現，暈染出靜思的時空，筆觸技法灑脫流暢，猶如音樂於大氣流動的韻律，而留白的美學，讓觀眾擁有無限的想像空間。廣博柔美的畫面也塑造出禪意的浩瀚恢弘，對映人形的渺小以及沉靜的氛圍，綴出淡淡的滄桑感，切實地反映出人生的現實寫照。

在過去作品中，高行健的畫作表現時間與空間的流動感、靜與動的張力，而今年在亞洲藝術中心舉辦的 2010 年的新作展「光與影」，部分也嘗試以水墨於畫布上作畫，創造出與眾不同的特殊質感，以更強烈的光影對比來編織畫面中的意識。千禧年已過了第一個十年，整個社會現象和意識形態的急速轉變，全球化時代的信息交流，結合高行健哲理的認知與世代變遷之相會所產生的火花，藉由純淨色調的純粹處理，敘述著當代意象與事故的潛移默化。〔註 1486〕

3 月，《當代作家評論》2010 年第 2 期刊發馬悅然爲劉再復所寫的書作序的文章——《〈高行健論〉序》，〔註 1487〕以及劉再復爲萬之的書所寫的跋：《人類文學的凱旋曲——萬之〈凱旋曲〉跋》。〔註 1488〕

3 月，《靈山》由（臺北）聯經出版事業股份有限公司初版第 37 次印刷。

4 月 11 日，在巴黎寫作《認同——文學的病痛》，爲臺灣《新地》雜誌舉辦世界華文文學高峰會議在臺灣大學演講做準備。〔註 1489〕

4 月 12 日，在巴黎寫作《走出二十世紀的陰影》，爲臺灣《新地》雜誌舉辦世界華文文學高峰會議在臺中的演講做準備。〔註 1490〕

〔註 1485〕劉再復編《讀高行健》第 57～61 頁。
〔註 1486〕《光與影——2010 高行健繪畫新作展》第 7 頁，亞洲藝術中心有限公司 2010 年 4 月出版。
〔註 1487〕《當代作家評論》2010 年第 2 期第 48 頁。
〔註 1488〕《當代作家評論》2010 年第 2 期第 42～44 頁。
〔註 1489〕高行健著《文學與自由》第 59～65 頁。
〔註 1490〕高行健著《文學與自由》第 67～72 頁。原文末尾所署時間爲 4 月 20 日，筆者認爲應該是 4 月 12 日。

4月 16～21 日，「21 世紀世界華文文學高峰會議」在臺灣舉行，特邀高行健爲專題主講人。會議分別在臺北的臺灣大學，中壢的元智大學、臺中的中興大學，臺南的成功大學、花蓮的東華大學等舉行。〔註 1491〕

王潤華回憶：

2010 年 4 月 19 日下午，我與元智大學的桂冠文學獎委員，邀請高行健與參與大會的學者專家訪問元智大學，校長彭宗平代表學校，頒給高行健桂冠文學獎。還邀請他手植一棵桂冠樹，然後安排鄭愁予、劉再復與高行健對談。高行健在這些典禮中，處處表現低調。無論言論或是舉止行爲，絕無高談闊論的姿態，但與人接觸互動時，和藹親切。從來沒有顯示自己在中心，反而顯示出自己在邊緣地帶。

在高峰會議的六天裏，高行健積極參加演講，無論在臺灣大學、元智大學或成功大學，但是多人的集會，喝酒聊天，集體的生活，他似乎有恐懼感，儘量避免。所以在那六天六夜流動的會場地點，他完成任務後，都靜悄悄的回返臺北住宿。這是很明顯的，他要保持他的流亡感，自我放逐。身體在流浪，他的心靈也跟著在流浪。〔註 1492〕

4月 16～5 月 9 日，亞洲藝術中心（臺北）舉辦「光與影——高行健繪畫新作展」。

4月，亞洲藝術中心（臺北）出版高行健畫冊《光與影》。

4月，在臺北與劉再復、王蒙、劉心武、謝冕等朋友會聚。

4月，高行健、方梓勳著《論戲劇》由臺北聯經初版。

該書目錄如下：

序／以無住爲本——高行健戲劇論的背後　方梓勳

1、全能戲劇

2、第三隻眼睛

3、放下架子，化解程序

4、全能演員

5、表演的三重性和中性演員

6、戲劇性與劇作法

〔註 1491〕王潤華序，羅華炎著《高行健小說裏的流亡聲音》第 8 頁，臺北秀威 2017 年 2 月初版。

〔註 1492〕王潤華序，羅華炎著《高行健小說裏的流亡聲音》第 8～9 頁。

7、戲劇的假定性

8、確認劇場性

9、觀眾總也在場

10、人稱與意識

11、內視與傾聽

12、自我的意識與觀審

13、人稱轉換

14、穿插、複調、對位與多聲部

15、情境、舞臺空間與對象

16、演員——角色與舞臺形象

17、創造活的語言

18、劇作家的使命

19、現代人的困惑

20、精華與超越

21、荒誕、怪誕與黑色幽默

22、戲劇中的詩意

23、舞臺詩劇

24、回到演員

25、戲劇與電影表演上的區別

26、三元電影與電影詩

27、禪與戲劇

28、論述方法，不立體系

論舞臺表演藝術／高行健

附錄：高行健戲劇與電影創作年表　整理：陳嘉恩

關鍵詞索引

　　4 月，《東吳學術》2010 年第 2 期刊發邱華棟的文章《高行健：朝向靈山》。〔註 1493〕

　　該文是一個大陸作家對高行健的正面的評介。

　　5 月 25〜29 日，法國文化部為促進全民閱讀，在全國各地推廣名為「你來讀！」為期一週的讀書活動。寫作交流學會選擇了高行健，圍繞他的小

〔註 1493〕《東吳學術》2010 年第 2 期第 118〜124 頁。

說《靈山》規劃了一系列活動。

高行健作品的法文翻譯者杜特萊教授寫道：

5月26日，高行健應邀來到艾克斯－普羅旺斯市的圖書城，參加題爲「獲諾貝爾文學獎之後的十年創作」的文學會見，由普羅旺斯大學中國文學教授杜特萊和電影專業教授吉阿瑟提克主持，觀眾參加十分雀躍，會上首先放映了他的電影《洪荒之後》。隨後，高行健講述了他對藝術電影的觀念，以及他的繪畫、詩歌和電影的種種創作，當天晚上還放映了由他編劇、執導和設計的大型史詩歌劇《八月雪》的錄影。放映之前，高行健向觀眾介紹了該劇的創作過程。

5月27日，又一批年輕觀眾，該市塞尙中學的學生們事先經過排練，面對作者朗誦了《靈山》的片段，能同作家交談，都興奮不已。傍晚，在普羅旺斯大學圖書館的高行健資料中心，該中心收藏了許多高行健的作品、譯本和有關的資料，又舉行了另一次別開生面的朗誦會。從校園到圖書館一路上，先有兩位舞蹈演員以小說《靈山》爲啓發，即興表演，引導觀眾進入會場。朗誦的是小說《靈山》第76章，十位不同國籍的朗誦者各自用不同的語言進行朗誦，有法文、中文、德文、阿拉伯文、英文、意大利文、韓文、日文、土耳其文和捷克文，第11位用的語言則是聾啞人的手語，許多聾啞人也特地來到會場。會場擠滿觀眾，人人都能體會到從中文翻譯成其他語種傳達出的語言的音樂感。朗誦之後，觀眾向高行健提了許多問題，有關寫作、戲劇、作家的身份，以及人生觀等。高行健都耐心回答。會場上有專人同時用手語翻譯，聾啞觀眾也難得有這樣的機會，和大家一起分享作家創作的世界。

之後星期五和星期六連續兩天，《靈山》的朗誦會進而在艾克斯－普羅旺斯市戶外進行，街上的行人大爲驚喜。大街上、歷史古蹟旁、一家家書店和各個圖書館，直到圖書城，到處都有劇院的演員在朗誦。這種景象未曾有過，觀眾對《靈山》著迷又一次得到證實。這部無法歸類的小說，既是遊記，又是隨筆，充滿傳奇，又如同散文詩。朗誦者既有專業演員，也有一般讀者，都充滿熱情，從中得到新鮮的感受。

著名的維多利亞山俯視這座塞尙住過的城市，而《靈山》這些天來由於人們對文學的熱情則大放光彩。〔註1494〕

〔註1494〕杜特萊《〈靈山〉在普羅旺斯》，蘇珊譯，劉再復編《讀高行健》第237～238頁。

　　5 月，《上海文化》2010 年第 5 期刊發范福潮的文章《隱瞞的也許比說出的還要多——重讀高行健筆記》。

　　文章最後寫道：我祈盼著你寫出一部超過《靈山》的小說，等了十年，也沒等到。今年 4 月 16 日，你在臺北參加「21 世紀世界華文文學高峰會議」，我在 5 月 6 日《南方週末》第 22 版看到了會議前夕你與王蒙、劉心武、劉再復及臺灣作家的合影，這是我在中國內地報紙上第一次看見你的照片，與《聯合文學》2001 年 2 月號（高行健專號）封面照片比，你老了許多。但我依然心存期待，紀德七十五歲還能寫出《忒修斯》，克洛德·西蒙八十八歲還能出版《有軌電車》呢。〔註 1495〕

　　5 月，中國大陸天津科技翻譯出版公司出版的《最新諾貝爾文學獎獲獎作品選讀》〔註 1496〕三冊，中冊選入的第一個作家就是高行健。

　　該書語言粗糙，主要根據翻譯的諾獎的頒獎詞進行鋪陳，明顯的錯誤有兩處：一個是該書封底的推薦語中，把高行健代表作《靈山》寫成了「《魔山》」〔註 1497〕，另一個是在正文中提及馬悅然翻譯高行健的兩部戲劇，將他的劇本《躲雨》寫成了《北京的夏雨》。〔註 1498〕該書選讀小說《靈山》部分用的是英文版本，作品賞析用的是諾獎的部分頒獎詞內容。

　　6 月，《走出二十世紀的陰影》刊發在臺灣《新地文學》季刊 2010 年第 12 期。〔註 1499〕

　　6 月，臺灣期刊《北臺灣科技學院通訊學報》2010 年第 6 期刊發蕭盈盈論文《存在的重量——從跨文化的意義上對〈艾克人〉和〈對話與反詰〉的比較》。

〔註 1495〕《上海文化》（月刊）2010 年第 5 期第 32 頁。

〔註 1496〕《最新諾貝爾文學獎獲獎作品選讀》，主編劉哲，副主編劉江榮，天津科技翻譯出版公司 2010 年 5 月第 1 版第 1 次印刷。編者 2009 年 10 月在該書的前言中介紹：收錄了 1981 年至 2009 年歷年諾貝爾文學獎獲獎作家作品，採用中英文對照的方式，通過對獲獎作家的介紹、其代表作的選讀以及對作品的分析賞析，使廣大英語學習者和愛好者能夠在學習語言的同時系統地領略到世界級文學大師的風采，從而體驗到最前沿的文學成果，更加深刻地理解其中所蘊含的文化信息，實現意識形態領域的跨文化交際。

〔註 1497〕《最新諾貝爾文學獎獲獎作品選讀》（中）封底推薦語，主編劉哲，副主編劉江榮，天津科技翻譯出版公司 2010 年 5 月第 1 版第 1 次印刷。

〔註 1498〕《最新諾貝爾文學獎獲獎作品選讀》（中）第 19 頁，主編劉哲，副主編劉江榮，天津科技翻譯出版公司 2010 年 5 月第 1 版第 1 次印刷。

〔註 1499〕劉再復著《再論高行健》第 254 頁。

　　論文摘要：「眞實」是彼得・布魯克和高行健戲劇創作的最基本價値判斷，關注存在則是他們達到「眞實」的重要途徑。而存在本身的紛繁複雜讓布魯克和高行健沒有只把目光局限在一種文化或價值體系中。本文通過對布魯克的《艾克人》和高行健的《對話與反詰》的比較，分析他們如何在多文化的視角裏凸現存在的重量，及對其文化背景下的價值判斷的思考。

　　作者爲巴黎第七大學博士生。〔註1500〕

　　6月，《福建師範大學社科版》2010年第3期刊發王孟圖的論文《「顯－隱」的經緯──高行健長篇小說文本結構研究》。〔註1501〕

　　6月，《廣州大學學報社科版》2010年第6期刊發康建兵的論文《高行健與中國傳統戲曲》。

　　摘要：高行健對傳統戲曲在當代的存與變的獨特思考和話劇學習戲曲的大膽試驗，彰顯出對傳統戲曲的宏大復歸理想和革新精神，並體現在其全能的戲劇追求中。中國傳統戲曲給予高行健戲劇以豐富滋養，自身也在世界舞臺上煥發出鮮活的藝術魅力。

　　作者爲南京大學文學院博士生。〔註1502〕

　　8月，《長江學術》2010年第4期刊發唐爲群的文章《法國馬賽－大漢語教育碩士的課程設置及啓示》。〔註1503〕

　　9月26日，在巴黎寫作《環境與文學──今天我們寫什麼？》，爲國際筆會東京大會文學論壇開幕式準備演講稿。〔註1504〕

　　9月中旬至2011年2月，筆者爲汕頭大學現當代文學專業的研究生開設的《臺港及海外華文文學研究》課程，讓學生研讀高行健的小說和學術作品。

　　9月底10月初，在日本參加國際筆會，並發表演講，題目爲《環境與文學，我們今天寫什麼？》。

　　高行健在東京大學談到「電影詩」。他說：

　　我的電影夢在中國大陸一直沒有機會實現。當時曾遇到一個德國製片人，對我的東西感興趣，和我商量，如果有好本子，他可以負責出片，錢、

〔註1500〕來自華藝臺灣學術文獻數據庫。
〔註1501〕《福建師範大學學報社科版》2010年第3期第88～96頁。
〔註1502〕《廣州大學學報（社科版）》2010年第6期第87～93頁。
〔註1503〕《長江學術》2010年第4期第141～144頁。
〔註1504〕高行健著《自由與文學》第17～34頁。

場地、演員都不是問題。我就把當時正在構思的一個劇本說給他聽，他聽後就再沒提出片的事，這個本子比他想要的走的遠得多。我後來把這個未能拍成電影的劇本改寫成了小說，就是《給我老爺買魚竿》。後來又遇到一個法國製片人，同樣表示對我的劇本感興趣，願意投資給我拍電影，談了幾次，我寫了個很詳細的計劃給他，包括要幾個演員，要一個地下室，沒有對白，用大量空鏡頭等等。他看後終於表示無法接受。我後來將這個同樣未能面世的劇本寫成了小說《瞬間》，德國和法國的製片商想要的還是歐洲人想看到的中國電影，中國元素，那種現實主義風的東西，所以根本不願接受我的試驗作品。〔註 1505〕

　　現在我最關心的就是電影。對電影我有自己的一套看法，現在一般認爲電影是視覺和聽覺的二元藝術，但我認爲電影是三元藝術，包括語言、聲音和畫面。電影中人物使用的語言是有獨立性的，聲音包括語言以外的音響、音樂、畫面用來敘事。同時這三個元素都是相對獨立的，如果我們能用這種視點來看，那麼就可以打破通常的敘事規則，也就獲得了新的自由，就可以像寫詩一樣拍電影，這樣做成的電影，我稱它做「電影詩」，是我目前最想做的。它可以綜合音樂、繪畫、舞蹈、語言等各種藝術，這樣電影的可能性就變得很大。電影不是複寫現實的，它是虛構的藝術。一旦承認了電影的虛構性，我們創作時就會獲得寫詩一般的自由，就能寫出「電影詩」。〔註 1506〕

　　10 月，《蘭州學刊》2010 年第 10 期刊發羅長青的文章《城鄉差別：高行健〈車站〉被忽視的主題》。

　　摘要：文學批評通常忽視了《車站》這部作品對「城鄉差別」的深刻揭示。文章運用文本分析的方式，從「社會文化」、「物質生活」、「權力結構」三個方面展示《車站》這部作品如何通過「農村人」的現實訴求方式間接地呈現 1980 年代中國社會的「城鄉差別」。〔註 1507〕

　　10 月，《科技致富嚮導》2010 年第 29 期刊發胡學坤的文章《〈河那邊〉

〔註 1505〕高行健東京大學談話錄，是劉婉明根據高行健 2010 年 9 月 25 日東京大學談話內容整理，未經高行健本人審定的未刊稿件。轉引自沈衛威著《望南看北斗：高行健》正文第 364～365 頁，注釋第 367 頁。
〔註 1506〕高行健東京大學談話錄，是劉婉明根據高行健 2010 年 9 月 25 日東京大學談話內容整理，未經高行健本人審定的未刊稿件。轉引自沈衛威著《望南看北斗：高行健》正文第 364～365 頁，注釋第 367 頁。
〔註 1507〕《蘭州學刊》2010 年第 10 期第 157～159 頁。

隱藏的後現代主義》。

摘要：諾獎獲得者高行健帶著漢語語言文化走向西方，在其文學作品中，傳統的符號與後現代主義元素交織建構。本文從語言遊戲，高雅與通俗的融合，多元的解構，意識的暗流四個方面揭秘《河那邊》的後現代主義。

作者爲咸陽師範學院教師。〔註 1508〕

10 月，《環境與文學，我們今天寫什麼？》英譯本發表在《當代臺灣文學英譯》2010 年第 10 期。

11 月，《環境與文學，我們今天寫什麼？》刊發在明報月刊 2010 年 11 月號。〔註 1509〕

11 月，《文藝爭鳴》2010 年第 6 期刊發高玉的文章《中國離諾貝爾文學獎究竟有多遠？》和黃維樑的文章《華文文學與諾貝爾文學獎》。〔註 1510〕

12 月 8 日，在巴黎寫作《意識形態與文學》，爲韓國首爾國際文學論壇準備演講稿。〔註 1511〕

12 月，汕頭大學《華文文學》2010 年第 6 期（總 101 期，該期主編易崇輝、副主編張衛東、莊園）以「高行健專輯」方式推出 9 篇文章，欄目主持人爲劉再復。這是中國大陸首個刊發「高行健專輯」的期刊，打破了中國大陸的高行健研究禁區。

文章的作者和題目依次爲：劉再復《十年辛苦不尋常——高行健獲獎十週年感言》、高行健《文學的見證——對眞實的追求》、高行健《作家的位置——臺灣大學系列講座之一》、高行健《藝術家的美學——臺灣大學系列講座之四》、劉再復《當代世界精神價值創造中的天才異象》、劉再復《走出二十世紀——高行健〈論創作〉序》、楊曉文《試驗著是美麗的——論高行健》、劉再復、潘耀明《〈高行健研究叢書〉總序》、劉再復《高行健近十年著作年表及獲獎項目》。

楊曉文指出：

一般來說，中國作家很少長篇大論漢語如何，更難見出自中文作家之手的，對漢語進行嚴密思考、提出發人深省問題的文章。但是，讀過高行健所

〔註 1508〕《科技致富嚮導》2010 年第 29 期第 77～79 頁，2010 年 10 月出版。
〔註 1509〕劉再復著《再論高行健》第 254 頁。
〔註 1510〕《文藝爭鳴》2010 年第 6 期第 62～69 頁。
〔註 1511〕高行健著《自由與文學》第 35～47 頁。

有文章的話就不難發現他對漢語進行的長期不懈、有時甚至是反反覆覆的高度關注。

高行健是把「西方語言」和「漢語」作為兩個對立的概念來看待和展開分析的。特別是他數次提到現代漢語書寫的「歐化」問題。為什麼在高氏的此類文章之前，很少有中國作家深入細緻而又極具說服力地談論漢語「歐化」這一現象呢？答案恐怕首先應該在他們對「西方語言」的理解水平之淺、之薄、之低吧。試想：讀不了「西方語言」原文的人，怎麼會充分意識到「歐化」問題呢？高行健之所以能看出此問題，是因為他精通歐洲語言（具體指法語），知道其中的奧妙，明晰漢語被「歐化」意味著什麼。再者，「新一代的作者有紮實的古漢語修養的不多」也是一個值得考慮的要因。如果「新一代的作者有紮實的古漢語修養」，就多了一個座標，多了一個參照系，對現代漢語是否被「歐化」可能還會有清醒的自我認識，但事實上，不論是從對「西方語言」的瞭解，還是在「古漢語修養」方面的反思，「新一代的作者」中似乎是少之又少。〔註1512〕

楊文重點分析了高行健感性文藝論的幾個關鍵詞，包括感受（感覺）、語感（語調）、瞬間等。

高行健極其重視「感覺」，通過他的作品和文章大力追求的一部分便是「感受」、「感覺」。所以，其作品並不像通俗文學那樣把情節視為唯一，更不像當今許許多多的影視文學那樣，故事終結後幾乎不能在觀眾心目中留下任何印象，而是努力把作者的「感受」「感覺」傳達給讀者。

高行健說：「我寧可在樸實的語言中找尋生動的語調，並視為我筆下文字的靈魂」。語調、語感對高行健來說，佔據著重要的位置可以理解，但是上升到「視為我筆下文字的靈魂」、「要是聽不見我筆下句子的語調，便自認失敗，捨去或重寫」之高度，在華文作家中就不多見了。而他的「錄音寫作法」更不多見：「我對錄音機講述，作為初稿，改稿時也在心裏默念，凡是活的語言總帶來某種語調，憑聽覺來檢驗是一個好辦法，可以過濾掉行文中的蕪雜」。（《現代漢語與文學寫作》）。

瞬間，在高行健，首先是一個美學觀念，同時又是一個文學體裁，更是他的人生觀、世界觀的一種折射。他還發現「眼光」、「詩意」與「美」之間的關係：由一個特定的眼光，觀看此時此刻在發生的事物，詩意便來了。詩

〔註1512〕劉再復編《讀高行健》第36～37頁。

意是一種審美判斷，詩意也未必非抒情不可，凝神關注產生詩意，美就這樣看出來了，而非實物本身固有的。」（《文學性與詩意》）這裡所說的「觀看此時此刻在發生的事情」理解爲「瞬間」也未嘗不可；而由「眼光」而「詩意」而「美」，更把「瞬間」詩化，亦把「瞬間」與「美」之內的機制解釋得愈加富有哲理性和生動性。〔註1513〕

楊文中還說：與出版大部頭全集的川端康成、雖然健在文壇可已經有研究者把他的眾多作品分爲早、中、晚三期來研究的大江健三郎等相比，同樣獲諾獎的高行健，作品並不能算是很多，但篇篇都是精品，而且最重要的是，它們都是試驗的產物。〔註1514〕

高行健的文學創作也是一條實驗之路，這些小說往往被編輯認爲「不像小說」或「不是小說」或「還不會寫小說」，是因爲那些試驗太嶄新，不被所處的時代所接受，換言之，它們超越了時代：

十三年後重逢的《朋友》確實不容易，而小說中的小說結局和人生結局都意味深長。文革題材的小說難以勝數，而高行健的《你一定要活著》卻不單純地訴苦，也非一味撫摸傷痕，那字裏行間的氣氛、感受、心情，讓人讀後會重拾一個簡潔無比而又語重心長無窮無盡的信念：一定要活著！《雨、雪及其他》，內容像它的題目一樣平常而淡泊，但話裏話外的那股情緒卻繞梁三日餘韻不絕。《路上》和《海上》，一個發生在西藏公路，一個以大海爲背景，但讀來讀去會發覺第三隻眼睛（高行健的眼睛）邊照顧小說裏的人物，邊捉摸著小說外讀者的反應。《鞋匠和他的女兒》那份絕望，超越了想像的限界，走到了終極，就像英語作品《欲望號街車》，就像日語作品（橫光利一的）《機器》那樣，把讀者引向黑暗無邊的極限。

對話成了《公園裏》的主角，自始自終，首尾呼應。「你」整整一篇對《母親》的內心獨白，感人肺腑，迴腸盪氣。當遭遇「她」那場日常生活中無處訴說無從宣洩的《侮辱》後，大概誰都「眞想放聲大哭一場」。《車禍》太過冷靜了，那筆調簡直可稱得上冷酷。但，慢慢地嚼，細細回味，便會一點一點感受到筆底的那絲溫暖。不知是發生在現實中還是在夢中的《給我老爺買魚竿》，成功地把二者結合在了一起，可視爲高氏主張的「語言流」的一次先行試驗。《瞬間》既可視爲影視的分鏡頭劇本，又可看作高氏試驗著把他的繪

〔註1513〕劉再復編《讀高行健》第39～41頁。
〔註1514〕劉再復編《讀高行健》第45頁。

畫的抽象理論具體化。

　　試驗性促成了高行健文學的前衛性，鑄就了高行健戲劇的先鋒性。試驗著，是高行健文學的特質，是高行健藝術的精髓。〔註1515〕

　　12月，《青年文學家》2010年第12期刊發李珊珊的文章《〈野人〉的戲劇符號學解讀——試以老歌師曾伯的唱詞爲例》。

　　文章摘要：戲劇演出中蘊含著聽覺符號和視覺符號兩大系統特徵，作爲戲劇文本以及演出過程中所涉及到的語言、語詞、音樂、音響效果當屬聽覺符號。在高行健的多聲部史詩劇《野人》中，處處充斥著聽覺符號與視覺符號的旋律，本文簡要解析了其中的一個主人公老歌師曾伯的唱詞，試以解讀戲劇語言的符號化特徵。〔註1516〕

　　李珊珊爲四川大學文學與新聞學院碩士生。

　　這一年，在巴黎狄德羅大學與杜特萊教授對談。〔註1517〕寫作長詩《遊神與玄思》。〔註1518〕

　　盧森堡歐洲貢獻基金會授予高行健歐洲貢獻金質獎章。臺灣元智大學授予高行健桂冠作家稱號。

　　英國倫敦大學亞非學院舉辦「高行健的創作思想研討會」。法國巴黎的美國大學出版社出版《夜間行歌》英譯本和法譯本。臺灣聯經在高行健獲諾獎十週年之際出版《靈山》紀念版，收入高行健在中國大陸寫作該書時旅途中拍攝的五十幅照片。臺灣《聯合文學》第306期刊發《夜間行歌》中文本。臺灣大學出版中心出版高行健的四個講座的錄影光碟《文學與美學》。捷克布拉格出版《靈山》捷克文譯本。立陶宛出版《靈山》立陶宛譯本。法國出版《靈山》布列塔尼文譯本。

　　法國巴黎木劍劇場演出《夜間行歌》和《生死界》。塞爾維亞諾維沙特劇場演出《逃亡》。美國演出《逃亡》和《彼岸》。臺灣亞洲藝術中心舉辦高行健個展。西班牙巴勒馬美術館舉辦高行健的大型回顧展並出版畫冊《世界的終端》。〔註1519〕

〔註1515〕劉再復編《讀高行健》第47～48頁。
〔註1516〕《青年文學家》2010年第12期第112～113頁。
〔註1517〕高行健著《自由與文學》第137～148頁。
〔註1518〕高行健著《遊神與玄思》第89～132頁，臺北聯經事業股份有限公司2012年5月初版，6月初版第2刷。
〔註1519〕劉再復著《再論高行健》第254～255頁。

中國駐捷克的記者韓葵在報導當年的布拉格讀書節中提及高行健。

他寫道：2010 年布拉格讀書節最大的賣點是邀請了三位諾貝爾文學獎得主。讀者的目光聚焦在如約而至的華裔作家高行健身上。想像中追尋「靈山」的高行健還是中年人，而眼前的他很瘦弱，有些弱不禁風，幾縷白髮。比起身邊高聲大氣、演技十足的劇作家費爾南多，高行健充滿陰柔，講起略帶南音的普通話，還有細膩的法語。我們希望傾聽一個「外鄉人」的感受，高行健卻非常確定地回答「巴黎，那是我的家！」也許他的鄉愁眞的已經完成；也許他在迴避任何可能引起的敏感；也許他本來就是這樣，一如曾經做的小劇場實驗話劇，一如在反資化中不隨俗不入流的個人主義，一如作品的自我感知和經驗。這樣的專注，在不太認可個體的環境中，最容易被主流抗拒，最容易被反主流，也許這樣的人只能把巴黎當成家。〔註 1520〕

復旦大學吳嵐（世界文學與比較文學專業，導師陳思和）提交的博士論文是《「世界文學」視域下的中日現代文學比較研究——以大江健三郎與高行健爲例》。〔註 1521〕

2009 年至 2010 年，比利時跨年度的歐帕利亞大型國際藝術節以中國藝術爲主題，高行健應邀參加了三個城市爲他舉辦的一系列的展覽、演出、演講和會見，布魯塞爾藝術宮邀請法國蘇魯斯劇團演出法文劇作《生死界》，布魯塞爾的巴斯田藝術畫廊舉辦高行健水墨畫個展，利耶日市現代與當代美術館舉辦了高行健在畫布上的巨幅水墨新作展並放映他的影片，蒙斯市蒙丹納姆基金會舉辦了高行健作品朗誦會，布魯塞爾自由大學授予他榮譽博士。〔註 1522〕

2011 年　71 歲

1 月 17 日，高行健揭幕巴黎龐必度文化中心舉辦的「看作品，談創作」系列活動。

該活動中，前半部分由普羅旺斯大學教授，高行健作品法文譯者杜特萊對高行健進行訪談，再回答觀眾提問。後半部分放映高行健 2008 年的影片《洪荒之後》（Après le Déluge）。〔註 1523〕

〔註 1520〕韓葵《在布拉格感受讀書會》，《世界博覽》2010 年第 22 期。
〔註 1521〕中國知網中國博士學位論文全文數據庫。
〔註 1522〕《逍遙如鳥：高行健作品研究》（楊煉編）第 159 頁。
〔註 1523〕筆者 2014 年 7 月在澳門大學查找的網絡信息。

　　2月22日，劉再復在美國寫作《高氏思想綱要──高行健給人類世界提供了什麼新思想》，此文是在韓國首爾「高行健國際學術討論會」上所作的演講。〔註1524〕

　　劉再復在文中指出高行健思想的十個要點：1、高行健不僅是當代一位大作家和藝術家，也是一位思想家〔註1525〕；2、以「沒有主義」毅然決然走出20世紀的陰影，擺脫20世紀的兩大主流思潮──馬克思主義思潮與自由主義思潮〔註1526〕；3、提出「冷的文學」，不做「政治與市場」的附庸；〔註1527〕不斷叩問和質疑，不走向虛無和頹廢，卻導致深刻的認知；4、〔註1528〕只面對人真實的處境，真實是他唯一的價值判斷；〔註1529〕強調回到脆弱的有種種弱點的真實的個人；5、〔註1530〕他雖然訴諸宗教情懷，卻走向審美，走向詩意的昇華；〔註1531〕6、用於創造，卻不否定思想遺產。不反對現實主義，也不標榜現代主義，但他既不重複現實主義的方法，也不把現代性作為時代的標籤和教條；〔註1532〕7、他對中國文學和中國文化做出三大特殊貢獻：《靈山》展示非儒家正統的少數民族的文化遺存；8、《山海經傳》把早已流失的華夏遠古神話體系首次完整呈現；9、《八月雪》首次在戲劇上宣示佛教禪宗六祖慧能的生平與思想，確認慧能既是宗教革新家，又是思想家；〔註1533〕10、高行健作品的原創性很強，他特別善於創造新形式，這來自他的突破性思想和全新的視角，包括「荒誕的創新；語言的創新；新文體的創造等。〔註1534〕

　　2月，劉再復、潘耀明為《高行健研究叢書》撰寫總序。

　　總序這樣寫道：

　　高行健是中國文學第一個獲得諾貝爾文學獎的作家，但重要的並不在於

〔註1524〕該文文末標注：2011年2月22日於美國Boulder，劉再復著《再論高行健》第31頁，臺北聯經出版社有限公司2016年12月初版。

〔註1525〕劉再復著《再論高行健》第23頁，臺北聯經出版社有限公司2016年12月初版。

〔註1526〕劉再復著《再論高行健》第24頁。

〔註1527〕劉再復著《再論高行健》第25頁。

〔註1528〕劉再復著《再論高行健》第26頁。

〔註1529〕劉再復著《再論高行健》第26頁。

〔註1530〕劉再復著《再論高行健》第27頁。

〔註1531〕劉再復著《再論高行健》第27～28頁。

〔註1532〕劉再復著《再論高行健》第28頁。

〔註1533〕劉再復著《再論高行健》第29頁。

〔註1534〕劉再復著《再論高行健》第30～31頁。

這項桂冠，而在於高行健確實是一個罕見的在小說、戲劇、美學、繪畫、思想理論等多方面獲得卓越成就的全能精神價值的創造者，其才華輻射諸多領域，並且都被世界所確認。高行健的名字與作品，今天跨越空間（已翻譯成三十七種文字），明天又將跨越時間（將流傳到久遠），總之是一個不能不面對的重大文學藝術存在。

高行健作品不僅精神內涵擁有很高的密度，而且藝術形式變化多端。他是一個很善於創造新文體、新形式的作家藝術家。小說「藝術意識」、戲劇「藝術意識」、繪畫「藝術意識」極強。其諸多藝術意識中又以語言意識爲最。許多作家作品可以一目了然，無需多加拷問，高行健不屬於這類作家。進入高行健世界不是一件輕而易舉的事，也就是說，對於高行健，更需要闡釋，很值得研究。

對於高行健，雖然已有不少評論，但從嚴格的意義上說，對高行健的學術研究還沒有開始。高行健創造了小說新文體，開闢了戲劇的新維度，發明了繪畫的內光源，試驗了電影的詩體片，建構了「藝術家美學」的元系統。所有這些富有原創性的探索，如何可能？如何實現？它在中國文學藝術史和西方文學藝術史上承繼了什麼？揚棄了什麼？提供了什麼？等等許多問題，都不是一般評論所能解決的，都需要進入有深度的研究。

高行健作爲一種獨立的重要存在，他已不需要謳歌，也不害怕貶抑，謳歌無補，攻擊更是無效。重要的是進入對他的研究，面對他提供的文本和經驗進行理性思索。我們的叢書將不求數量的優勢而求品質的優越。我們只有長遠的期待而無淺近的利益。我們將下工夫組織翻譯一些國際上的研究成果也盡可能吸收國內外的研究成果。我們希望通過這套叢書能給中國文學提供某種新的視野，也給人類文學藝術提供某些新的語言和眼光。我們相信我們的建設性工作具有意義而且意義十分深遠。〔註1535〕

2月，香港大山文化出版社開始推出「高行健研究叢書」，顧問爲馬悅然，主編爲劉再復和潘耀明。

2月，《山東外語教學》2011年第1期刊發黃焰結的論文《權力開路　翻譯爲媒——個案研究高行健的諾貝爾文學獎》。〔註1536〕

〔註1535〕劉再復著《再論高行健》第131～132頁，臺北聯經出版社有限公司2016年12月初版。
〔註1536〕《山東外語教學》2011年第1期第101～106頁。

　　3 月，青海省文化館主辦的《群文天地》2011 年第 3 期刊發曾慧林的論文《以此對中國傳統戲曲的回歸——讀話劇〈絕對信號〉有感》。

　　該文指出：中國現代戲劇在汲取戲曲元素後，舞臺藝術思維得到充分拓展，更大程度上發掘了話劇與影視相區別的觀演現場性的特點。

　　作者單位是青海省戲劇藝術劇院。〔註 1537〕

　　4 月 16 日，在巴黎寫作《洪荒之後》一文。〔註 1538〕

　　4 月，《中國現代文學研究叢刊》2011 年第 2 期刊發李建立的論文《「風箏通信」與 1980 年代的「現代小說」觀念》。〔註 1539〕

　　4 月，《華文文學》2011 年第 2 期刊發趙淑俠的論文《披荊斬棘，從無到有——析談半世紀來歐洲華文文學的發展》。〔註 1540〕

　　5 月 19 日，在巴黎寫作《意識形態時代的終結——韓國首爾檀國大學演講提綱》。〔註 1541〕

　　5 月 20 日，在巴黎寫作《非功利的文學與藝術——韓國首爾漢陽大學演講提綱》。〔註 1542〕

　　5 月下旬，韓國高麗大學召開「高行健國際學術研討會」。〔註 1543〕

　　5 月，劉再復發表《高行健對戲劇的開創性貢獻——在韓國漢陽大學高行健戲劇節上的講話》。

　　劉再復指出，高行健在中國戲劇史上和西方戲劇史上做出幾個開創性的貢獻。1，高行健在中國創造了第一個荒誕劇《車站》。二十世紀西方的荒誕戲劇，特別是貝克特的《等待戈多》，其荒誕性主要表現在「理性與反理性」的思辨，而高行健則把荒誕的重心放在展示現實的荒誕屬性。高行健這一劇作，為中國當代文學開闢了新的脈絡。原先中國當代小說只有現實主義寫作之脈，《車站》之後，便出現了荒誕寫作的第二脈。屬於此脈的還有殘雪、莫言、閻連科等優秀作家。2，高行健在人類戲劇史上第一個創造出「內心狀態戲」。《生死界》就是第一個把不可視的內心煉獄展示為可視的狀態戲。這個

〔註 1537〕《群文天地》2011 年第 3 期第 85〜87 頁。
〔註 1538〕高行健著《自由與文學》第 93〜97 頁。
〔註 1539〕《中國現代文學研究叢刊》2011 年第 2 期第 157〜166 頁。
〔註 1540〕《華文文學》2011 年第 2 期第 8〜25 頁。
〔註 1541〕高行健著《自由與文學》第 73〜76 頁。
〔註 1542〕高行健著《自由與文學》第 77〜80 頁。
〔註 1543〕劉再復新浪博客。

戲是高行健本人戲劇創造的里程碑，它標誌著高行健的戲從中國走向普世，從外走向內。《週末四重奏》則把人內心的憂傷、焦慮、嫉妒、青春夢、女人夢統統呈現於舞臺。個人在經歷人生蒼白的瞬間時，可能會出現怎樣的內心狀態展示得淋漓盡致。《夜遊神》中的自我只是在開場時出現，這個「我」進入夢境之後，即進入內心的潛意識深層之後，出現了第二人稱的「你」，作爲自我投射的「你」，一個個形象——「那主」、流氓、妓女等形象全都是主人公的內心圖景。李歐梵先生說，高行健戲劇反映了歐洲高級知識分子的審美趣味。這種趣味正是觀賞人類豐富複雜內心世界變幻無窮的趣味。3，高行健在展示人的內心世界時，通過「人稱轉換」這一寫作技巧即審美形式把人物的內心圖景展示得極爲豐富複雜。人稱轉換是高行健的重大藝術發明。《週末四重奏》的四個角色 A、B、C、D，每個角色都有內主體「你、我、他三座標」，這樣就形成對話的廣闊空間和無限可能。因此，這部戲不僅把每個人物內心的各種情感「獨白」出來，而且形成四個角色你我他的互動，變成「複調與多重變奏」。此劇被法蘭西國家劇院破例上演，該劇院之前未曾上演活著的劇作家的戲。4，高行健的戲劇還創造了有別於斯坦尼斯拉夫斯基和布萊希特的「中性演員」即演員表演的三重性。總之，高行健的戲劇爲世界現代戲劇史增添了精彩的、獨一無二的一頁。〔註 1544〕

　　5 月，**潘耀明在韓國的「高行健國際學術研討會」上發表論文《高行健與香港》**。〔註 1545〕

　　潘耀明指出：我相信，除了高行健客居的第二個故鄉法國，香港是與高行健最密切的華人地區之一。

　　從 1992 年至今，高行健在《明報月刊》發表的文章和《明報月刊》發表的與高行健相關的文章共 89 篇（卷首語 4 篇；高行健撰寫的文章 24 篇；與高行健相關的文章 61 篇）。此外，《明報月刊》還多次發表高行健的畫作，高行健個人畫作專輯有 2 次；高行健在香港參加的大型活動包括研討會和電臺製作高行健紀錄特輯，共 13 次；香港的劇場曾演出高行健的戲劇共 7 場；香港曾舉辦 6 次高行健個人畫展。

　　潘耀明講述他認識高行健的過程：

　　先從文字上認識高行健。

〔註 1544〕劉再復著《再論高行健》第 41～44 頁。
〔註 1545〕劉再復編、 李澤厚、林崗、杜特萊等著《讀高行健》第 94～100 頁。

　　我作爲香港文化人，認識高行健是我當時在香港三聯書店籌劃編選《當代中國作家百人傳》的時候。編選這本書原來是德國漢學家馬漢茂教授（Helmut Martin）提的建議，那是中國剛開放不久的八十年代。馬教授表示，海外很需要一本書認識中國開放後新生作家群。後來我與香港三聯書店的總經理肖滋到北京與當時擔任中國社會科學院文學研究所所長許覺民先生協商，由他負責並主編一本《當代中國作家百人傳》，香港三聯書店出版海外繁體字本，並由馬漢茂教授翻譯成德文，由葛浩文（Howard Goldblatt）翻譯成英文，作爲海外讀者或研究者的參考書。

　　這個計劃因受到當時中國大陸反精神污染運動影響而擱置，前期的文字工作及一百個當代入選中國作家已做好——即由入選的一百個作家自己提供一篇小傳和一篇創作體會的文章彙編而成的。因後來又遇上八九民運，許覺民大抵怕夜長夢多，在 1989 年 6 月匆匆出版了（《當代中國作家百人傳》，求實出版社，1989 年 6 月），印數有限。跟著又發生「六四」，繁體字版及外文版都因政治因素未能出版。我是從這本書，在文字上第一次認識高行健的。

　　與《明報月刊》的因緣。我之眞正認識高行健是得自劉再復教授的介紹，應該溯自 1992 年的時候。那是我到《明報月刊》上任的第二年。高行健從臺灣開畫展經過香港，劉再復從美國打來長途電話，希望我能接待他，並介紹畫廊。

　　我見到高行健的第一個印象，高行健是一個典型、溫文爾雅的文人，也許是生長於江蘇，所以講話時很平和，侃侃而談，立論清晰，有條理而富邏輯性，而且知識性廣泛，所以特別引人入勝。

　　很快我們成了好朋友。後來我介紹香港特首董建華的妹妹董建平給他認識。董建平在香港中心地帶的中環經營畫廊——藝倡畫廊，代理不少大家的畫，如法國華裔大師趙無極、朱德群及海內外名家作品，一般畫家她是看不上眼的。可以說她慧眼識英雄。她一接觸高行健的畫後便很喜歡。她對我說，她喜歡高行健的 style，意喻高行健的畫作富有禪意，很有想像的空間。

　　自從認識高行健後，我便向高行健邀稿，高行健作品由 1992 年 10 月開始在我主編的《明報月刊》上發表，包括不少重要的文章如《中國流亡文學的困境》、《藝術家的美學》、《文學的理由》、《走出二十世紀的陰影》及去年發表的《環境與文學——國際筆會東京大會 2010 文學》等等。我曾在《明報月刊》先後用四期的「卷首語」，高度評價高行健的文學成就；並爲高行健在

中國大陸得不到公平的待遇而作不平鳴。

在劉再復的推動下，即高行健在獲得諾貝爾文學獎的翌年——2001 年，《明報月刊》與中文大學、城市大學聯合邀請高行健蒞臨香港進行文學活動。香港中文大學是華文地區第一個頒予高行健榮譽博士學位的。高行健還作為主禮嘉賓參加了《明報月刊》創刊 35 週年慶祝活動，他在慶祝酒會上發表熱情洋溢的講話，對《明報月刊》給予了嘉許。他表示：

我先是《明報月刊》的讀者，隨後成為作者，今天成為顧問，跟《明報月刊》這段因緣，也可以說有八、九年的歷史了，所以《明報月刊》對我是一個很熟悉的園地，也是我的園地，而且《明報月刊》不僅是香港的文化人的一個刊物，應該說也是當今世界華人的一個重要的、自由的、發表各種各樣不同聲音的學術文化的園地，而且持續三十五年，這是很不一樣的事情。

6 月 1 日～12 日，劇作《冥城》在韓國首爾首演。

韓國漢陽大學中文系的吳秀卿指出，《冥城》這齣戲因為中國性太強，除了在 1988 年香港演一次舞蹈劇以外，至今未能搬上舞臺。但該劇正像作家本人所說，是他想導演的保留劇目。2011 年 6 月 1 日到 12 日在韓國首爾用戲劇形式在世界首演，全場有現場音樂伴奏和合唱隊的合唱，且多運用肢體語言和雜技遊戲，甚至用變臉。舞臺形象鮮明，場面熱鬧有趣，尤其地獄場面充分呈現陰險可惡的地獄面貌的同時，表現出滑稽詼諧的鬼神世界。舞臺設計僅用竹子繞舞臺三面搭了簡單的架，舞臺中間空著，時空變化自如：導演靈活運用三面架和合唱隊，讓演員隨時從其架間出入，有時做合唱隊進行解說，有時做劇中人物進行表演。演員多是一人多角，都需要中性演員的工夫，才能靈活地變換。莊子更是如此；本身演解說人、莊子及楚公子，很多次變化，正需要瞭解表演的三重性，才能隨時出入戲裏戲外。因為小劇場演出，出入戲裏戲外的演員和觀眾交流，加上有唱有舞有雜技，形成很有意思的氣氛，可以說圓滿呈現了劇作家在劇本裏寄託的對現代東方戲劇劇場性、戲劇性及假定性的要求。

韓國年輕導演樸正碩和二十三個演員很好地詮釋了高行健的《冥城》，十四場演出座無虛席。作家並未接觸過韓國傳統戲劇，但他洞察東方戲劇共同的本質屬性，提供了最重要的劇本，還有東方戲劇本質上的共同審美。其實這不限於東方戲劇，而是具有普世性。他已通過近年來的劇作和舞臺實踐，

在歐洲觀眾面前呈現他的東方戲劇美學。這種洞察是從他自由開放的思維得到的。他從非功利的文學主張到獨立不移的精神境界，從他明朗的洞察到不屈的勇氣，都是從他的自由精神而來的。〔註1546〕

6月，《華文文學》2011年第3期刊發劉雲的文章《近二十年中國大陸歐洲華文文學研究綜述》。〔註1547〕

6月，《北京社會科學》2011年第3期刊發羅長青的論文《從就業制度的角度解讀〈絕對信號〉》。

論文摘要：以往人們經常從藝術創新的角度評價《絕對信號》，卻很少有人關注這部作品是如何反映當時的社會生活的。事實上，這部無場次試驗話劇再現了1976～1982年間特殊的「接班」就業制度，逼眞地刻畫了青年們不同的人生道路抉擇。〔註1548〕

6月，《名作欣賞》（下旬刊）2011年第6期刊發宋寶珍的文章《探索、跋涉的步履——有關高行健的劇作〈車站〉〈野人〉的爭議》。

文章摘要：本文選取高行健的早期劇作《車站》與《野人》，綜合論述了這兩個劇作問世之後，在學術界所引發的有代表性的爭議，進而展示了中國當代戲劇在邁向現代化的歷史進程中，在戲劇觀念的嬗變，戲劇新的表現手法的探索、實驗中，所存在的主客觀問題，以及由此帶給後人的有益的藝術啓示。〔註1549〕

7月4日，在巴黎寫作《自由與文學》一文，爲德國紐倫堡－埃爾蘭根大學國際人文研究中心舉辦「高行健：自由、命運與預測」國際學術研討會準備演講稿。〔註1550〕

7月17日，劉再復寫作《高行健的自由原理——在德國愛爾蘭根大學國際人文中心高行健學術研討會上的發言》。〔註1551〕

劉再復指出：高行健在《一個人的聖經》第39節中對「自由」的講述是

〔註1546〕劉再復編《讀高行健》第173～174頁。
〔註1547〕《華文文學》2011年第3期第92～97頁。
〔註1548〕《北京社會科學》2011年第3期第63～66頁。
〔註1549〕《名作欣賞》（下旬刊）2011年第6期第4頁，2011年6月出版。《名作欣賞》1980年創刊。宋寶珍，中國藝術研究院話劇研究所研究員。
〔註1550〕高行健著《自由與文學》第49～58頁。
〔註1551〕該文文末標注：2011年7月17日，劉再復著《再論高行健》第39頁，臺北聯經出版社有限公司2016年12月初版。

「高行健自由原理的一次概說」〔註 1552〕，他總結了其中蘊含的七個要點：

　　1、自由不在身外，而在身內。自由是同個體生命聯繫在一起，並非抽象的觀念和思辨。2、自由是自給的，不是他給的，也不是天賜的，自由取決於個人，而非取決於社會群體。3、自由是個體生命的一種覺悟。覺悟到自由才有自由，不知不覺便永遠沒有自由。4、自由只是在個體生命能夠掌握的瞬間裏才存在。自由並不是永恆的。5、自由只存在於個人的純精神活動領域之中，非常奢侈，在此領域之外並沒有真的自由。唯有審美領域，才是最自由的領域。6、政治領域沒有自由。任何政治，包括民主政治，都改變不了政治乃是「權力角逐」與「利益平衡」這一基本性質。現代政治更是黨派政治與選票政治，它注定要受制於黨派利益與多數選民的利益。新聞媒體總標榜自由，但現代媒體均「一僕二主」，既受制於政治，又受制於市場，本身就是政治宣傳與商業廣告的奴隸。個體在公共交往領域中，更是受制於「公共關係」網絡，此時的人，自由意志往往被消解於關係壓力中，也談不上自由。7、高行健一再自戒和警告作家及知識分子：個人無法「改造世界」，這不過是一種被政治話語同化了的妄念，個人也不可以充當「救世主」、「社會良心」、「大眾代言人」等虛妄角色，就因為他充分意識到，在政治與公眾領域裏，個人沒有真正的自由，頂多順乎潮流、走出浮沉，脆弱的個人在各種條件制約下稍有閃失，便成祭品。唯有拒絕充當這種虛妄的角色，拒絕充當預言家、先知、救世主、代言人的角色，才能贏得自由，才能發出獨立不移的真正屬個人的聲音，這是高行健一再強調的自由原理。〔註 1553〕

　　劉再復還提醒注意高行健關於自由思想的大思路在於：1、高行健的自由原理不是純哲學思辨，而是從人類的生存條件出發，把自由作為「超越生存困境的可能性」進行探討。因此，高行健既不同於哈耶克的真、假自由及以賽亞‧柏林消極自由、積極自由的思辨，也不同於「不自由，毋寧死」的政治烈士情結，而是在現實生存處境中尋找活生生的個人如何贏得思想自由的可能。2、高行健認定，自由首先是一種覺悟，也就是首先必須認識到。但他一再說明，認識無止境，對自由的認識也沒有止境。從認識論的意義上說，自由是無限的。在確認了這一點之後，他的自由原理便從「覺悟」走進了「方

〔註 1552〕劉再復著《再論高行健》第 34 頁。
〔註 1553〕劉再復著《再論高行健》第 35～37 頁。

法」，更具體地說，便是對於自由，除了必須「覺悟」到之外，還需要找到進一步加以實現的方法，這就是發現與創造。精神價值領域中的自由，意味著精神主體不再陷入他人設定的已有的思維框架中。自由意味著創造，它不是「許可不許可」的問題，而是能否突破的問題，所謂創造，便是在已知的最高的精神水平中發現新的突破的可能性。3、高行健精神創造的特點，不是顛覆傳統與前人的成就，而是在傳統與前人已有的水平上發現潛在的新的可能性，然後做出新的表述和新的呈現。〔註 1554〕

　　劉再復強調，高行健之所以能獲得方法上即藝術表現上的自由，其哲學原因在於他自覺地走出當今世界既定的流行的二元對立乃至二律背反的哲學模式，從「二」走向「三」，從「三」走向無窮無盡，他從老子和慧能那裡得到啓迪，以高度自由的心態，質疑「非此即彼」和「亦此亦彼」的哲學路線，在非具象也非抽象的第三種可能中創造出新的圖像；在非斯坦尼斯拉夫斯基也非布萊希特的戲劇觀之外發現了第三種可能，提出了表演二重性和中性演員的理論，創造出新戲劇；在非人物非情節既以人稱取代人物、以心理節奏取代情節的敍述中創造出新的小說。高行健無論在哪個領域，總有新語言、新畫面、新創造，這種現象，我們今天用他的自由原理來闡釋，也許可以切中他精神價值創造中的部分要點。〔註 1555〕

　　7 月，《意識形態與文學》發表在《明報月刊》2011 年 7 月號。〔註 1556〕

　　8 月，《華南理工大學學報（社會科學版）》2011 年第 4 期刊發康建兵的文章《高行健〈野人〉的生態批評》。

　　文章摘要：高行健的《野人》無論從創作動機、劇作主題還是舞臺劇演出來說，都堪稱是一部經典的生態戲劇。《野人》通過對一個林區的自然、社會與精神生態失衡的災難圖景的呈現，表達了劇作家對人類蹂躪自然和破壞生態的強烈憤慨，寫出了人對自然的愚昧認識，以及人對自身的戕害，也充滿對人與自然和諧長存的美好理想。從生態批評視野重讀《野人》，發掘其豐富的生態內涵，具有重要的學術價值和深刻的警示意義。〔註 1557〕

〔註 1554〕劉再復著《再論高行健》第 37～38 頁。

〔註 1555〕劉再復著《再論高行健》第 39 頁。

〔註 1556〕劉再復著《再論高行健》第 256 頁。

〔註 1557〕《華南理工大學學報（社會科學版）》第 13 卷第 4 期第 115 頁，2011 年 8 月出版。康建兵，美國加州大學聖巴巴拉分校戲劇舞蹈系訪問研究者（2011～2012），博士生。

10 月 24～27 日，**德國紐倫堡大學召開高行健國際研討會。**

該研討會在德國紐倫堡大學國際人文研究中心召開。會議題目為：「高行健：自由、命運與預測」。這是 2011 年內舉辦的第二次高行健國際學術研討會。

此次研討會有來自歐、亞、美、澳等洲的三十多位學者參與，會上宣讀了二十七篇論文，還放映了《八月雪》的舞臺演出錄像及高行健自拍的電影詩《側影或影子》。高行健參與了會議，並發表了《自由與文學》的演講。演講之後，劉再復教授和林崗教授先後發表了《高行健的自由原理》和《通向自由的美學》兩篇論說，精闢地闡釋了高行健關於自覺自由的獨特見解。香港地區參與此次會議的有譚國根、方梓勳、陳嘉恩、楊慧儀等四位學者。美國到會學者則來自杜克大學、康乃爾大學、印第安那大學、哈佛大學等。

會議東道主德國紐倫堡大學非常重視此次會議，國際人文研究中心主任朗宓榭教授親自主持會議，紐倫堡副市長及紐倫堡大學副校長親自到會發表講話致賀。〔註 1558〕

以下是法蘭克福彙報對高行健的採訪。〔註 1559〕題目為：《高行健：我的流亡沒有任何政治色彩》。

法蘭克福彙報：在德國的埃爾蘭根市，舉辦了一場以您為主題的討論會。而討論會的主題就是「自由，命運和預測。」高先生，您相信命運嗎？

高行健：我相信命運。但同時我又不相信命運。人無法最終抗拒命運的安排。人總是無法忘記人生的得失與恩怨但卻無法怨天尤人。回首往事，我會說，那就是人世間的壓迫總是無處不在。而只有上帝對我才是友善和仁慈的。

法蘭克福彙報：當您說，上帝對你來說有著積極的意義，您是否認為，您的生命是否來自外界的塑造？或者人本身根本就無法決定自己的命運？

高行健：從某種意義上來說，兩種說法都有道理。但人不能確切地區分，哪種觀點更有說服力。對於我自己的人生來說，我經歷自身的磨難和命運的打擊。有幾次我幾乎都在死亡的邊緣。然而我還活著。所以我會說，上帝對我來說還是厚道的。

〔註 1558〕劉再復新浪博客。

〔註 1559〕文字來自網絡公眾號「學人」，發布時間為 2016 年 2 月 26 日，作者署名為「法蘭克福彙報」。

法蘭克福彙報：您相信上帝嗎？

高行健：我沒有任何宗教信仰。但我能在基督教裏感受到越來越多的歸屬感。我有這種宗教的感覺，而在我的工作中我也愈發強烈地感受到這種歸屬感。我感覺宗教能在我困難的時期給我以啓迪和幫助。

法蘭克福彙報：您的信仰在您生命某些困難階段對您有何幫助？

高行健：對生命的思考只有在人停下匆忙的腳步後才能進行。當人經歷挫折或磨難時，人並不能自然地思考人生，人此時也沒有機會去總結反思。而在我眞正意識到內心對上帝的敬仰時，感謝上帝，我此時就有了一種思考的藝術。而這種思考的藝術對我來說是一把鑰匙，打開記憶塵封的大門，驅散掉心中的憂傷和仇恨。

法蘭克福彙報：仇恨？因爲誰或什麼事讓您有仇恨？

高行健：仇恨來自於壓迫。什麼時候有壓迫，人就會自然地產生與這種壓迫作鬥爭的想法。但漸漸地我意識到，這種仇恨沒有任何作用，無法給我帶來任何慰藉。深陷仇恨只能讓我深陷人性的陰暗面，然後自身只能產生更大的仇恨。

法蘭克福彙報：您在中國經歷過壓迫：您無法工作，您的話劇被禁止公演，您的作品被禁止出版。您被迫離開中國，拋棄自己的故土。而現在壓迫對您來說還存在嗎？

高行健：壓迫總是無處不在，當然不同地方壓迫是以不同形式存在。今天我已經在之前講明了這一點，講明了我對壓迫的看法。儘管我現在身處西方，但我仍然能感受到來自外部的壓迫和各種壓力。但我很快領悟到一點，我必須盡快從這種壓迫中擺脫出來。所以我得不停地逃。

法蘭克福彙報：一直逃，直到流亡天涯？

高行健：流亡對我來說十分重要，因爲流亡幾乎伴隨我的整個人生，並且還會在未來的歲月繼續陪伴著我。我也一直活著流亡之中。但我的流亡不帶有任何政治色彩。這是一段流浪，一種自我解脫。最好獲取自由的方法就是找到一條通向自由的新道路，爲我的創作尋找新的主題。

法蘭克福彙報：沒有自由，藝術家的創作靈感也就無從談起。高先生，您對自由是如何理解的？

高行健：自由的概念包含很多方面：政治層面的逃離，這是因爲政治上的壓迫。還有因爲意識形態的逃離，逃離某個市場，逃離人生的問題或困難，

逃離某種錯誤的觀點。

　　法蘭克福彙報：您總是在談論逃亡和流浪。從我的角度來講，這一點您在您的作品中已經表現得十分清楚。自由總是對您個人有著獨特的誘惑。然而自由不也包括責任嗎？自由難道就是去逃脫生命中的另一半？

　　高行健：我的確經常提及流浪。但是我流浪的目的是爲了身心和創作的自由。我們會經常問自己，自由的好處究竟在哪裏？自由對我來說是一個畢生追求的目標，而這樣的人生目標又蘊含在眞正的自由中。自由絕不是一個空洞的概念。自由總是能夠被人感受到。自由在生活中，自由在思考中，自由是能夠擁有自己的觀點，最終自由是我能夠公開表達自己的觀點。因此，自由本身又不是一個目標，而是一種狀態。自由總是和我們實際的願望緊密相連。當然自由意味著責任。但這種責任並非爲改變世界而生，而是首先爲屬於我們自己的人生。

　　法蘭克福彙報：每當人們與中國人交談時，中國人談論最多的就是他們的生活水平在過去的時間得到了極大的改善，物質條件的改善完全塡補了自由的空缺。高先生，當您看見大部分中國人相比於自由，更在意自身賺錢多少，您是否會失望或許甚至感到憤怒？

　　高行健：必須要承認的是，那就是中國在這段時間有了更多的自由，比方說自由旅行。這在過去的時代幾乎是不可想像的，基於政治上的管制或者經濟上的拮据。實事求是地講，和改革開放前相比，中國人事實上的確享有了更多的自由。但這僅僅是自由較低的層面。還有著更高層面的自由，比方說擁有發表針對某些話題言論的自由。更高的自由是去實現我們思想的自由。重要的一點，那就是人們必須要意識到，自身是需要言論和思想上的自由。這樣的自由是神聖不可侵犯的。

　　法蘭克福彙報：在中國和西方一直充滿了各種誤解和隔閡。中國不瞭解西方，西方也不瞭解中國。在這樣的誤解中，民主一詞總是被提及。民主在中國有可能嗎？

　　高行健：在短短的一個採訪裏，幾乎是沒有太大可能去談論中國的未來。在中國發生深刻變化的時期，我主要都居住在西方。基於我居住在西方的緣故，我的主要興趣是西方。因此我的思考主要集中在歐洲。在此期間我對中國關注很少，對於中國的問題，對於中國如何推進自身民主的問題實在無法回答。如果從我當年在中國的經驗看，中國通往民主跟歷史上西方的民主發

展一樣，還有相當長的路要走。

10月，《詩歌月刊》2011年第10期刊發胡亮、趙毅衡的文章《禪劇，美國詩，「小聰明主義」：趙毅衡訪談錄》。〔註1560〕

11月10日，在巴黎為詩集《遊神與玄思》寫後記。〔註1561〕

11月24日，完成電影詩《美的葬禮》。〔註1562〕

12月13日，**劉再復在科羅拉多為高行健的詩集《遊神與玄思》作序，題目為《詩意的透徹》**。〔註1563〕

劉再復說：

所謂透徹，乃是對世界和人類生存環境認知的透徹。「透徹」與「朦朧」正相反，毫無遮蔽，暢快直言真切的感受。在當下一片渾濁的生存困境下，一個詩人或思想家究竟能做什麼？人倘若摒棄種種的屏障而活在真實之中，又是否可能？讀了行健的詩集，我竟像讀到了一部擁有真知灼見的思想論著，從困頓中幡然覺悟。〔註1564〕

行健的詩和中國時興的詩歌基調毫不沾邊，與當今流行的詩歌範式也全然不同。我所以喜歡讀行健的詩而且受其震撼，就因為他的詩確實有思想，又有真切的感受。可以說，他的每一行詩，都在回應這時代的困局。如果說，艾略特捕捉到的是人類世界的「頹敗」，那麼，高行健捕捉到的是人類現時代價值淪喪的「虛空」。這可是前所未有的大空虛。〔註1565〕

當今世界缺少詩意，而高行健的詩卻布滿詩意。這種詩意既來自他對世界的清明意識，也來自他對這世界日趨虛空深深的憂傷。認知是深刻的，憂傷也是深刻的。

高行健因為法文好，很早就是介紹西方文化的先鋒，這是人們知道的，但少有人知道，行健的中國文化底蘊也非常深厚，不僅對儒、道、禪都有自己的一套見解，而且對中國古詩詞很有研究。他寫的詩並不仿傚西方的現代

〔註1560〕《詩歌月刊》2011年第10期第18～22頁。
〔註1561〕高行健著《遊神與玄思》第251～254頁，臺北聯經事業股份有限公司2012年5月初版，6月初版第二刷。
〔註1562〕高行健著《遊神與玄思》第139～199頁。
〔註1563〕劉再復著《再論高行健》第109～116頁，臺北聯經事業股份有限公司2016年12月初版。
〔註1564〕高行健著《遊神與玄思》第vii頁。
〔註1565〕高行健著《遊神與玄思》第x頁。

詩，而是繼承中國古詩詞的明晰和可吟可誦的樂感。樂是一切文學的發端。中國的「詞」本就是可配樂的詩，漢語的四聲語調與節奏，天生具有音樂感。行健的詩一方面富有思想，一方面又富有內在情韻和外在音韻，朗誦起來琅琅上口。他不把工夫用在詞采的炫耀上，不故弄玄虛，而是言內心的真實之言，可以吟唱。讀了他的《靈山》，覺得他是精神流浪漢，讀他的詩集，則覺得他是個行吟的思想家，詩中有思想，思想中有詩，正如王維「詩中有畫，畫中有詩」。〔註1566〕

12月，《華文文學》2011年第6期刊發劉再復的文章《高行健對戲劇的開創性貢獻》。〔註1567〕

12月，《華中人文論叢》2011年第2卷第2期刊發邱麗娜的論文《如何從文本「內」和文本「外」讀高行健的〈靈山〉》。〔註1568〕

12月，貴州文化廳主辦的《電影評介》2011年第23期刊發李志敏的文章《試論高行健的戲劇理想及其影響》。

摘要：高行健是中國當代話劇藝術的開拓者，他以巨大的理論勇氣建構著自己的戲劇理想。他是一個自覺的戲劇理論追求者，吸收傳統，借鑒西方，探討了戲劇藝術的綜合性、假定性和劇場性，確立了話劇藝術的現代意識。同時，高行健還以自己的創作成果忠實地踐行著自己的戲劇觀念和戲劇理想。高行健理想與實踐兼具的先鋒探索在中國當代劇壇寫下了濃墨重彩的一筆。

作者為江西社科聯合會助理研究員。〔註1569〕

這一年，意大利比薩出版社出版高行健劇作集意大利文譯本，收入《夜間行歌》、《夜遊神》、《叩問死亡》三個劇本。印度出版《靈山》Marathi文譯本。瑞典斯德歌爾摩電臺廣播《獨白》。丹麥哥本哈根丹麥筆會舉辦《夜間行歌》朗誦會，放映《側影或影子》。美國演出《彼岸》和《車站》。

法國巴黎一畫廊舉辦高行健個展並出版畫冊 Gao Xingjian 2011.西班牙巴塞羅那舉行高行健個展。比利時布魯塞爾畫廊舉辦高行健個展並出版畫冊。法國巴黎龐畢度文化中心放映《洪荒之後》。〔註1570〕

　　劉再復的著作《高行健引論》由香港大山文化出版社初版，該書是「高行健研究叢書」的首卷。

　　南昌大學龔雅婧的碩士學位論文題目是：《國內報紙（1999～2008年）諾貝爾文學獎報導》。

　　她選取中國大陸紙質媒體《人民日報》、《光明日報》、《中國青年報》、《中華讀書報》和《南方週末》五份報紙進行抽樣調查。

　　2000年《人民日報》報導的標題是《諾貝爾文學獎被用於政治目的失去權威性》；2001年，該報則是這樣的標題《諾貝爾文學獎揭曉，英國作家獲此殊榮》。〔註1571〕

　　2000年《光明日報》的標題是《諾貝爾文學獎被用於政治目的失去權威性》；1999年該報的標題則是《德國作家君特格拉斯獲諾貝爾文學獎》。〔註1572〕

　　2000年《中國青年報》沒有相關的報導文字，2001年該報報導《英國作家奈保爾獲2001年諾貝爾文學獎》；〔註1573〕

　　2000年《南方週末》沒有相關的報導文字，2001年刊發關於奈保爾的兩篇文章，標題分別是《後殖民時代的游牧作家》、《我相信文學的純潔》；〔註1574〕

　　2000年《中華讀書報》沒有相關的報導文字，2001年刊發關於奈保爾的兩篇文章，標題爲《超前意識購買名著版權結碩果》、《諾貝爾文學獎得主不願慶祝》〔註1575〕。

　　南京大學龍珊珊（中國現當代文學專業，導師沈衛威）提交的碩士論文是《作爲「內容」的語言──論高行健的小說〈靈山〉》。

　　暨南大學的馬連花（中國現當代文學專業，導師：莫海斌）提交的碩士論文是《困境與突圍──高行健旅法期間的戲劇創作主題論》。

〔註1571〕龔雅婧《國內報紙（1999～2008年）諾貝爾文學獎報導》，中國優秀碩士學位論文全文數據庫2011年第S1期　科技信息輯I141-133-5。
〔註1572〕龔雅婧《國內報紙（1999～2008年）諾貝爾文學獎報導》，中國優秀碩士學位論文全文數據庫2011年第S1期　科技信息輯I141-133-6。
〔註1573〕龔雅婧《國內報紙（1999～2008年）諾貝爾文學獎報導》，中國優秀碩士學位論文全文數據庫2011年第S1期　科技信息輯I141-133-6。
〔註1574〕龔雅婧《國內報紙（1999～2008年）諾貝爾文學獎報導》，中國優秀碩士學位論文全文數據庫2011年第S1期　科技信息輯I141-133-7。
〔註1575〕龔雅婧《國內報紙（1999～2008年）諾貝爾文學獎報導》，中國優秀碩士學位論文全文數據庫2011年第S1期　科技信息輯I141-133-8。

論文摘要：1987 年底旅居法國至今，高行健自覺抽離中心退回到脆弱的人本身，以獨立不移的精神在自己的戲劇世界裏越走越遠。他開始追求一種新的戲劇創作方式，即探討人類困境及生命存在的各種可能性，他切入了個體生命本質上的存在之痛，個體在迷茫中振作前行，不斷探索，尋找出路，不管是選擇悟性自救還是選擇死亡，都展現了現代人在迷茫中自我定位和自我確認的努力。「形而上」的精神特質讓他的戲劇作品充滿了深刻的探索精神和思辨色彩，由此高行健實現了他戲劇藝術創作的第二次飛躍。〔註 1576〕

2012 年　72 歲

2 月，《自由與文學》刊發在《明報月刊》2012 年 2 月號。〔註 1577〕

2 月，《首都師範大學學報社科版》2012 年第 1 期刊發王德領論文《20 世紀 80 年代對西方現代派文學接受中的技術主義》。〔註 1578〕

3 月 21 日，**劉再復在美國馬里蘭為劉劍梅的書《莊子的現代命運》寫序。**

劉文中指出：劍梅的新著，以《高行健：莊子的凱旋》作結，也讓我感到意外。這可能與劍梅把逍遙精神視為莊子的第一根本精神相關。高行健在中國現當代作家中對莊子的認識的確最為徹底，他的小說《靈山》以及所有的劇本，乃至詩歌、電影創作，其核心精神只有一個，這就是求得大自在即求得大自由的精神。高行健把自由視為人自身的一種「覺悟」，自由不是他給的，也不是上帝賜予的，而完全是「自給」的。意識到（覺悟到）自由可以自己掌握才有自由。高行健把莊子的個體飛揚精神充分意象化，充分文學化和藝術化。他的作品不僅「回歸自然」，而且「創造自然」——創造了一個擁有逍遙可能，自在可能的精神世界。高行健的成功，倒真的是莊子的凱旋。〔註 1579〕

3 月，**《安徽文學》2012 年第 3 期刊發陳豔萍的文章《從〈對話與反詰〉看禪宗對高行健的影響》。**

〔註 1576〕 中國知網，中國優秀碩士學位論文全文數據庫。

〔註 1577〕 劉再復著《再論高行健》第 256 頁。

〔註 1578〕 《首都師範大學學報社科版》2012 年第 1 期第 81～88 頁。

〔註 1579〕 劉再復序《現代莊子的坎坷與凱旋》，劉劍梅《莊子的現代命運》第 6 頁，（北京）商務印書館 2012 年 9 月出版。

文章分爲三點來論述：「自救」文學觀與禪宗「直指人心，見性成佛」；語言遊戲與禪宗的「不可說」；一條裂縫和禪宗的空。

作者單位爲南京大學文學院。〔註 1580〕

4 月 20 日，**趙憲章的論文《〈靈山〉文體分析——文學研究之形式美學方法個案示例》刊發在汕頭大學《華文文學》2012 年第 2 期。**〔註 1581〕

趙憲章指出：

文體形式既是作品意蘊的載體，也是作品意蘊的存在方式。「透過形式闡發意義」，是形式美學之於文學研究所追求的學術理想。〔註 1582〕《靈山》擯棄傳統小說人物命名方式，用人稱代詞指稱人物的良苦用心，也是小說的敘述者爲遮蔽自己作爲一個言說獨裁者的眞實面目所使用的玩弄語言、遊戲語言的伎倆，敘述者的「一言堂」本質在「你」、「我」、「她」、「他」的一片喧嘩聲中被淹沒、被掩飾、被蒙混、被消弭了。〔註 1583〕

《靈山》作爲敘述文體，其敘述的故事或營造的鏡象不僅不具有傳統小說的完成性和明晰性，而且相反，故意將本可完整敘述的故事撕得粉碎，然後再從主體感受出發進行重新拼貼，從而呈現出一片片破碎而混沌的鏡象。這是《靈山》比傳統小說走得更遠的地方。〔註 1584〕

「逃逸」是《靈山》的基本精神症候，「逃逸精神」是《靈山》所追尋的「靈山」之山靈。〔註 1585〕《靈山》是一種「萬花筒」文體，它追求的不是現實世界的完整映像，而是構成現實世界的光線與色彩本身。〔註 1586〕爲了追求具有音樂感的「語言流」和語言的「音樂流」，《靈山》在修辭方面也進行了許多的嘗試，主要包括「省略主語」、「省略賓語」、「省略引號」、「省略副詞助詞」及「無間隙遊弋」。〔註 1587〕《靈山》描寫大自然之所以十分動人，還在於它對於大自然的親近和細緻體味，特別是對於光影和色彩的敏感。〔註 1588〕

該文最後的論斷是：這種作爲宇宙觀和語言觀的黑色和混沌，是逃避理

〔註 1580〕《安徽文學（下半月）》（月刊）2012 年第 3 期第 3～4 頁。
〔註 1581〕《華文文學》2012 年總目錄，2012 年第 6 期第 128 頁，2012 年 12 月出版。
〔註 1582〕劉再復編《讀高行健》第 115～116 頁。
〔註 1583〕劉再復編《讀高行健》第 122～123 頁。
〔註 1584〕劉再復編《讀高行健》第 129～130 頁。
〔註 1585〕劉再復編《讀高行健》第 135 頁。
〔註 1586〕劉再復編《讀高行健》第 136 頁。
〔註 1587〕劉再復編《讀高行健》第 142～144 頁。
〔註 1588〕劉再復編《讀高行健》第 146 頁。

性、逃避倫理、逃避政治、逃避社會、逃避歷史的遁詞，總之，是「我」逃避一切責任的不歸路和避難所，也是「我」對世界、對未來、對社會、對自我的價值判斷。〔註 1589〕

4 月，《中國文學研究》2012 年第 2 期刊發莊偉傑的論文《海外華文文學有別於中國文學的特質——以海外新移民文學爲例》。〔註 1590〕

5 月 15 日，劉劍梅的文章《八十年代初期現代莊子的轉運》刊發在《東吳學術》2012 年第 3 期。〔註 1591〕

劉劍梅指出：

莊子的現代命運與中國的現代政治命運息息相關，也與採取不同政治立場的作家選擇息息相關。因此，莊子的現代命運大體上是被時代的潮流載浮載沉的命運，甚至是被割裂、被使用的可憐命運。從某種意義上說，是充當歷史傀儡這一角色的可憐命運。無論是魯迅對他的持續性批判，還是郭沫若從頌揚到譴責的曲折性闡釋，還是周作人、林語堂、廢名、施蟄存等「莊子夢」的破滅，其心中筆下的莊子都不是原先本眞本然的莊子，即使把莊子視爲「出世」的先賢、幽默的先鋒，也不是先秦時代的眞莊子，更不用說當代的一些文化專制主義者如關鋒等，把莊子當作思想敵人了。

值得慶幸的是，到了八十年代，莊子的命運開始好轉，本眞的莊子開始回歸。八十年代是多元並置的時代，在這個時代裏，仍然有激烈的莊子批判，如劉小楓以神聖價值爲參照系，討伐了一次莊子的「冷漠」，把莊子視爲「把人變成冷石頭」的冰妖，完全否定莊子高揚的逍遙價值即自由價值。但是，與劉小楓這種極端思維相反，八十年代直至九十年代和二十一世紀，莊子的「眞身」卻重見了天光。這種光明來自「人文學術」和「文學創作」兩個方面。在學術上出現了李澤厚、陳鼓應等認眞的還原莊子本來面目並給予公正評價的學者。李澤厚提出著名的「儒道互補」的命題，把老子、莊子所代表的道家，視爲與儒家並列的可以和孔孟產生巨大調節作用的中國文化的一大正宗；而陳鼓應則對莊子進行五四以來未曾有過的文本分析和現代化闡釋。在文學創作上，則出現汪曾祺、阿城、韓少功、閻連科和高行健對莊子精神的肯定。特別是高行健，他通過《靈山》寫作，通過《逍遙如鳥》的實踐，

〔註 1589〕劉再復編《讀高行健》第 153 頁。
〔註 1590〕《中國文學研究》2012 年第 2 期第 49～53 頁。
〔註 1591〕《東吳學術》2012 年第 3 期第 71～139 頁。

把莊子的大自由、大自在精神發揮到了登峰造極的地步。他發現，莊子乃是從中國官方文化與正統文化網羅中站立起來的另一類自由文化。逍遙即自由，兩千多年前的莊子早就佔領了人類精神世界的自由文化的制高點。充分肯定莊子，便是充分肯定自由精神。高行健第一個用普世價值的眼光審視莊子，把莊子精神滲透到小說創作、戲劇創作、繪畫創作和詩歌創作當中。他獲得諾貝爾文學獎從思想意義上來說，是莊子的勝利。〔註 1592〕

5 月，第一本詩集《遊神與玄思》由臺北聯經初版。

該書目錄如下：

詩意的透徹——高行健詩集序／劉再復

我說刺蝟

逍遙如鳥

夜間行歌

遊神與玄思

美的葬禮

短詩輯錄

打開什麼

誰怕張三

悼梅新

吐棄

鳥語

京都有感

人世的悖論

夢的啓示

夢中

舞蹈

政治

思想

佳句偶拾

後記

5 月，臺灣期刊《東吳中文學報》第 23 期刊發侯淑娟論文《當代先

〔註 1592〕《東吳學術》2012 年第 3 期第 71 頁。

鋒戲劇對現代與傳統融合之新變思考的實驗——以高行健劇作爲探討範圍》。

論文摘要：傳統戲曲曾在西方戲劇的衝擊下沒落、變化，並力圖再崛起；而在不斷新異化的新科技文明和創意風潮衝擊中，以反映現實生活和西方文化爲主軸發展的當代戲劇、電影、電視，也必須尋找新的重生契機。戲曲所表現的古典文學和劇場藝術情境，是中國戲劇的舊傳統；但當它被引入當代戲劇，作爲激蕩的觸媒時，舊傳統便成爲刺激新與變的實驗憑藉。高行健被稱爲當代先鋒派劇作家。他在 1980 年代開始借鑒傳統戲曲，以創新的劇作反映時代問題，試圖改變原屬於西方的，已漸呈僵化的現代劇場。他以新舊交融的《車站》、《絕對信號》、《野人》、《彼岸》，描寫社會改革問題；以「現代折子戲」《躲雨》、《獨白》寫演員條件與訓練，舞臺人生與現實世界的重疊參照；其他如《聲聲慢變奏曲》、《生死界》、《對話與反詰》、《夜遊神》、《冥城》、《逃亡》、《山海經傳》、《八月雪》、《叩問死亡》等劇，則以充滿性別差異的觀點，反省思考其所見的人性與人生。本文分析在臺灣出版或刊登的十七種高行健劇作，歸納高氏將中國傳統戲曲表演概念融入劇作的方法，探討其劇作運用傳統戲曲、古典文學和藝術元素的各種新思考與創作試驗，並從其劇作所呈現的當代戲劇思想，觀察現代與傳統文學、戲劇素材在當代劇場激蕩的新異性變化。

作者侯淑娟爲東吳大學中國文學系副教授。〔註 1593〕

6 月 20 日，高行健的文章《意識形態與文學》、劉再復的文章《高氏思想綱要——高行健給人類世界提供了什麼新鮮的思想》、《高行健的自由原理》、劉劍梅的論文《現代莊子的凱旋——論高行健的大逍遙精神》、李多梅的論文《靈山與中國巫文化》刊發在汕頭大學《華文文學》2012 年第 3 期（主編 張衛東　副主編 莊園）。〔註 1594〕

李多梅在論文中指出：

西南邊陲之行，不僅爲高行健帶來了《野人》、《靈山》、《冥城》、《山海經傳》的創作材料與敘事策略的靈感，也孕育了他後期創作向「禪劇」的轉變，是他邁向世界級大作家的關鍵一步。它不僅是文化探源之旅，其本身就

〔註 1593〕來自華藝臺灣學術文獻數據庫。

〔註 1594〕《華文文學》2012 年總目錄，2012 年第 6 期第 126 頁，汕頭大學主辦 2012 年 12 月出版。

是一個文化隱喻：自覺地顛覆／避開中央霸權和主流正統文化，王車易位一般，閃身向民間傳統文化尋求現代藝術的靈丹妙藥，以便孕育出藝術的新品種，爲現代藝術做防腐處理；同時也是一種精神上的逃亡。〔註1595〕

正是心懷對「絕對眞實」的一腔執念，高行健行遍疆野，在瀕臨消亡的民間原始巫文化中找到了開啓他創作巔峰的密匙。〔註1596〕事實上，文學藝術、繪畫藝術、雕刻藝術、戲劇、舞蹈等一切文字與造型藝術皆起源於巫。〔註1597〕寫作的巫術其來有自，我國民族詩人屈原即被看做與天地鬼神對話的「神巫詩人」。鑒於高行健與屈原擁有同樣的命運，同樣的邊陲之旅，同樣的對民間原始巫文化的發現與珍視，我們不妨將《靈山》看做是對大詩人屈原的致敬式戲擬。正如「離騷「是屈原對民間巫言文體的借鑒和模仿，《靈山》無論在內容還是形式上，都存在著最直接最鋪張地對巫的紀錄和運用。〔註1598〕

該文列舉《靈山》的敘事巫術包括：敘事人稱的巫術、敘事時空的巫術、敘事語言的巫術，認爲《靈山》啓示了現代藝術的出路和現代詩人的流亡命運。〔註1599〕

6月，詩集《遊神與玄思》初版第2刷。

6月，《逍遙如鳥：高行健作品研究》（楊煉編）一書在臺北聯經初版。

該書目錄如下：

編者序／楊煉

輯一：我見高行健

你帶著母語離開你的祖國／馬悅然

高行健：當代世界精神價值創造中的天才異象／劉再復

「一」以貫之的文學之道／陳邁平

翻譯《靈山》／杜特萊

世界的盡頭——高行健「世界的盡頭」畫展序言／貝亞塔・賴芬帥德

輯二：談高行健的文學與創作

泉石激韻——讀高行健的小說／馬建

〔註1595〕劉再復編《讀高行健》第154頁。
〔註1596〕劉再復編《讀高行健》第156頁。
〔註1597〕劉再復編《讀高行健》第157頁。
〔註1598〕劉再復編《讀高行健》第158頁。
〔註1599〕劉再復編《讀高行健》第159～168頁。

高行健和現代中國文學／羅多弼

法國文化部推廣全民閱讀週：《靈山》在普羅旺斯／杜特萊

感受取代敘述／魯迪格・哥奈

高行健「冷劇場」中的跨國精神：對高行健部分劇作的哲學分析／瑪扎尼

輯三：高行健的藝術風景

成於言——從高行健的作品看藝術的境界／楊煉

高行健：一個自由人普世性的面面觀／達里奧・卡特琳娜

對高行健的一種解讀／安吉拉・威爾德諾

巴黎克羅德貝爾納畫廊「高行健新作展」序言／弗朗索瓦・夏邦

高行健的電影／阿蘭・麥卡

附錄：祝賀高行健榮開七秩

高行健榮開七秩／貝嶺

高行健風風雨雨七十年／嵇偉

高行健在倫敦／老咪

節目日程及相關報導

代感言：走出二十世紀的陰影／高行健

高行健作品年表

高行健戲劇與電影創作年表

　　羅多弼在《高行健和現代中國文學》（朱亦梅譯，萬之編校）一文中指出：
（高行健）是創立新的中國文學的作家群中的一員，這種新的中國文學已從
官方強加的政治意識形態的令人窒息的束縛中解脫出來。他的文章分為三
節：儒家陰影下的中國激進派、在毛澤東後文藝復興語境中的高行健、高行
健的獨特聲音超越了文化的界限。他說：

　　總體來說，毛澤東主義時代是中國文學史上的黑暗時期。這一時期一直
延續到上世紀 20 年代末期，而且在後毛澤東時期繼續對中國文學產生相當可
觀的影響。毛澤東的文藝意識形態必須在二十世紀早期文學革命的語境中去
看，那場文學革命也是當時擺脫帝制和尋求現代性的努力的一部分。從十九
世紀晚期開始，在中國激進知識分子的腦海中，對現代性的尋求是基於二個
假設：第一：外來勢力對中國造成了致命的威脅，因而必須用現代化來挽救
中國，第二：為了在中國實現現代化，傳統的文化必須在很大程度上被拋棄，
必須建構一個新的文化形式來適應現代化要求。

　　如此，從二十世紀初開始，這種建構新文化形式（包括文學）的努力就浸透著功利主義、實用主義。文學的價值就是用它對現代化所作出的貢獻來評估的。激進的主流知識階層中的成員，堅持以實用主義觀點來評價文學作品，排斥傳統的中國文化，把自己定位在反儒家的位置上，但是，有趣的是，在主流儒家學說中也明顯有一種對文學的實用主義觀點。儒家主張「文以載道」，而「道」在儒家經典中也定義爲正確和恰當之物。對於二十世紀早期激進派來說，文學的主要任務是弘揚他們自己的理論教條。這是一個有趣的例子：在儒家與激進分子之間存在相類似的思考方法，當激進分子在使勁推翻儒家理念時，他們自己往往也被籠罩在儒家的陰影之中。

　　文化大革命讓人們從沉重的毀滅中覺醒。有抱負的作家（高行健是其中之一），開始意識到眞正的文學已被這場革命抹殺，在毛主義遺留下來的廢墟上必須開始重新創建起新的文學，他們中的某些人開始全面地評價中國文學。

　　這一重新評估的焦點之一，也是高行健非常關注的一個方面，就是文學是否應該用來作爲宣傳或弘揚某些文學領域以外的思想、主義或者目標的工具？「主義」意味深長地成爲了人們厭惡的字眼。高行健出版的一本書籍就叫《沒有主義》（1996）。這種對經常用「主義」來標誌的整個思想體系的排斥，似乎就是高行健對中國文學重新評估的核心概念。

　　這種對「主義」排斥否定的一個方面是高行健特有的洞察力：那種認爲文藝作品應以它們對革命的貢獻（正如毛澤東主義者所要求的那樣）或者二十世紀文化激進分子強調的所謂對「挽救中國」的貢獻來評估的主張，給中國文學的質量帶來的完全是災害性的結局。他對於將文學降爲某種意識形態的工具的做法深爲不滿，也使他對儒家和儒教在文學上的影響持批判態度。

　　高行健拒絕任何主義的一個方面，也是他有意擺脫夏志清教授所說的那種「中國情結」意識。夏志清教授的這種說法現已經成爲經典公式，用以說明大量現代中國文學的特徵。高行健在他的文藝作品中，高度關注他感興趣的人類困境問題。他的興趣核心是人類和基本的生存問題，而不是作爲一個國家的中國的命運。尤其是，他拒絕把個人看作爲工具，僅僅爲了一個強大而繁榮的中國的發展而存在。

　　高行健拒絕「主義」的另一個方面，涉及到他對知識和眞理的一般看法，而並非他特定的文學觀點。他也分享著當代世界中許多人的觀念，認爲宏大的思想體系已經屬於過去。他強烈地意識到絕對盲從的觀念，認爲宏大的思

想體系已經屬於過去。他強烈地意識到絕對盲從的危險性，這種盲從作爲烏托邦主義的一部分，會讓我們在追求一個未來天堂時去接受原本無法接受的手段。在高行健的世界中，猶豫、躊躇、不確定、半信半疑以及矛盾的心態等等的出現，是一種有見識的標誌，而非軟弱或缺陷。

對於高行健來說，現實的確切概念是複雜的，難以理解的。在他看來，我們通常認爲是客觀存在的外部世界和主觀世界兩者都是有問題的實體。正如我對他的瞭解，這種懷疑論成爲他力圖擺脫文學程序中的現實主義的一部分動力。他和詩人北島、作家李銳等許多作家一起對於中國文學去除毛澤東主義官方宣傳和恢復文學精華、眞實表達人類經驗做出了無價的巨大貢獻。就這方面來看，他們的貢獻可以和二次大戰後「四七社」在德國文學復興中所扮演的角色來相媲美。

把高行健的文藝創作看作過去幾十年間中國文藝復興的核心部分，並不等於把他降低成某個群體中的一員，或者把他定義爲一個中國作家，把他的重要性限定在中國文學場景之內。高行健是一位有自己獨特聲音的獨創性作家，他的聲音具有普世價値而不局限於中國。

由於他具有視野寬闊涵蓋東西方的優點，我們可以把高行健看作是一位全球化時代的作家，甚至是一位世界文學的作家。由於他的獨特性和具有從亞洲以及西方文化中吸取基本元素加以由他原創具有個性特色的融合，我們可以將他與奈保爾、大江健三郎和魯西迪等作家媲美。這些作家都精通各種不同傳統文化並將它們用作自己文學創作的源泉，他們不完全認同於某一種文化傳統。在一定意義上他們是超越文化的作家，而歸根結柢，他們都是有自己深刻見解的原創性，敢於涉足前人從未涉足的領域。

高行健和文化傳統的關係可以從存在主義的角度加以探討。雖然，他深深浸潤於不同文化傳統並被它們吸引，但他並沒有被其中任一所完全佔有。他僅僅臨時進入一下，然後再撤出，再從自己獨特的觀察點來看待它們。在他看來，運用自己的主體性而從不同文化傳統中採集自己欣賞的元素和樣式，並把它們彙集到自己的創作中，這是他作爲一個藝術家也是一個人的責任。我們可以把這一做法看成是文學和藝術優化的一種程序，而從更廣泛的意義上說，這種方式也是與文化傳統之間保持一種動態的關係，同時對自己的信仰和價値觀才是完全負責的態度。

這裡我的主要想法是讓人們關注高行健作爲一位當代偉大作家和劇作家

所作的貢獻的兩個主要方面：他在過去三十年來中國文學復興中扮演了十分重要的角色，而他也超越了中國文化的界限，創造出深具原創性和個性的作品，能引起全世界上任何關心人類困境的人的興趣。〔註1600〕

6月，臺灣期刊《淡江外語論叢》第19期刊發鄭盈盈的論文《人稱視角和無人稱句在文藝作品中的美學運用——以高行健和布寧作品爲例》。

論文摘要：人稱視角及其變化涉及文本敘述觀點和作者及人物間心理距離關係，歷來在文藝作品中被廣泛運用。俄文中，除人稱指示範疇外，並具有特殊的無人稱句，該範疇在指示功能方面，較難界定敘述觀點及人我、環境之間的清楚分際。本文試呈現人稱視角以及無人稱句於文學作品中之運用，其和作者（敘述者）、人物、讀者之間的心理距離關係以及所塑造之敘述美學。

作者鄭盈盈爲淡江大學俄國語文學系助理教授。〔註1601〕

6月，《濮陽職業技術學院學報》2012年第3期刊發周俊的論文《歐洲新移民小說的「文革」敘事》。〔註1602〕

8月1日，《新世紀劇壇》2012年第4期刊發牛鴻英的文章《藝術創造的互文與交響——從〈車站〉與〈等待戈多〉的對比看高行健戲劇的民族性》。

文章指出：在上世紀80年代探索戲劇的實踐者中，高行健無疑是最傑出的代表人物之一。他的劇作《絕對信號》、《車站》、《野人》等，均以大膽的舞臺形式創新和對現實問題的敏銳表現而備受爭議。特別是因內容的「存在主義」傾向而遭到禁演的《車站》（無場次多聲部抒情喜劇），被認爲是荒誕派劇作家貝克特《等待戈多》的簡單模仿，但高行健卻並「不想重複貝克特已經做過的事情」，他斷然拒絕把自己和貝克特作無原則的比附，並聲明「我不打算像貝克特那樣去思辨，去談哲學。這個戲自始至終訴諸人們日常生活的經驗，而不是觀念。」儘管藝術創造的姿態與立場不盡相同，但作爲立足於現代精神向度對人類生存進行的思考，這兩部作品互相輝映閃爍，以互文的方式，在對「等待」的追問中體現了各自獨特的民族文化取向與審美價值追求。〔註1603〕

〔註1600〕楊煉編《高行健作品研究：逍遙如鳥》第87～97頁。羅多弼是瑞典漢學家。
〔註1601〕來自華藝臺灣學術文獻數據庫。
〔註1602〕《濮陽職業技術學院學報》2012年第3期第87～88頁。
〔註1603〕《新世紀劇壇》2012年第4期第8頁。

　　該文以「荒誕主題中的悲喜基調」、「顯示情境中的正反取向」、「風格建構中的互文交響」三部分進行分析論述。

　　8 月 20 日，《華文文學》2012 年第 4 期刊發劉劍梅的文章《莊子現代命運概說》。

　　文章摘要：莊子在現代中國經歷了一個和現代知識分子大體相同的命運，其命運充分體現了個體精神在中國的浮沉，折射出中國文學在二十世紀的跌宕起伏，以及中國知識分子複雜的思想變遷和坎坷的精神歷程。

　　劉劍梅指出：莊子精神的核心就是突出個體、張揚個性、解放自我的精神。莊子是最早的把個體存在區別於群體存在的中國哲學家。李澤厚說，莊子「關心的不是倫理、政治問題，而是個體存在的身（生命）心（精神）問題」。徐復觀也指出「莊子爲求得精神上之自由解放，自然而然地達到了近代之所謂藝術精神的境域」。正因爲如此，可以說，莊子在現代中國的命運，正是中國個體存在、個體自由、個體精神的命運。莊子的命運很大程度上，折射著中國文學在二十世紀的起落浮沉，以及中國知識分子複雜的思想變遷和坎坷的心路歷程。〔註 1604〕莊子在現代中國的命運大致經歷了下列幾個不同的歷史時期：第一，莊子的「新裝」時期；第二，莊子夢的破滅時期；第三，莊子的厄運時期；第四，莊子的回歸時期；第五，莊子的凱旋時期。〔註 1605〕

　　莊子的凱旋時期。2000 年的諾貝爾獎得主高行健，通過《靈山》的寫作，通過《逍遙如鳥》的詩歌實踐，把莊子的大自由、大自在精神發揮到登峰造極的地步。他發現，莊子乃是從中國官方文化與正統文化網羅中站立起來的異端文化，兩千多年前的莊子早就佔領了人類自由精神的制高點。中國現代文學史與莊子的關聯始終未斷，或褒或貶，或頌或刺，或宣傳或批判，但是沒有一個作家像高行健這樣明確地界定莊子的精神乃是個性飛揚的大自由精神。高行健不是一般地肯定莊子，而是充分認識到大逍遙便是大自由精神。他暗示，靈山在內不在外，要通過內心的覺悟才能找到靈山，也就是說，大自由不是他人給予的，而是自給的，自由在自己的心中，要靠自己把它開掘出來。高行健的「自救」精神，與莊子精神息息相通，高行健不僅回歸自然，而且再造一個自然，文學藝術賦予「再造」的可能性。高行健把自己的創造

〔註 1604〕劉劍梅著《莊子的現代命運》第 11～12 頁，商務印書館，2012 年 9 月北京第 1 版第 1 次印刷。
〔註 1605〕劉劍梅著《莊子的現代命運》第 19 頁。

視爲再造的伊甸園。現實生活中沒有自由，只有在文學領域中，作家才超越現實的種種束縛充分得到大逍遙和大自由。所以，高行健的成功，乃是現代莊子的凱旋。〔註1606〕

　　8月，《棗莊學院學報》2012年第4期刊發李永求的文章《高行健短篇小說〈母親〉分析》。

　　摘要：高行健短篇小說《母親》寫於20世紀80年代初期，小說的語言和敘事風格都有創新。儘管強調敘述語言的重要，但是該小說還是帶有一定故事性的。這篇小說的背景是令人發冷的，但所表達出的感情卻是持久的、感人的。儘管作者多次表明自己在母親去世後很少想起母親，但從敘述文字中可以看出作者對母親深厚眞摯的情感，這種情感帶有強烈的悔恨和譴責。

　　作者爲韓國外國語大學校中文學院教授。〔註1607〕

　　8月，《中國比較文學》2012年第4期刊發劉洪濤的論文《世界文學觀念的嬗變及其在中國的意義》。〔註1608〕

　　9月，劉劍梅的著作《莊子的現代命運》由商務印書館初版，書中的第十章爲「現代莊子的凱旋——論高行健的大逍遙精神」。

　　劉劍梅指出：80年代初現了莊子精神在當代文學創作中的回歸現象，這一回歸最大的結果，就是文學創作中政治意識形態的淡化，文學重新返回對個體生命的關注。也可以說，是從「人的政治化」返回「人的自然化」。汪曾祺小說中所描述的「市井中的莊子」，追求的是充滿溫馨的人際自然關係，這種人際關係逃離了政治陰影，也不被外界的商業氣息所左右，跟莊子所講的「自然」相通；韓少功早期的作品《爸爸爸》嘲諷的是中國當代政治生活中的病態價值判斷，從哲學上說，支持韓少功的是禪的「不二法門」和莊子的齊物論，但當時他還是延續了魯迅關懷社會的批判精神，看到更多的是民族的劣根性，可是到了90年代後，他就完全回歸到「人與自然」的原始的和諧關係中；阿城的小說爲我們展示了幾個「在政治高壓下的莊子」，這些莊子們本是「自然人」，他們即使生活在政治高壓的社會環境中，也通過保持「人的自然化」抗拒異化特別是政治化，從而爭得心靈自由和持守清高的人格。這三位作家的作品都體現了道家「回歸自然」的思路。

〔註1606〕《華文文學》2012年第4期第109頁，2012年8月20日出版。
〔註1607〕《棗莊學院學報》第29卷第4期第22～26頁，2012年8月出版。
〔註1608〕《中國比較文學》2012年第4期第9～21頁。

　　然而，汪曾祺、阿城、韓少功這種「回歸自然」的思路仍然是一種「消極自由」，並非「積極自由」，而他們宣傳的「尋根」也不是一種普世概念。就汪曾祺、阿城而言，他們的尋根，重心在於恢復漢語的語言魅力，也就是掃除歐化痕跡，尋求漢語自然流暢的古典韻味，這並不是從哲學上探索莊子的本眞精神。可以斷言，這幾位優秀作家並未在思想史層面上認識到莊子的偉大眞諦，即沒有認識到莊子乃是中國開創逍遙精神即大自由、大自在精神的第一位偉大哲學前驅，這一點，最後由靈山作者來完成，所以我要說，靈山作者的成功，乃是現代莊子的凱旋。〔註1609〕

　　第十章分爲以下三小節：《靈山》：內心的自由象徵；《逍遙如鳥》：「逍遙遊」的現代表述；《遊神與玄思》：大自在主體的天馬行空。〔註1610〕

　　書中寫道：

　　《靈山》創作於20世紀80年代末期。這部小說從創作技巧上說，是以人稱代替人物、以心理節奏代替故事情節的新文體嘗試；而從精神內涵而言，它則是一部大文化小說。這部作品的文化理念非常清楚。它呈現的是中國主流文化（儒家文化）之外的四種文化：士人的隱逸文化；道家的自然文化；禪宗的感悟文化；失傳的民間文化。四種文化血脈相通，通就通在：首先它們都是非官方文化，非主流文化，都拒絕專制，嚮往自由，既不接受專制的束縛，更不爲專制唱頌歌；其次它們都更重視個體生命，都尋找更廣闊的個人空間。正是因爲不被「主流」理念所束縛，所以從根本上說，四種文化的內核，乃是莊子那種張揚個體解放、個人逍遙的大自由文化。

　　跟汪曾祺、韓少功阿城一樣，靈山作者在代表作《靈山》中也非常關注「自然」，他不僅關注「外自然」，還關注了「內自然」。《靈山》實際上是一部內心《西遊記》。小說中的我分爲「你、我、他」三個主體，千變萬化，像自由的孫悟空。作者尋找靈山的過程，乃是在內心解脫的過程，走出精神囚牢的過程，即內心擺脫被外物所役、回歸自由逍遙的過程。他在都市繁華之地，活像精神囚徒。而來到西南的蠻荒之地，或在原始森林中，倒是得了大自在。

　　《靈山》這部小說共寫了81節，暗示歷經81波。整個西遊的過程，是內心對話的過程，也是尋找「靈山」的過程。「靈山」的隱喻內涵，象徵意蘊

〔註1609〕劉劍梅《莊子的現代命運》第296～297頁。
〔註1610〕劉劍梅《莊子的現代命運》第297～315頁。

是什麼？作者最後找到靈山了沒有？通讀《靈山》，感悟《靈山》，我們可以明白：「靈山」在內不在外，靈山所象徵的精神乃是內心大自由的精神。靈山可以闡釋爲菩薩山，也可以闡釋爲逍遙山、自由山、自在山。靈山的結尾是一隻青蛙一眨一眨的眼睛，作者沒有寫出答案，他讓讀者去體悟。我們能體悟到的是：靈山並非外在的上帝，而是內在的自由心靈。劉再復說：「靈山原來就是心中的那點幽光。靈山大得如同宇宙，也小得如同心中的一點幽光，人的一切都是被這點不熄的幽光所決定的。人生最難的不是別的，恰恰是在無數艱難困苦的打擊中仍然守住這點幽光，這點不被世俗功利所玷污的良知的光明和生命的意識。有了這點幽光，就有了靈山。」同樣，我們也可以這樣理解：靈山便是內心的覺悟。內心覺悟到自由便是找到了靈山，內心不覺悟，便永遠找不到自由，也找不到靈山。自由完全是自給的，不是他人給的，也不是上帝賜予的。換句話說，通往靈山之路即通往自由之路，要靠自己尋找，自己去走出來，而不是靠他人指點「迷津」。

　　作者的「靈山」眞理乃是「打開心靈的大門，把『佛』請出來，把自由請出來」的眞理，這種大徹大悟衝破一切外界的限制，穿越了世俗價値體系所設置的障礙，最接近莊子大逍遙的精神。〔註 1611〕

　　莊子在《逍遙遊》中所體現的精神，乃是個體精神飛揚的精神，即不被現實世界的各種「小知」、各種既定觀念所限定的精神。這種精神滲透到靈山作者的每部作品，滲透到《靈山》和《一個人的聖經》，滲透到他的所有戲劇作品。靈山作者在 2009 年所寫的詩《逍遙如鳥》，便是一首現代「逍遙遊」，僅此題目，就知道他張揚的乃是如大鵬的逍遙精神，即大自由精神。旅居法國的張寅德教授認爲這首詩「不能不說是對莊子的鯤鵬寓言一種直接的借鑒和改寫。高行健用濃縮的現代語言詩化了大鵬振翅扶搖，遨遊千里的意境，同時點出了『遊』這一主題在其作品中的重要地位。的確，靈山作者的《逍遙如鳥》，正是表現大逍遙即大自由的莊子精神。他把逃亡和自我邊緣化等看似消極的人生走向，通過大鵬展翅逍遙的意象，化作積極自由的精神張揚出來。〔註 1612〕

　　靈山作者一面高揚莊子精神，一面又與莊子區別開來。最根本的區別是莊子表現個體自由精神時，並未面對個人的實際生存處境和自我在社會關係

〔註 1611〕劉劍梅《莊子的現代命運》第 297～301 頁。
〔註 1612〕劉劍梅《莊子的現代命運》第 301 頁。

網中的種種困境，而靈山作者則給予正視和面對，因此，他才明白地說，人畢竟不是大鵬，人不得不生活在無所不在的、糾纏不息的日常紛擾中。而在這種無所不在的政治領域和人際關係中，人根本沒有自由。換句話說，在此沉重的現實關係中，大鵬根本沒有展翅高飛、任意逍遙的自由。正因為正視、面對這一處境，靈山作者強調地說明了兩個要點：第一，莊子的大逍遙即大自由精神並不存在於現實世界，它只存在於精神價值創造領域中，尤其是文學創造領域中。第二，即使在精神價值創造中，也必須承認一個前提，即承認人是「脆弱人」，而不是尼采所說的「超人」。只有這樣，文學創作才能寫出真實的人。〔註 1613〕

在靈山作者的另一首詩《遊神與玄思》中，他採用「你」和「我」的人稱來表現同一個主人公，而這個主人公在某種程度上跟《靈山》中的「你」、「我」、「他」來表達的主人公幾乎是同樣一個人，也可以說，這個人就是靈山作者自己的多重主體的體現。〔註 1614〕

再造一個自然，再造一個心中的伊甸園，只能在自身的內宇宙中，再造外自然是妄念，再造內自然則是一種可能。這種再造，不是改造現實世界的那種烏托邦妄念，而是內心自由創造的能動性。文學領域之所以是最自由的領域，就是它提供了這種創造的形式。作家、詩人去掉外在的各種妄念，拒絕充當「超人」似的瘋子，也拒絕各種烏托邦，卻可以在內心的伊甸園中充分逍遙、充分優游，充分「再造」……只有文學才能賦予作家真正的自由，所以文學一定要擺脫政治功利和市場法則——這恰恰也是莊子逍遙的精神。可以說，靈山作者所堅持的純粹的文學精神最接近莊子的藝術精神。靈山作者其實點明了一條當下文學最可行的「逍遙之鳥」的大自由之路。這是一條切實可行的精神之路，也是詩人作家最可引為自豪的路。〔註 1615〕

從「回歸自然」走向「再造自然」，從逃亡到建構，這便是真正的靈山作者，這便是超越汪曾祺、阿城、韓少功的靈山作者，也正是超越尼采、超越後現代主義的靈山作者。

有人評價說靈山作者為中國小說和中國戲劇開闢了新的道路。靈山作者的創作的確具有巨大的原創性。而他的原創，正是得益於西方作家所沒有的

〔註 1613〕劉劍梅《莊子的現代命運》第 305 頁。
〔註 1614〕劉劍梅《莊子的現代命運》第 308 頁。
〔註 1615〕劉劍梅《莊子的現代命運》第 311～312 頁。

思想資源，這就是莊子、老子、慧能等先輩提供的中國文化資源。在這些資源中，莊子的逍遙精神是個關鍵。所以我說，靈山作者的成功，乃是莊子的凱旋。20 世紀中，莊子經受了改造，經受了變形，經受了審判，經受了論辯，最後他化為蝴蝶，飛到靈山作者身上，促成了一個擁有高度精神自由的作家的誕生。應當說，這是中國文學的光榮。而在這種光榮中，莊子也有一份功勳。莊子的現代命運雖然坎坷，但最後的結局是美麗的。〔註 1616〕

　　該書出版時，「高行健」被寫成「靈山作者」。劉再復告訴筆者，該書出版前，商務印書館負責人為了躲避政治審查，建議劉劍梅刪除第十章的內容，劉劍梅不同意，說如果刪除將影響書的完整性。劉再復出國後「告別革命」，學會妥協，建議以「靈山作者」代替「高行健」，於是劉劍梅的書順利在中國大陸主流出版社出版。〔註 1617〕

　　10 月 10 日，鳳凰衛視報導「作者身份敏感　《絕對信號》2012 年復排未獲通過」。〔註 1618〕

　　根據鳳凰衛視 2012 年 10 月 9 日《騰飛中國》的部分文字實錄如下：

　　何亮亮：今年 9 月 19 日是中國話劇非同凡響的一個紀念日，30 年前的這一天，林兆華導演的話劇《絕對信號》在北京人藝上演，這是中國第一部真正意義上的小劇場話劇，《絕對信號》的誕生也拉開了小劇場話劇運動的序幕。

　　從《絕對信號》可以看出探索劇的發展首先在於新時期以來人們的意識的覺醒，人性的復歸和生活價值的認知，值得一提的是這個話劇的兩個作者，一位是高行健，他參與或者獨立創作的話劇作品在八十年代的話劇舞臺具有無可替代的領軍位置。另一位作者劉會遠，當時是鐵路文工團的編劇，他的父親就是中國改革開放的重要人物副總理谷牧，有人說就在谷牧領導對外開放的同時，他的兒子劉會遠也開始了大膽的戲劇改革。

　　如今，這兩位作者都淡出了人們的視線，其中，高行健雖然因為在法國獲得了諾貝爾文學獎而揚名海外，卻因為種種原因在祖國遭遇寒流，而今年，北京人藝原定復排《絕對信號》，以紀念小劇場話劇 30 週年，但最終也未能通過。

　　10 月 20 日，《華文文學》2012 年第 5 期刊發劉再復的文章《膽識兼備，

〔註 1616〕劉劍梅《莊子的現代命運》第 314～315 頁。
〔註 1617〕此乃 2017 年 12 月中旬在澳門時，劉再復與筆者交談時談及的往事。
〔註 1618〕News.ifeng.com/history/phtv/tfzg/detail_2012_10/10/18138799_0.shtml

方爲境界——莊園〈女性主義專題研究〉序》。

劉文中開篇這樣說：

也許是 2009 年冬季，也許是 2010 年春天，我收到莊園的約稿信。那時她是《華文文學》副主編（主編易崇輝），說她和崇輝計劃做我、李澤厚和高行健的「專輯」，請我支持。做前兩者的專輯，其他刊物已有先例，而做高行健的專輯，則屬於「敢爲天下先」。此事一下子打動了我。行健是我的摯友，他的作品已翻譯成四十多種文字。因爲他的才華，我們的母親語言更是走近世界的各個角落。三十年來，我作爲他的讀者和評論者，一直注視著他的腳步，親眼看到他在小說、戲劇、繪畫、美學、詩歌、電影等全方位走上世界的巔峰。他遠離政治，人生唯一的焦慮是尋找諸多領域進一步創造的可能性。可是在他獲得諾貝爾文學獎之後，故國的文壇卻不敢面對，連我對他的評論也不敢面對。此事一直讓我困惑。沒想到在行健兄獲獎 10 年之後，竟有一位名叫「莊園」的知識女子，帶著不同反響的眼光對我說：我們就是要推出高行健專輯，只要你能「主持」，我們就敢負責做好。在她與易崇輝的精神鼓舞下，我果然主持了這一專輯，並頗有氣勢地發表於 2010 年第 6 期的《華文文學》上。這項富有詩意的突破，可謂莊園文學批評的大手筆。這一筆意味著膽魄，意味著見識，意味著正義感，意味著文學眞誠，意味著拒絕隨波逐流的獨立人格與批評風格。這一筆是「選擇」，是「判斷」，是「良心」，是「見證」。它不僅見證高行健的部分才華，還見證了莊園的很了不起的心靈境界。〔註 1619〕

10 月，《寶雞文理學院學報社科版》2012 年第 5 期刊發翟源的論文《試論〈靈山〉的美學追求》。〔註 1620〕

10 月，《廣東廣播電視大學學報》2012 年第 5 期刊發張立群、王龍龍的論文《關於 20 世紀 80 年代「現代派」文學的重審》。〔註 1621〕

10 月，《綿陽師範學院學報》2012 年第 10 期刊發李明英的論文《求同與變異：新時期初的現代主義論爭》。〔註 1622〕

11 月，《長江師範學院學報》2012 年第 11 期刊發陳進武、彭麗萍的論文《論高行健〈靈山〉的人性敘事倫理》。〔註 1623〕

〔註 1619〕《華文文學》2012 年第 5 期第 54 頁，2012 年 10 月出版。
〔註 1620〕《寶雞文理學院學報社科版》2012 年第 5 期第 79～82 頁。
〔註 1621〕《廣東廣播電視大學學報》2012 年第 5 期第 86～91 頁。
〔註 1622〕《綿陽師範學院學報》2012 年第 10 期第 13～17 頁。
〔註 1623〕《長江師範學院學報》2012 年第 11 期第 108～112 頁。

12 月，《藝術評論》2012 年第 12 期刊發高音的文章《立此存照——重溫 30 年關於小劇場的幾篇文章幾次對話》。〔註 1624〕

12 月，《新世紀劇壇》2012 年第 6 期刊發劉家思的論文《從劇場性到假定性——論高行健「現場表演劇場性」的理論得失》。

文章主要總結了四個偏失：窄化劇場性的內涵和外延，忽視文本的劇場性；將劇場性營造單純看作是一種純粹的現代戲劇手段的運用；忽視戲劇的精神層面對於劇場性的意義；一味反對斯坦尼斯拉夫斯基體系和易卜生的現實主義戲劇。〔註 1625〕

梁志民和臺灣師大校長張國恩到巴黎邀請高行健爲師大擔任講座教授，高行健說最希望看到《山海經傳》的上演。

梁說：高老師對我們校長說，最想要看到自己的戲能夠上演的就是《山海經傳》。我聽了其實沒作聲，因爲那部戲有七十多個角色，光演員的話起碼要三、四十個人以上。我們校長非常大膽地就說：「好！沒問題！我們師大來做！」我跟所長一聽，就頭低低的默不作聲。後來承蒙校長鼎力支持做這樣的一個戲，因爲七十個角色，我們那時足足用了五十個演員。在劇本上面我幾乎沒有做什麼改動，只刪減了一點點（如十女巫）跟主題比較無關緊要的部分。但是最重大的一個改變，就是把它做成音樂劇。高老師最想把它變成一個音樂劇，因爲我自己過去有二十年音樂劇導演經驗，對我來講不是太大的問題。然後，高老師說，希望演出的形式是搖滾音樂劇，我一聽就傻眼了。但這個傻眼大概就傻了兩秒鐘吧，過了兩秒以後，我就想這個點子簡直是妙不可言啊，只有搖滾音樂劇能夠展現出來上古的這些神話人物那種奔騰的生命、豐富的色彩，以及這些神話裏面的人性跟神性。〔註 1626〕

這一年，盧森堡詩人之春藝術節舉辦高行健詩作朗誦會並放映電影《洪荒之後》，同時由法國大使授予高行健法國文藝復興金質獎章。

意大利出版高行健和意大利作家 Claudio Magris 兩人的論文集《意識形態與文學》。法國出版《夜間行歌》的法文與科西嘉文版。保加利亞索菲亞出版《靈山》保加利亞文譯本。捷克布拉格法國學院贊助出版高行健戲

〔註 1624〕《藝術評論》2012 年第 12 期第 20～25 頁，2012 年 12 月出版。《藝術評論》創刊於 2003 年 10 月，是中國藝術研究院主辦的藝術綜合期刊。

〔註 1625〕《新世紀劇壇》2012 年第 6 期第 14～19 頁。

〔註 1626〕林延澤整理、陳佩甄、彭小妍校訂《呼喚文藝復興——高行健演講暨座談會紀錄》。來自華藝臺灣學術文獻數據庫。

劇集捷克文譯本，收入《獨白》、《彼岸》等七個劇本及戲劇論文，出版《一個人的聖經》捷克文譯本及《靈山》新版。捷克第十六屆紀錄片國際電影節放映高行健的兩部影片並舉辦高行健的電影創作講座。法國巴黎出版高行健長篇和短篇小說的法譯本全集，以及《山海經傳》的法譯本。

法國尼斯現代與當代藝術博物館演出《叩問死亡》。法國巴黎集美博物館放映兩部影片《側影或影子》和《洪荒之後》。瑞士劇場演出《生死界》。臺灣師範大學表演藝術中心演出《夜遊神》，導演梁志民。該校畫廊還舉辦高行健攝影展《尋，靈山》和有關高行健的文學戲劇與繪畫的座談會。澳大利亞演出《彼岸》。韓國首爾演出《生死界》。

畫作參展比利時布魯塞爾博覽會。法國巴黎藝術博覽會、法國畫廊和比利時畫廊同時展出高行健畫作。盧森堡畫廊舉辦高行健水墨個展並出版詩集《美的葬禮》法譯本，譯者杜特萊。〔註1627〕

林兆華帶領唱秦腔的陝西農民劇團和北京現代芭蕾舞團，在香港藝術節演出《山海經傳》。〔註1628〕香港藝術節和恒生商管學院合辦《山海經傳》的研討會。〔註1629〕

林克歡寫作《話劇的八十年代》一文。

林克歡在文章中說：

在一系列的演出中，努力尋找審美現代性與整個社會的現代化進程緊密結合起來的途徑，正是八十年代探索戲劇最值得肯定的寶貴經驗之一。

可惜好景不長。一如二、三十年代，啓蒙與救亡的雙重壓力，使得陶晶孫、向培良、白薇、楊騷、徐訏等一批劇作家，對表現主義、象徵主義、未來主義、唯美主義等現代主義戲劇觀念與技巧的稚拙實驗過早地夭折；提倡新浪漫主義的郭沫若、田漢等名家，也先後轉向遵命文學與現實主義。八十年代先後發生的「批判資產階級自由化」、「清除精神污染」，以及對《假如我是真的》、《車站》、《WM（我們）》等戲的禁演與公開批判，致使一批探索戲劇家從此噤聲或改弦更張，說明了國家政治生活左右搖擺對藝術創作所產生的嚴重影響。九十年代經濟（商業）大潮興起之後，大眾通俗文化大行其是，小劇場與實驗戲劇的藝術探索被擠到社會、文化的邊緣。審美現代性的追求，

〔註1627〕劉再復著《再論高行健》第257～259頁。
〔註1628〕西零《藝術家妻子的簡單生活》，西零著《家在巴黎》序第8頁。
〔註1629〕劉再復著《再論高行健》第257頁。

最終成了少數知識精英難以割捨又難以企及的奢望。

需要說明的是，文中所說的「八十年代」，並不是指嚴格歷史紀年的斷代史，而是泛指從文革結束後到商業大潮興起、商品邏輯逐漸成爲社會生活主導原則這一歷史階段。套用弗雷德里克‧詹姆遜（F‧jameson）在《60 年代斷代》一文中的說法：歷史乃是必然。八十年代只能那樣地發生，其機緣與困局，相互交錯，不可分割。八十年代已成過去。蓬勃滿溢、急切偏至的藝術創造力的大解放，以及它與政治、經濟制約力量的牴牾、扡格、勾連、糾結……也早已成爲歷史的一部分。今日舊事重提，不僅僅是爲了忘卻的紀念，也是爲了與戲劇現狀相比較，思索在主旋律戲劇與商業戲劇的夾擊之下，實驗戲劇還能做些什麼？〔註 1630〕

香港大山文化出版「高行健研究叢書」之二，劉劍梅的著作《莊子的現代命運》。

湖南師範大學王鑫（影視戲劇專業，導師韓學君）提交的碩士論文是《高行健對戲劇現代性的追求》。

論文摘要：高行健作爲我國新時期戲劇史上不可忽略的一名戲劇藝術探索者，在戲劇理論和實踐方面都建樹頗豐。作爲一名戲劇理論家，他倡導的諸多戲劇理念給上世紀 80 年代後的中國戲劇界帶來了改革的春風；作爲一名劇作家，他的許多作品都在當時引起廣泛討論、產生了深遠影響。高行健在戲劇創作時努力讓戲劇回歸到自己的本質，使戲劇重拾它丟掉的戲劇手段，並注重劇場性，強調假定性，重視戲劇的舞臺呈現，讓戲劇回歸到表演的本質，力圖構建「完全的戲劇。」不僅如此，他還積極吸取西方戲劇的營養，從易卜生、蕭伯納的情節劇、契科夫戲劇尤其是布萊希特的敘事劇中發展了對「戲劇性」這一概念的理解，從斯坦尼斯拉夫斯基的戲劇理論和我國傳統戲曲表演方式的對比中追問戲劇的本質，也追根溯源到了巴釐島傳統的民間戲劇和日本的歌舞伎去定義廣義上戲劇的實質。高行健爲新的戲劇形式所進行的開拓性嘗試，就藝術本身而言是功績卓著的。〔註 1631〕

〔註 1630〕《話劇的八十年代》，林克歡此文寫於 2012 年，後刊發於《華文文學》2017
　　　　年第 6 期，2017 年 12 約 20 日出版。
〔註 1631〕中國知網，中國優秀碩士論文全文數據庫。

2013 年　73 歲

2 月，**劉再復、劉劍梅的文章《高行健莫言風格比較論》刊發在汕頭大學《華文文學》2013 年第 1 期**〔註 1632〕、**香港《明報月刊》2013 年第 1、2 期。**〔註 1633〕

兩人對話摘錄如下：

劉劍梅：從漢語寫作的角度上說，高行健是第一個諾貝爾文學獎獲得者，莫言是第二個諾貝爾文學獎獲得者。「國籍」並不重要，「語言」才重要。

劉再復：高行健和莫言都為我們的母親語言（漢語）爭得巨大的光榮，都為中國當代文學在世界精神價值創造的史冊上寫下了輝煌的一頁。我們應當丟開任何政治意識形態的計較，衷心祝賀他們的天才得到歷史性的評價。

劉劍梅：您曾說過，高行健和莫言在您心目中都是「天才」，所以您對他們兩人的文學成就都給予高度的評價，而且是在他們獲獎之前就都給予毫無保留的評價。您在十幾年前就說莫言是「黃土地上的奇蹟」，國內還有人批判您關於「奇蹟」的這一判斷。

劉再復：莫言不僅是中國「黃土地上的奇蹟」，而且是我們這個地球「藍土地上的奇蹟」，他和高行健都屬於全世界。

比較一下高行健和莫言，是個很有意思的題目。高行健與莫言一樣，都是真正的作家、文學家，他們倆最突出的相同點都是把「文學」視為自己的第一生命，絕對生命。他們在動盪複雜的歷史境遇中也表達過政治性態度甚至是政治性行為，但這只是他們為了保護自身文學事業不得不表現出來的姿態而已。莫言談論三島由紀夫的剖腹自殺行為時說，三島的行為絕不是為了「天皇」，而是為了文學。說得很有見地，莫言的一些被非議的行為，也是如此。只要認真讀一讀莫言的作品，就會明白這一點。

劉劍梅：您說高行健最具「文學狀態」。其實，莫言也很具「文學狀態」，他們倆都是徹頭徹尾的文學中人，全副生命都投入文學。莫言當上「作協副主席」，其實是作協需要莫言，而不是莫言需要作協。但莫言掛上這頂小烏紗帽，倒是保護了自己的文學。

劉再復：許多很有才華的作家，寫作時才華橫溢，縱橫天下，但在政治上很幼稚，他們在政治壓力面前往往不知所措。我們不應當苛求作家。我認

〔註 1632〕《華文文學》2013 年第 1 期第 13 頁，2013 年 2 月 20 日出版。
〔註 1633〕劉再復編、李澤厚、林崗、杜特萊等著《讀高行健》第 78～89 頁。

爲，對於天才人物，應當格外珍惜，格外保護。這種保護，從根本上說，就是應當忽略天才的弱點，諒解天才的「幼稚」，讓天才充分發光發熱。因爲天才的某些「多餘」行爲而扼殺天才，乃是一個民族的不幸。

高、莫的相同處，除了都以文學爲絕對生命之外，還有一個共同點，是他們的作品都具有高度的原創性和獨特性。我一再說，偉大作家共同的「文本策略」只有一個，那就是把自己的發現、自己的手法、自己的風格、自己的思想情感推向極致。能推向極致，才能擺脫平庸。所有的天才都是怪才。四平八穩既是詩歌的死敵，也是小說的死敵。莫言說，文學便是「在上帝的金杯裏撒尿」，也就是說，文學最重要的精神就是敢於突破權威，衝破禁忌、衝破金科玉律的原創精神。高行健的《靈山》，以人稱代替人物，以心理節奏代替故事情節，這是破天荒的小說創造，他的《生死界》，把不可視的「心相」展示爲可視的舞臺形象，也是破天荒。他的水墨畫，不表現「色」，而表現「空」，又是一絕。

劉劍梅：您曾說過，天才之法乃爲「無法之法」。高行健、莫言只抓住文學的基本法（您說的「心靈、想像力、審美形式」等三要素，其餘的便自由發揮，自由想像，不拘一格。文學是最自由的領域，他們眞把自由情感、自由想像發揮到極致了。

劉再復：原創，包括創造內容和創造形式，更爲重要的是創造形式。高行健在戲劇上創造了很多形式。莫言在小說寫作中也創造了很多形式。情感的充沛、飽滿和大氣象也是形式，這是莫言的形式。

高行健與莫言的區別很大。可以說，這是完全不同的兩種文學風格，兩種完全不同的文學類型。我曾把高行健和魯迅做過比較，認爲魯迅是「熱文學」，高行健是「冷文學」。這一說法也可以用於高行健和莫言。莫言顯然屬於熱文學，而高行健則是冷文學。所謂熱文學是指熱烈地擁抱社會現實，熱烈地擁抱社會是非。不管作家自己是否意識到，他實際上是參與社會的熱情很高，甚至是充滿改造社會的激情。莫言正是這樣的作家，莫言自己也承認深受魯迅的影響。不過，魯迅始終未曾寫出長篇小說，而莫言則寫了十一部，眞了不起。莫言特別喜歡魯迅的《鑄劍》，這部神奇的小說顯然給莫言的藝術創造帶來許多啓迪，但從總體上說，莫言的「熱」狀態，與魯迅相似。而所謂冷文學，則拒絕熱烈地擁抱社會是非，更不干預社會生活，它只冷觀社會，見證人性。冷文學不是冷漠，而是把熱情凝聚於內心，然後「冷眼向洋看世界」（毛澤東語）。而熱文學則是這一詩句的下聯，即「熱風吹雨灑江天」。高

行健屬於冷文學，然而，他並非沒有關懷，只是先把自己從現實是非中抽離出來，然後用哲學家的眼光審視這些是非，他更強調文學的超越性。無論是熱文學還是冷文學，都需要有真實的內心，都應當正視真實的歷史與現實社會。

劉劍梅：這兩種不同風格，不同類型的文學都有很高的價值，不必褒此貶彼。文學應該是多元的，既有入世的，又有出世的；既有土地精神、農民精神的再現，又有知識分子往內心探尋的思索。

劉再復：在日本，大江健三郎屬熱文學，川端康成屬冷文學；在法國，巴爾扎克屬熱文學，福樓拜屬冷文學；在德國，歌德屬熱文學，荷爾德林屬冷文學。兩者都有很高的價值。我說過，莫言很像巴爾扎克，創作力極為旺盛。巴爾扎克被債務所逼，拼命寫作，生命力充分燃燒。福樓拜則躲到一邊推敲他的作品，語言極為節制，但巴爾扎克和福樓拜都是法國文學的巔峰。

劉劍梅：高行健卻是不同於莫言，他的筆調十分冷靜，我在《莊子的現代命運》一書中以「高行健：現代莊子的凱旋」作結束，覺得高行健就是典型的現代莊子，他把大逍遙、大自在的精神發揮到極致。莫言與莊子毫不相干，但也不能用「儒」來描述他，我覺得他是中國當代文學中的大俠，甚至是變幻無窮的孫悟空。

除了「熱文學」與「冷文學」的大區分之外，高行健與莫言還有什麼大的不同？

劉再復：與冷、熱這一基本區別相關的是，高行健作品體現的是「日神」精神，而莫言體現的則是「酒神」精神。尼采在其名著《悲劇的誕生》中提出「日神」和「酒神」這兩大概念。「日神」精神的核心是「靜穆」；「酒神」精神的核心則是狂歡。魯迅在《且介亭雜文二集》中批評了朱光潛先生所喜愛的「靜穆」之境，這正是「日神」精神。

劉劍梅：「日神」精神偏於理性，「酒神」精神偏於感性。

臺灣選擇了高行健的《母親》、《朋友》等作品作教材，其實，《靈山》的許多章節都是中學語言課極好的教材，語句簡潔，語法規範，宜於文本細讀和文本分析，而莫言的作品則較難作為中學教材，但有些作品如《透明的紅蘿蔔》、《白狗秋韆架》、《糧食》等，也是大學生與中學生可以好好閱讀的文學範本。

劉再復：高行健是個藝術型的思想家，善於形而上思索，作品中充滿理性精神，但他的思想不是概念，不是教條，而是血肉的蒸氣，如同化入水中

的鹽。他的戲劇其實是哲學戲，許多劇本乃是對存在的思辨，或者說，是對荒誕的思辨。他的戲也有表現現實社會的荒誕屬性的，如《車站》，但多數戲劇是對荒誕的思辨。而莫言則完全沒有思辨，他只寫現實社會的荒誕屬性，《酒國》、《生死疲勞》、《蛙》等長篇把荒誕屬性表現得極為精彩。在我國當代文學中，能與《酒國》比肩的、描寫現實社會荒誕屬性的長篇，恐怕要數閻連科的《受活》和余華的《兄弟》。

劉劍梅：薛憶溈在《遺棄》中說他（主人公）「對飢餓沒有感覺，對荒誕很有感覺」。這句話也可以用來詮釋莫言與高行健的區別。莫言是對「飢餓」大有感覺，特有感覺，並把飢餓表現得驚天動地的作家，而高行健則是在「吃飽了肚子」之後對荒誕的存在展開思索。這是人類溫飽解決了之後也是精神精緻化之後的寫作現象。

劉再復：這就涉及高、莫風格的第三大區別。簡要地說，高行健更多地體現了「歐洲高級知識分子的審美趣味」（這 · 說法是李歐梵教授最先道破的）；而莫言則更廣泛地體現本土（中國）大眾與小眾的綜合趣味。也可以說，高行健屬於高雅文學，而莫言則屬於「雅俗共賞」文學（不是簡單的俗文學與大眾文學）。在高行健的作品中，我們可以聞到許多「洋味」，而莫言的作品中則可以聞到許多「土味」——泥土味。高行健的《週末四重奏》，在法國喜劇院演出時，座無虛席，法國高級知識分子聞之如癡如醉，但要是放在中國演出，恐怕沒幾個人看得懂。這部戲表現吃飯喝足之後的「現代人」在人生最蒼白的瞬間的所思所想，兩對情侶在週末相聚，講的幾乎全是「廢話」，卻淋漓盡致地展示了心靈虛空的內在景象。

劉劍梅：高行健創作，尤其是戲劇創作，首先是被歐洲所接受，然後再為全世界所注目。

劉再復：不過《絕對信號》、《車站》、《彼岸》、《野人》首先還是在中國演出，也為同胞們所接受。只是出國後那些更加內向、更加形而上化的戲劇作品，就只能是具有「高級審美趣味」的歐洲精英們才能「喜聞樂見」了。

劉劍梅：前不久我到臺灣參加「第二次文學高峰會」，會下曾和閻連科談及莫言，他的一句話對我很有啓發。他說，「高行健更多哲學味，莫言則更接近地氣。」這個說法既形象又準確，也很傳神。鄭培凱教授的總結我也很贊成，他說，「高行健代表中國知識分子向內心深處探尋的傳統，莫言則是中國民間文化傳統的最好的代表。」的確，高行健屬於曲高和寡，向內心探尋，

具有很深刻和豐富的禪意，沒有一定的東西方文化修養恐怕很難讀懂他的作品，而莫言顯然與故鄉的山川土地連接得更緊密，也與故國的工農大眾連接更緊密。高與莫正好代表了中國文化傳統中的兩大重要脈絡。莫言作品的「地域性」極強，他筆下的高密家鄉是他創造的靈感和源泉，既承接了中國「鄉土文學」的傳統，又給這一傳統帶入了狂歡和魔幻的色彩；而高行健作品更側重於「漂流性」，他的主人公是世界公民，永遠都在漂流，不認同任何地理意義上的國家民族觀念，也不認同任何主流文化，在漂流中向內心追尋和感悟。

劉再復：莫言是現代中國最偉大的鄉土作家，但他又超越鄉土，見證普遍人性，從而贏得很高的普世價值。

劉劍梅：與莫言的「地氣」相比，高行健讓我感受到更多是「心氣」，也可以說是「靈氣」。用您的語言表述，高行健與莫言這兩位大作家都不是用頭腦寫作，而是用「心靈」寫作或用「全生命」寫作。相比之下，高行健更多地表現出「心靈寫作」的特點；莫言則更多地體現「全生命寫作」的特點。「全生命」包括潛意識。

另外，我也想談談高行健和莫言作品中不同的女性視角和關懷。高行健《靈山》中的「她」其實是一個個與「我」有性愛關係的女子，她們的面目其實是模糊的，只是敘述者「我」以色悟空、通過男女情愛來進行禪悟的中介。莫言的女性視角在《豐乳肥臀》中表現得比較鮮明，媽媽的角色代表了中國這塊土地被無數次政治暴力摧殘蹂躪後仍然頑強存在的土地精神，女兒們也比媽媽唯一的兒子上官金童更有血性，敢愛敢恨，不過這些女性還主要傳播了她們丈夫們的意識形態，自己的聲音還不夠鮮明。莫言對女性的關懷比高行健更具體，也更廣博。高行健的女性是他禪悟的中介，通過她們尋找靈山，尋找內心的大自由。

劉再復：你最近把研究重心從古代文學、現代文學轉向當代文學，我支持你。有些人以為古典研究才有學問，瞧不起當代研究，其實，當代文學研究更難，它除了需要大量的閱讀工夫之外，還需要敏銳的「藝術感覺」。沒有藝術感覺，什麼都談不上。我已「返回古典」，醉心於《紅樓夢》，但還是放不下對當代文學的喜愛。我從高行健與莫言這兩位作家身上學到許多東西，得到許多啓迪。我真感謝這兩位天才朋友。〔註 1634〕

〔註 1634〕劉再復編《讀高行健》第 78～89 頁。

2 月 20 日，林克歡評論高行健的論文《演員三重性：一種美學？還是一種技法？》和《回到過去與拓展未來──〈山海經傳〉觀後》刊發在汕頭大學《華文文學》2013 年第 1 期。〔註 1635〕

「演員三重性」摘要：高行健主張「戲劇三重性」或「演員三重性」。他認爲，在演員和角色之間，存在一個「不帶有獨特性格和經驗的中性演員」（中性的自我）。他將這「中性的自我」說成是演員進入角色過程的「中介」，又說成是從扮演者到他扮演的角色的「過渡」狀態。他一再說，這種演員三重性是他觀察、分析中國傳統戲曲演員的表演所發現的。本人認爲表演藝術的堂奧，演員表演的心理過程十分微妙、十分複雜，至今仍無法用理論（邏輯思維）完全說得清楚。〔註 1636〕

「山海經觀後」摘要：有論者認爲高行健在《山海經傳》中，「把散漫的神話傳說轉化成鴻篇巨製，建構一個藝術的中國古代神話體系。」本文則懷疑其可能與必要。〔註 1637〕

2 月，《中文學術前沿》2013 年第 1 期刊發虞越溪文章《諾獎評價標準的意識形態性──莫言與高行健「授獎詞」比較》。

摘要：國內對莫言和高行健的獲獎態度大相徑庭，大部分是由於政治的因素；諾獎對莫言和高行健的青睞，實際上也是偏重於意識形態的考量。通過對莫言與高行健諾獎授獎詞的比較，可以看出諾獎評價標準是基於「西方中心主義」的意識形態性的。聯繫 20 世紀蘇聯作家獲諾獎情況和相關的「授獎詞」，我們大可不必過分仰視或神化諾獎。中國文學創作與發展，應該超越民族自負與自卑，重塑文學的自尊與自持。〔註 1638〕

作者單位爲浙江大學中文系。

2 月，《社會科學》2013 年第 1 期刊發裴毅然論文《莫言獲「諾獎」原因及後期效應》。〔註 1639〕

3 月 16 日，戲劇導演牟森在上海給中國美院跨媒體學院的部分學生做了一個講座，主題是「《彼岸》20 週年」。從 1993 年開始做高行健編劇的《彼岸》，到 2013 年，剛好是 20 年。

〔註 1635〕《華文文學》2013 年第 1 期第 7～12 頁。
〔註 1636〕《華文文學》2013 年第 1 期第 7 頁。
〔註 1637〕《華文文學》2013 年第 1 期第 11 頁。
〔註 1638〕《中文學術前沿》2013 年第 1 期第 46～50 頁。
〔註 1639〕《社會科學》2013 年第 1 期第 181～184 頁。

西岸 2013 建築與當代藝術雙年展由中國美院跨媒體藝術學院和上海西岸集團合作，當代藝術部分的總策展人是高士明，他邀請牟森參加並重新排演《彼岸》。高士明認爲，1993 年是中國當代藝術標誌性的年份。「整個中國，上個世紀 80 年代向 90 年代轉型，是從 1993 年開始的」〔註 1640〕（這樣的界定，可能與 1992 年鄧小平南巡講話相關，筆者按）。牟森說，高士明的提起《彼岸》二十週年之後，「我專門又聽了崔健的《彼岸》，淚流滿面，二十年過去，這首歌就好像是爲今天的中國而寫。」〔註 1641〕

之後因爲場地等原因，他們放棄了對《彼岸》的重排。高士明安排牟森給學生做講座，並讓他爲《新美術》雜誌寫一篇關於《彼岸》的稿子，算是對它上演二十週年做一點回顧和紀念。牟森說：20 年後，我自己更願意從發生學的角度回看它，將各種因果鏈條逐一簡要梳理。二十年前爲什麼會排這麼一齣戲？它是怎麼排出來的？它的上演有怎樣的後果？等等。」〔註 1642〕

3 月，葉志良的著作《絕對信號：轉型期中國戲劇藝術思潮》一書由武漢大學出版社出版。

該書借用葉挺芳 1988 年發表的一篇文章對高行健的評述，讚譽「高行健是藝術探索的尖頭兵」〔註 1643〕，論及他的《絕對信號》、《車站》、《躲雨》、《模仿者》等劇作。其參考書目都是中國大陸的出版物，沒有涉及高行健 90 年代後在境外出版的文字。

3 月，臺灣期刊《新地文學》2013 年春季號（第 23 期）刊發張憲堂論文《異質空間的老靈魂——馬森和高行健戲劇創作與文論的觀看》。

論文摘要：同樣具有中國文學的深厚涵養，同樣深受法國荒謬戲劇的影響，馬森和高行健以豐富的劇作與戲劇文論，成爲華文戲劇的重要戲劇家。即使二者各自有其創作風格，但從戲劇文論與劇作研究，可從下述四個面向將之並置觀看：一、反寫實的多元化創作。二、傳統與現代的並容。三、戲劇文本的堅持。四、角色人物的創新。總體而論，馬森和高行健二者企圖透

〔註 1640〕牟森《戲劇改變世界嗎？與彼岸有關》，《新美術》2013 年第 6 期第 125 頁，中國美術學院學報 2013 年 6 月出版。
〔註 1641〕牟森《戲劇改變世界嗎？與彼岸有關》，《新美術》2013 年第 6 期第 130 頁。
〔註 1642〕牟森《戲劇改變世界嗎？與彼岸有關》，《新美術》2013 年第 6 期第 126 頁。
〔註 1643〕葉志良，浙江旅遊職業學院教授。葉志良著《絕對信號：轉型期中國戲劇藝術思潮》第 32 頁，武漢大學出版社 2013 年 3 月第 1 版第 1 次印刷。

過眞實與虛幻的異質空間劇場，同樣地以戲劇文論探索戲劇的本質與從中做劇作者自我的觀省。今馬森雖已移居加國，高行健趨向電影的創作，但兩者的戲劇創作與文論提供了戲劇的豐富思考，並爲華文戲劇做出巨大貢獻，堪稱華文戲劇的兩個老靈魂。

作者張憲堂爲臺北城市科技大學數位多媒體系講師。〔註 1644〕

4 月 13 日，劉再復寫作《「高行健莫言比較論」續篇（提綱）》。〔註 1645〕

劉文在此作了高行健和莫言的三個基本區別，作綱要式的「道破」。劉再復說：

高行健是全方位進行精神價值創造的大作家，在我心目中，至少有四個高行健，即小說家高行健、戲劇家高行健、畫家高行健、思想家高行健。與高行健相比，莫言則是突顯型的小說家，他創作了十一部長篇小說，三十部中篇小說，八十多篇短篇小說，不僅數量多，而且品質高。莫言創造了中國現代小說史上最高記錄和最大規模。他雖然也寫散文、電影劇本等，但這些僅是他的小說創作的「邊角料」。在我心目中，只有一個莫言，就是大小說家莫言。

高行健和莫言的作品都有普世價值，都屬於全人類，但高行健的寫作更自覺地進行普世性寫作，而莫言的作品則更富有「鄉土性」特徵。莫言的作品具有明顯的中國文化背景，包括中國的歷史、地理、政治、人文等背景，有些作品甚至有高密鄉（廣義高密）一帶的地域確切性。他很像福克納，立足於鄉土，但又寫出超越鄉土、與全人類相同的共同人性，所以也引起本土之外的其他民族的共鳴。這種寫作方式是「深挖一口井」的方式。高行健則不同，他雖然也觸及中國題材，但不強調中國性，只強調人類性，他的「靈山」在哪裏？完全沒有地域的確切性。他的許多戲劇作品，更是完全消解中國的文化背景，即使是《山海經傳》和《八月雪》，也完全消解了中國的政治歷史內涵，只見證後來如此和普世皆有的人性與人類的生存狀況。他的《彼岸》、《逃亡》、《對話與反詰》、《生死界》在世界各地演出，被各種民族所接受，原因就在於這些作品在哲學上觸及的是普世的共同焦慮，書寫的是當今人類普遍的困境、普遍的人性、普遍的命運。它不僅消解了具體的中國文化背景，也消解了法國文化背景。即使描寫中國題材的小說和戲劇，也像他的

〔註 1644〕來自華藝臺灣學術文獻數據庫。
〔註 1645〕劉再復編、李澤厚、林崗、杜特萊等著《讀高行健》第 90〜93 頁。

水墨畫一樣，用的只是中國的材料（中國的紙張、毛筆、墨汁等），但是呈現的是完全消解中國歷史文化背景的普世內容。

第三個巨大區別是莫言極善於講故事而高行健則刻意消解故事。莫言滿肚子幽默，他講故事講出大結構、大氣象，他寫出了中國大地上最豐富的現代傳奇。高行健揚棄傳統的敘事觀念，而實驗各種新的敘事可能性，超越了講故事的方法，創造了世界文學史上未曾有過的一些非故事小說、非人物小說，和許多非人物非故事劇本，即把人物非人物化。高行健的劇本《對話與反詰》、《生死界》、《夜遊神》中的人物形象，都是非人物存在，其中的主人公，她（他）們只是一種人性存在。這些「存在」有性情、有內心、有語言，但沒有國籍、沒有身份，沒有姓名，沒有文化歸屬，呈現的全是人性深層的豐富、複雜與奧秘，以及靈魂的經歷與靈魂的深度。特別有意思的是，儘管莫言大講故事，高行健擺脫故事，但兩人殊途同歸，都顛覆了傳統的權力敘事慣性，都開掘了人性深層最隱秘的東西，而且都獲得歷史性的成功。

4月，《當代作家評論》2013年第2期刊發劉劍梅的文章《文學是否還是一盞明亮的燈？》。〔註1646〕

4月，《衡陽師範學院學報》2013年第2期刊發董岳州的論文《流亡與邊緣——高行健與奈保爾比較》。〔註1647〕

6月，臺灣《聯合文學》月刊2013年第6期刊發「高行健訪臺專輯」。〔註1648〕

6月，牟森的文章《戲劇改變世界嗎？與彼岸有關》刊發在《新美術》2013年第6期。〔註1649〕

該文刊出時，涉及「高行健」的稱呼以「高先生」代替。

7月25日，劉再復的文章《故事的極致與故事的消解——「高行健莫言比較論」續篇》一文刊發在《當代作家評論》2013年第4期。〔註1650〕

7月，在巴黎寫作《關於〈美的葬禮〉——兼論電影詩》一文。〔註1651〕

〔註1646〕《當代作家評論》2013年第2期第14～18頁。
〔註1647〕《衡陽師範學院學報》2013年第2期第105～107頁。
〔註1648〕劉再復著《再論高行健》第260頁。
〔註1649〕牟森《戲劇改變世界嗎？與彼岸有關》，《新美術》2013年第6期第125～131頁。
〔註1650〕《當代作家評論》2013年第4期第11～12頁。
〔註1651〕高行健著《自由與文學》第99～112頁。

　　8 月 2 日，**劉再復**在美國科羅拉多爲高行健的著作《自由與文學》寫序，題目爲《世界困局與文學出路的清醒認識》。〔註 1652〕同一天，**劉再復**還寫作「《讀高行健》編者後記」。〔註 1653〕

　　劉再復在《世界困局與文學出路的清醒認識》中指出：

　　我喜歡聽他說話、演講，原因極爲簡單，因爲他的談論很有思想，而且思想又那麼新鮮，那麼獨到。在當下缺少思想的世界裏，他的每次演講，都如空谷足音，給了我振聾發聵的啓迪。他醉心於文學，認定文學才是自由的天地，一再勸告作家不要從政，不要誤入歧途，但他自己作爲一個具有普世關懷的作家，卻從不避世，而且總是直面人間的困境發表意見。而這些意見既「充分文學」又不僅僅是文學，他觸及到的是時代的根本弊病，是世界面臨的巨大問題，是人類生存的種種困局。

　　如果說「冷觀」是高行健的文學特點，那麼，可以說，「清醒」則是高行健的思想特點。高行健不盡對「人性」具有清醒的認識，而且對世界、對人類生存環境、對文化走向等，也有極爲清醒的認識。他的睿識可以概括爲下述三個基本點：第一，世界難以改造。高行健和我這一代大陸知識人，從小就接受「改造世界」的宏大理念，也可以說是「抱負」與「使命」。這一理念付諸實踐，產生的是烏托邦狂熱與暴力革命崇拜，以爲革命可以改變一切，甚至以爲文學藝術也應該革命，而革命文藝也可以改造世界。與此相應，便在各領域中「推翻舊世界」、將前人一概打倒，將文化遺產統統掃蕩。高行健是我認識的同一代人中，第一個清醒地放下「改造世界」的重負，從而也放下文學可以成爲改造世界之奢望的思想家。高行健一再強調，文學只能見證歷史，見證人性，見證人類生存條件，而不能改造世界，改變歷史，所以文學不應當以「社會批判」爲創作的出發點。倘若以此爲出發點，只會使文學降低爲譴責文學、黑幕文學、黨派文學、傾向性文學，變成政治意識形態的形象注腳或形象轉述。正是因爲放下「改造世界」的妄想，所以高行健既反對政治干預文學，也反對文學干預政治。總之，認定放下「改造世界」的理念重負，才有自由。

〔註 1652〕高行健著《自由與文學》序第 3～10 頁，臺北聯經事業股份有限公司 2014 年 3 月初版，也收入劉再復著《再論高行健》第 117～123 頁，臺北聯經事業股份有限公司 2016 年 12 月初版。

〔註 1653〕《讀高行健》第 311 頁，香港大山文化出版 2013 年 8 月初版。

　　第二，時代可以超越。他明確表示，文學應當關注社會，乃至關注種種社會問題。儘管我們無法從根本上改變時代的條件與社會環境，但可以喚醒人的覺悟，可以超越時代的制約，也即時代所形成的政治條件與經濟條件的制約。政治當然免不了權力的角逐，經濟當然逃不脫利潤的法則，人類社會離不開這些功利的活動，但文學卻可以超越這些功利，而且可以置身於功利活動的局外，退入邊緣而成為潮流外人。這就是作家詩人能做出的選擇，在時代潮流中獨立不移，自鳴天籟。既不從政，也不進入市場；既不接受任何主義，也不製造新的主義與新的幻相。文學可以為時代所不容，但它恰恰可以超越時代去贏得後世的無數知音，這便是文學的價值所在。超越之後作家到哪裏去？高行健告訴我們：文學應回到它的初衷，它的「原本」。文學的初衷是文學產生於人類內心的需要，有感而發，不得而發。文學的初衷本無功利，即無政治、經濟、功名之求。

　　第三，文藝可以復興。儘管世界充滿困境，市場無孔不入，時髦到處蔓延，但高行健確信，文學藝術仍然可以有所創造，有所復興，大有作為。因為文學藝術本來就是充分個人化的活動，一切取決於個人的心靈狀態。天才都是個案，並非時代的產物，文學藝術都是由人去創造的，所謂「復興」，也應由個人去實現去完成。高行健一再說明，文學是自由的領域，但這自由不是上帝的賜予，不是他人的賜予，而是自己的「覺悟」。唯有自身意識到自由，才有自由。從這個意義上說，作家詩人在惡劣的環境中也還可以贏得內心的自由，寫自己要寫的作品，只要能耐得住寂寞。

　　他讓我看到，終於有一個華人作家藝術家，走上歷史舞臺，超越「中國視野」，真正用全球的眼光與普世的情懷觀察與討論當今世界的困局，而且在那麼多的領域中提出那麼多新鮮的思想。高行健耗費了前半生，經歷了多次逃亡，一再被批判、圍剿、查禁，卻仍然擁有強大的靈魂活力，又如此獨立不移。2005 年，我到巴黎訪問他時，見到他寓所中滿滿的水墨畫（已在十幾個國家舉辦七十多場畫展）和書架上幾百本各種文字的高行健作品集與畫集，真是感慨不已。一個質樸低調、一起從東方黃土地走出來的同齡朋友，就這樣走向世界精神價值創造的高峰，提供了如此豐富的思考與作品。

　　高行健是一個作家、藝術家全才，他的一生，孜孜不倦在小說、戲劇、繪畫乃至電影等文學藝術領域不斷創新，而且不屈不撓地追尋文學的真理。他最後找到的文學真理就是真實、真誠、獨立不移和對於「自由」的覺悟。

〔註 1654〕

劉再復在《〈讀高行健〉編者後記》中說：

編輯這部集子的過程是非常愉快的，邊閱讀、邊選擇、邊學習。關鍵是學習，讀了海內外這麼多認眞談論、研究高行健的文章，除了讚歎他們的論說才華外，就是覺得自己對高行健的認知還很不足。高行健眞像一片海洋，我以往對他的評論，雖說已成書出版，但也只是海洋中的小小的一角，有些領域，如電影、戲劇、導演、繪畫領域，我還是門外漢，讀了別人的文章，才知道自己的闕如與「不知不覺」。

高行健是個全方位進行創作並取得輝煌成就的作家藝術家，他獲得諾獎之後，也在世界的範圍內引發了全方位的評論與研究。可惜要把這些評論和研究成果都翻譯成中文，幾乎不可能。本書能選擇的只是一些已經譯成漢語的文字，因此，局限性仍然很大。我在法國、韓國、德國、香港參加過高行健專題國際研討會，每一個會議都有數十篇各種文字的論文。我仰仗翻譯聽到一些精彩的思想，但總是苦於未能完整地瞭解論文的邏輯過程與論述全貌。此次編選中，也常常感到掛一漏萬、未能盡興的遺憾。

本書是「高行健研究叢書」的第三集。協助我編選的是《明報月刊》的編輯主任彭潔明小姐。〔註 1655〕

8 月 4 日，在巴黎寫作《自由與文學》一書的後記。〔註 1656〕

8 月 8 日，賴韋廷寫作《隱逸──高行健其人其畫》一文。

賴韋廷寫道：

六月下旬，高行健的劇作《山海經傳》首度在臺開演，高行健也欣然應主辦單位之邀，赴臺展開宣傳行程，儘管活動多圍繞著此齣劇作，但高仍空出半天時間參加在臺舉行的個人畫展開幕酒會。由於高行健已爲宣傳劇作而舟車勞頓許久，故主辦畫展的亞洲藝術中心事前特別向媒體說明，僅能安排有限的畫家採訪，然而，酒會當天，高齡的高行健見到媒體，仍打起精神爲眾人說明若干創作理念，一席「我反對當代藝術，我認爲許多以當代藝術爲名的畫不過是種觀念的圖解，那不能稱之爲藝術……」的創作觀點，聽得在場媒體暗自稱奇，高老反對當代藝術本非新聞，早在他尙未榮獲諾貝爾文學

〔註 1654〕劉再復著《再論高行健》第 117～123 頁。
〔註 1655〕劉再復編、李澤厚、林崗、杜特萊等著《讀高行健》第 311 頁。
〔註 1656〕高行健著《自由與文學》第 165～168 頁。

獎的 20 世紀 90 年代，就已多次公開談及他對當代藝術的「不予苟同」，甚至爲文著成系統化的美學論述，但經過當代藝術，特別是中國當代藝術家在藝壇上名氣與身價狂飆的十餘年後，高老依舊不改其志，其中意義就更值得玩味。

自外於潮流。從高老此番立論追溯他的美學觀點，以及其作品，不難理解他何以反對當代藝術，在觀點上，他推崇的是美的本身，一種經典性的、直觀式的藝術之美；然而當代藝術常是「概念先行」，不僅作品背後的論述興味總強過作品本身，更常以顛覆或解構藝術爲訴求，如以流行元素符碼作爲旗幟的普普藝術；而在作品上，高行健是當今世上少數的全才型華人藝術家，創作廣及小說、戲劇、文學評論與繪畫等等，雖爲數不多，但每種類型的每件作品，無一不具備大師手筆，從風格、表現技法到觀點都深刻而獨特，難以歸類、師法，從不跟隨時代潮流，卻能獲得專業藝評家長久的認同，好比千禧年獲得諾貝爾文學獎，便被稱爲「大爆冷門」；而他的畫，更足以說明其經典性，高行健是首位使用油畫布創作水墨畫的畫家，他以西方油畫的透視觀點放進中國水墨之中，讓墨色深淺造成畫面的縱深，也透過介於抽象與具象的「心象」造型讓水墨畫突破花鳥、山水與人物的傳統格局，脫離「中國」式的情調，取而代之的是一種普世性的孤獨況味。

「我認識高行健，是從他的畫開始，那時候不知道這個畫家是誰，但是一眼見到畫就驚爲天人，很抽象，但是會給你一種難以言喻的感動，像是在夢裏或是另一個奇異的空間，又有禪意，這些感覺總加起來可以說是一種孤寂，難以用言語形容，可是眞實的存在於每個人心裏的某個角落。」亞洲藝術中心創辦人李敦朗是高行健的好友，約莫 1997 年，他來到已故報界聞人高信疆當時的工作室，看見牆面上擺滿了風格奇特的水墨畫，深受感動之餘，連忙向高信疆打聽畫家消息，繼而促成辦展機緣與長達十餘年的交誼，李敦朗回憶，高行健的畫直到千禧年後，隨著諾貝爾文學獎殊榮的效應，才逐漸被亞洲藝壇矚目，「我覺得他的畫在歐洲才比較能被正確看待，在還沒有拿到文學獎之前，很多歐洲藝評與藏家就肯定他的價值了。」

異端之心。孤寂的個人，是 19 世紀工業革命已降的普遍文藝命題，高行健的畫體現了這一點，但現代人的孤寂，背景是資本社會下的種種異化，而高行健的孤寂，卻可能是來自特殊的生命歷程。高行健曾在訪談中指出，自己追尋的是一種代表中國南方文化的隱逸精神，而對照他的創作理論，這種隱逸精神並非傳統中國畫作中常見，生活中的閒情雅致，而是一種不顧舉世

滔滔，專注於洞察內心、探索真理的修為。

言語盡頭。來到 2013 年，許多青壯輩的中國當代藝術家，紛紛因創作中的各種「中國」面向，如諷刺權勢、批判權威而得以領一時風騷，然則光怪陸離的視覺表現也令人置疑，這究竟是諷刺，還是一種媚俗？於是高老的觀點，便既如諍言，也像是一則預言，在言語的盡頭，繪畫才得以開始。〔註 1657〕

8 月 11 日，**劉再復寫作《駁顧彬》。**〔註 1658〕

8 月 15 日，《海南師範大學學報（社會科學版）》2013 年第 8 期刊發羅長青論文《從人物塑造看實驗劇〈野人〉的生態主題》。

文章摘要：實驗劇《野人》被譽為「生態戲劇的經典之作」。除了作品中描寫的洪水、旱災、森林被伐、物種滅絕等災難外，與劇情、場景、道具等創作要素一樣，該劇的人物塑造也服務於生態主題，主人公不被理解的遭遇、人物形象的分門別類、不同行為方式的對比，這些都形象地揭示了現代社會生態問題的複雜性、嚴重性和艱巨性。〔註 1659〕

8 月，**寫作《山海經傳——臺灣國家戲劇院演出感言》。**〔註 1660〕

8 月，香港大山文化出版**《讀高行健》（劉再復編、李澤厚、林崗、杜特萊等著）。**

此書大概有三分之二的內容與楊煉所編的《高行健作品研究：逍遙如鳥》一書（2016 年 6 月臺灣聯經初版）重合。

該書目錄如下：

《高行健研究叢書》總序／劉再復　潘耀明

第一輯

四星高照，何處靈山／李澤厚

通往自由的美學／林崗

高行健和現代中國文學／〔瑞典〕羅多弼

試驗著是美麗的——論高行健／〔日本〕楊曉文

「一」以貫之的文學之道——解讀 2000 年諾貝爾文學獎得主、法籍中文

〔註 1657〕賴韋廷《隱逸——高行健其人其畫》。筆者 2017 年 12 月在澳門大學查找的網絡信息。
〔註 1658〕《華文文學》2013 年第 5 期第 9 頁。
〔註 1659〕《海南師範大學學報（社會科學版）》2013 年第 8 期第 62 頁。羅長青，貴州師範大學文學院講師，文學博士。
〔註 1660〕高行健著《自由與文學》第 113～116 頁。

作家高行健／陳邁平

　　成於言——從高行健的作品看藝術的境界／楊煉

　　高行健莫言風格比較論／劉再復　劉劍梅

　　「高行健莫言比較論」續篇（提綱）／劉再復

　　高行健與香港／潘耀明

　　世界困局與文學出路的清醒認知——高行健《自由與文學》序／劉再復

　　第二輯

　　泉石激韻——評高行健的小說／馬建

　　《靈山》文體分析——文學研究之形式美學方法個案示例／趙憲章

　　《靈山》與中國巫文化／李冬梅

　　傳統和自由：試探《冥城》及其戲劇版首演／〔韓國〕吳秀卿

　　高行健的「中國情意結」／楊慧儀

　　水墨騎士——高行健和他的山水畫／金董建平

　　與高行健共「舞」／江青

　　從高行健的創作論談起／方梓勳

　　詩意的透徹——高行健詩集《遊神與玄思》序／劉再復

　　第三輯

　　電影藝術家高行健：影子的痕跡與藝術跨界的重組／〔法國〕娜塔利·畢婷歌

　　翻譯《靈山》／〔法國〕杜特萊

　　世界的盡頭——高行健「世界的盡頭」畫展序言／〔德國〕貝亞塔·賴芬帥德

　　《靈山》在普羅旺斯／〔法國〕杜特萊

　　感受取代敘述／〔德國〕魯迪格·哥奈

　　高行健「冷劇場」中的跨國精神：對高行健部分劇作的哲學分析／〔英國〕瑪扎尼博士

　　高行健：一個自由人普世性的面面觀／〔比利時〕達里奧·卡特琳娜

　　對高行健的一種解讀／〔法國〕安吉拉·威爾德諾

　　巴黎克羅德·貝爾納畫廊「高行健新作展」序言／〔法國〕弗朗索瓦·夏邦

高行健的電影／〔法國〕阿蘭・麥卡

高行健年表

《讀高行健》編者後記／劉再復

楊慧儀在《高行健的「中國情意結」》中寫道：

高行健一開始便受了當英雄的詛咒；是所受法文文學的教育吧，似乎除了當個「有識之士」，便無他途。

他本人絕不諱言個人生活經歷與作品存有直接緊扣的關係，但卻沒有正面處理在逃亡生活中「中國情意結」在創作過程所佔的重要位置，強調形式探索而迴避著、隱藏著更中心的問題。這裡說的「更中心的問題」，就是文本主體與國家民族的關係，內裏涉及兩個層面。首先，高行健在八十年代初提出現代主義戲劇必須放置於當時政治環境之下，與容許的創作尺度比較而作出評價；其次，他一系列戲劇作品均圍繞著個人與群體之關係為主題，這關係在這些作品中亦不斷轉化，發展成為後期的個人主義。但這裡又存在著弔詭：以抗拒群體意識產生出來的個人主義在本質上依賴「他者」的建構為立足點，因此亦受到創作主體與中國的關係所支配；他由八二至九二這十年間的作品，正顯示了他的個人主義在「中國」這「他者」由實而虛而又非無這轉化中的發展以至定型；本文追溯的，正是這個過程。

如果接受「車站」就是中國的縮影，那麼，代表現代化的城市便充當了上帝拯救者的角色，結局的集體進步行動，更肯定了國家建設和國民團結的意義。《絕對信號》中不同角色的主觀感受最後均折服於「車長」代表的集體精神之下，以集體利益為重，再一次肯定了國家團結建設的意義。這兩齣戲表現的精神面貌，與文革後七十年代末至八十年代初的傷痕文學是一致的；然而，它採用的非現實主義手法，卻大大地違背了當時的主流，捲入了現實主義和現代主義的文學／政治論爭之中。在這種形勢下，純形式的反叛意境充滿了抗爭性，而這兩齣戲的意義，大概也在乎此。八五年的《野人》是高行健在中國劇作事業的巔峰，尋找野人的主題，時空貫穿古今城鄉，這龐大的規模有賴借用戲曲那經濟的虛擬形式作基本敘述手法，無論在內容和形式上，都與當時的尋根文學相通。而它開拓的非民族主義的道路，亦沒有在這方面為當時的文壇造成重大的影響。

但這偏離國家民族主義的第一步對於高行健的劇作歷程，卻有重要的意

義。《現代折子戲》後，他在八六年創作了《彼岸》，是對於《車站》、《絕對信號》等作品中國家民族主義的徹底反叛，是他作品中整套個人主義發展的轉折點，因此也是他最重要的作品。《彼岸》中「人」的悲劇是缺乏個人的自主空間，《山海經傳》中后羿則是天下無德又不甘於隱，民族英雄被背棄殘害的故事。這批作品最大的成就，似乎仍然是對於非現實主義戲劇手法的探索。

一直以來，高行健作品裏個人主體的建構都是相對於壓逼性的「他者」而作，這種絕對的二元對立肯定了「自我」的存在，要是一旦與這「他者」斷絕了直接關係，「自我」立即失去了據點，迷失了方向。《逃亡》之後，高行健的流亡戲劇中，「他者」內轉了，由客觀現實中造成壓逼的外在政治性「他者」，內轉爲心理上、哲理性的「他者」，稱之爲「自覺的自我」，於是禪佛的哲學取代了政治解放的欲望，「忘我」被認定是解放之途，靈魂的內在掙扎亦取代了爲政治理想的鬥爭。〔註1661〕

8 月，危令敦的《一生二，二生三——高行健小說研究》在香港天地圖書初版。

該書目錄如下：

8 月，《文學評論叢刊》第 15 卷第 1 期刊發李興陽、許忠梅的文章《現代戲劇追求中的「激進」與「保守」之爭——高行健話劇〈野人〉及其論爭研究》。

摘要：關於《野人》的論爭，較爲集中的時間是 1985 年至 1989 年，論爭的焦點主要有三個：一個是《野人》與「完全的戲劇」觀念；二是《野人》的多主題；三是《野人》變「話劇」爲「戲劇」。20 世紀 90 年代以來，關於《野人》的研究文章雖然多爲「學理」性的學術探討，較少針鋒相對的爭論，

〔註1661〕劉再復編《讀高行健》第 175～180 頁。

但也反映出不同歷史時期，人們對《野人》的意義與價值的不同理解。事隔三十年，《野人》及其論爭已然成爲一種歷史。重新梳理和認識這段歷史，不是沒有意義的。〔註 1662〕

作者單位爲南京大學文學院。

9 月 25 日，《當代作家評論》2013 年第 5 期刊發楊慧儀著、林源譯的文章《〈靈山〉1982～1990：從現代主義到折中主義》和楊慧儀撰、史國強譯的文章《1990 年代的小說和戲劇：漂泊中的寫作》。

第一篇文章的主要觀點是：小說《靈山》在高行健的寫作中是至爲重要的轉折點，是高行健現代主義「翻譯」項目成功之後與經典現代主義分道揚鑣，試圖在這部小說中把後現代主義引進中國文學與戲劇創作之「文化翻譯」。〔註 1663〕

第二篇文章主要評論高行健的《一個人的聖經》、《靈山》以及一系列戲劇作品，文章分爲「過去與現在」、「性與政治壓迫」、「從國族寓言到虛無主義」、「漂泊中的虛無主義」、「自我作爲他者」幾個小節進行論述。

10 月 20 日，劉再復的文章《世界困局與文學出路的清醒認知——高行健〈自由與文學〉序》、《駁顧彬》、李澤厚的文章《四星高照，何處靈山——2004 年讀高行健》、林崗的文章《通往自由的美學》刊發在汕頭大學《華文文學》2013 年第 5 期（主編 張衛東　副主編　莊園）。〔註 1664〕

林崗指出：

二十世紀行將結束之際，高行健用「沒有主義」來告別這個世紀「主義」充斥的中國現代文學的文論傳統。1995 年，高行健將自己的文論結集出版，取名《沒有主義》。《沒有主義》不是文藝思想史上曾經出現多次的那種高調宣言，而是作爲文學家的高行健在「主義」彌漫的社會大氣候和個人坎坷際遇的小環境下痛苦思索的思想結晶。與其說它是一個試圖以文藝思潮的方式影響文壇的綱領，不如說它是作家個人的一部現代「文話」。它傳遞的雖然只是高行健個人對文學和作家問題的見解，但是他的卓越思考正是針對了中國現代文學被「主義」利用、操控，進而成爲政治虛妄的工具和僕從的「世紀病」；尤其是他將逃亡和自由緊密聯繫在一起，以自由爲創作的第一要義，以

〔註 1662〕《文學評論叢刊》第 15 卷第 1 期第 186～194 頁。
〔註 1663〕莊園著《個人的存在與拯救——高行健小說論》第 5 頁注釋 1。
〔註 1664〕《華文文學》2013 年總目錄，《華文文學》2013 年第 6 期第 126 頁，汕頭大學主辦 2013 年 12 月 20 日出版。

逃亡爲爭取自由的第一法門（前提），由此而開啓通往自由的美學道路。高行健關於文學基本理念，既是對晚清、新文學以來文論傳統的反思、覺悟和批判，也是作家個人孤獨的抗爭，更是古典莊禪智慧的現代開啓。在「主義」和商家潮流皆是洶湧澎湃的當下情形，值得好學深思者再三回味。〔註1665〕

　　見證者的最高職責是忠實記錄，不使歪曲，不使缺漏。惟其忠實記錄，見證才有價值。文學的價值就在於眞實。高行健說，「眞實從來就是文學最基本的價值判斷。」高行健所說的眞實，我認爲和從前文學理論上說的眞實並不相同，它強調文學爲人生的見證，文學當把人生存諸相、眾生諸相和盤托出來的意思。〔註1666〕

　　薩特是戰後著名的左翼作家，他以筆爲旗，代人民立言乃至於走上街頭，成爲那個時代抗議右翼資本主義的象徵。但是高行健並不認同薩特的文學選擇，恰恰是薩特用文學去擁抱左翼政治，造成了薩特文學的明顯弱點。抗議式的文學理念和思考方式，正是過去一個世紀大行其道的理念和思考方式，無論左右都是如此。但是，在抗議中生長出來的，又是另一個無限膨脹的自我。這個自我同樣傷害了文學。高行健既批評左翼的薩特，也批評右翼的索爾仁尼琴。他認爲文學從「主義」和政治中得到的，不是自性的發揚，而是自性的消失，自性的墮落：作家所得到的，不是寫作的自由，而是政治的佔領。高行健認爲，抗議式的文學不是眞正的文學，而是意識形態的傳聲筒。

　　高行健本人曾因作品受難，但他一點都感覺不到悲壯。他只覺得自己的悲哀，被權勢者開殺戒之際拿來作儆猴的雞，看似悲壯，實質如同祭壇上的犧牲。因文學這種個人的心聲而被連帶選中爲祭品，進入政治場，這在高行健看來是啼笑皆非的錯位。權勢者因這個錯位而壓迫文學，作者因這個錯位而將文學家當成民眾的良心和英雄，這是自己暈頭轉向。高行健這種理解，不是每個人都能同意的，但確實是建立在對文學的本性具有清醒認識的基礎上的，它爲一個世紀之久的主義同文學的惡性纏繞，帶來了破解的希望，它再一次重申了對文學萬古常新的理解。〔註1667〕

　　對高行健來說，自由既是人生，也是寫作最高的價值目標，而逃亡就是獲取它們的途徑。高行健的這個理解顯然與「哪裏有壓迫，哪裏就有反抗」

〔註1665〕劉再復編《讀高行健》第9頁。
〔註1666〕劉再復編《讀高行健》第13頁。
〔註1667〕劉再復編《讀高行健》第14～15頁。

的鬥爭邏輯不同。對迫害的反抗被放在一邊,根本不考慮反抗是不是天經地義這一問題。壓迫所遭致的不是積極的反抗,而是消極的退縮逃亡,頗有點像《孫子兵法》上講的「三十六計,走爲上計」的意味。高行健這看法似不同常理,但實在是出自他對寫作使命的高度認同。作家是一個社會角色,它的使命只是寫作,雖然存在對寫作的迫害,但是若遵循鬥爭的邏輯,起而反抗,便進入一個糾纏而無可解脫的「場」。在這無可解脫的糾纏中,無論作爲參與者的雙方誰勝誰負,寫作本身一定是失敗的,寫作一定是糾纏的犧牲品。逃亡的選擇顯示了高行健對現代文學歷程深刻的反思。疏離主義、政治和市場,不是恐懼,不是放棄文學的責任,而是要獲得自由。自由不是糾纏鬥爭才得到的,而是在不斷的疏離和不斷的逃亡中才能得到。

逃亡不是終極目的,只不過在一個不逃亡就尋覓不到自由的世界裏,逃亡與自由就緊密地結合在一起了。在高行健那裡,自由是一個具有多層次含義的詞,它與自由的通常指謂——個人不可剝奪的權利——既有重合的地方,也有不重合的地方。自由意味著個人具有的權利,這一點高行健是認同的。他所談論到的逃亡,很多時候是指在個人權利遭受政治勢力侵犯和剝奪的情形下所採取的對策。中國現代文學史上有太多這樣的例子,包括他本人從中國到法國的生活道路,也印證著他意識到自由就是個人的權利。逃亡是與對這種權利的獲取連在一起的,只不過獲取自由的方式不是公開的政治抗議,不遵循鬥爭邏輯,不通過公共領域來實現,而純粹通過個人的疏離、退避來獲得本身具有的權利。

高行健孜孜不倦追求的自由同時也包含深刻的哲學內容。這種意義上的自由是不能用個人權利內容來規範的,它更多是指哲學意義上「自性」的發揚,是一種指向人當下生存處境的人生狀態。自由意味著依自不依他,正所謂自由自在,天馬行空,逍遙於法外。這種意義上的自由與其說是要衝破外在勢力的束縛,不如說是要衝破內心迷障的束縛。

高行健上個世紀八十年代末就來到「自由世界」,但他並沒有因爲這命名而停止思考自由。相反他同樣看到自由在這個「自由世界」的艱難。這裡同樣有主義,有政治勢力,有意識形態的無孔不入,還有無所不在市場商業力量。同樣選擇逃亡的作家,有的逃得出外在政治勢力的掌控,但卻逃不出利益的誘惑,更逃不出自我的迷障。對寫作而言,自由不是一個可以凝固的概念,逃亡因此也就是一個沒有止境的過程。正是在這個意義上,高行健視逃亡爲命運。

　　高行健的逃亡，包括身的逃亡和心的逃亡這樣兩重含義。身的逃亡容易做到，心的逃亡不容易做到。俗話說，身在曹營心在漢。身可以漂洋過海，逃出萬里之外，但若是心存魏闕，則這逃亡空有其表。心的逃亡要經歷過一番思想、心靈的洗煉。高行健本人就經歷了這雙重的逃亡。因為他視逃亡為命運，又視逃亡為解脫，就是身與心的解放，逍遙灑脫，做自己的主人。通過逃亡獲得身心解脫，通過逃亡獲得寫作自由。高行健說，「沒有主義，其實是一大解脫，所謂精神自由也就是不受主義的束縛，於是，才天馬行空，來去自由」。主義的束縛不僅體現在政治的掌控和操縱，更體現在思想力的俘虜。身的逃亡可以逃出政治的掌控和操縱，卻不一定逃出思想力的俘虜。思想理念已經繳械投降，但卻渾然不覺，不管身在何處，都是主義的奴隸。高行健身體力行，不僅闡述逃亡的命題，而且也在躬行實踐，知行合一。劉再復將這概括為「高行健狀態」。因為逃亡的狀態就是自由的狀態，而自由的狀態對秉筆寫作而言，就是文學的狀態。〔註1668〕

　　莊禪所說的自由，從來不在權利話語的脈絡下，它不是政治、法律制度意義下的那種自由，當然它或許與政治、法律制度有關，但它更重要的是指向活生生的個人的生存處境和人生境界。

　　印度佛教傳入中原，逐漸與老莊的思想相互融合，產生了禪宗。與老莊之學不同，禪學不以復歸「自然」，或「得道」為旨歸，而是以發揮人皆有之的「真如佛性」為旨歸。然而兩者致力擺脫世俗的桎梏，使人獲得身心的自由和解脫是一致的。禪學的要旨有二，一是本心清淨，人皆成佛；二是自性自度，不假外求。

　　高行健認同禪宗思想，他認為慧能是世界級的大思想家，禪宗的智慧應該被世人好好認識。禪宗這種產生於中國七至八世紀之間的思想，對當代中國而言，同樣是陌生的。過去一個世紀，整個社會的氛圍為「救亡」所籠罩，即使「救亡」暫時緩解，又有「被開除球籍」的焦慮，中華民族皆忙於救民、救國、救世，假於外求，崇拜主義，崇拜救世主，「自救」早已被丟棄在遺忘的角落。高行健在世紀之末，將它發掘出來，他雖無登高一呼的姿態，但他提出文學「自救」和作家的「自救」，無疑如當頭一喝。他的美學趣味和精神狀態，與禪宗是一脈相承的。

　　高行健在更加紛繁紛擾的當代世界，將禪宗本心清淨，依自不依他的

〔註1668〕劉再復編《讀高行健》第20～21頁。

觀念，發揮得更加淋漓盡致。清除主義的工夫就是恢復本來面目，顯露文學的自性。禪宗宣導「自性自度」，也就是「自救」。高行健認為，作家要看得破，首先不要自家迷失，以為自由是賞賜的，或者鬥爭取得的。自由從來只是內心精神境界的產物，是內心澄明的顯露。這種自由只有通過自救才能獲得。禪宗倡導與世俗疏離的生活方式，高行健將之發揮為逃亡之義。逃亡在高行健的論述裏具有豐富的精神內涵。古代道家講隱逸，講逍遙，講佯狂，禪宗講棒喝，講大自在，作為自我拯救的生活方式，統統可以包含在高行健講的逃亡那裡。只不過逃亡這表述，更有現代的意味罷了。逃亡與隱逸、逍遙，與棒喝、大自在，是靈脈相通的。高行健的逃亡，包含當代生活的多重意指：從國家、主義、政治中逃亡；從市場、商業中逃亡；從自我迷障中逃亡。

　　與六祖當年北上黃梅求「作佛」一樣，高行健亦長途跋涉於他通往「靈山」的道路。高行健得到的啟示就是逃亡，從主義逃亡，從政治逃亡，從國家逃亡，又從市場逃亡，從商業逃亡，從自我逃亡，總之，從一切名相逃亡。逃亡，這個絲毫沒有悲壯意味的詞彙背後，其實存在很深的思想內涵。高行健的逃亡顯然不是一時一事的，而是畢生的逃亡。因為逃亡就是自由，逃亡和自由是人生的一體兩面。除非放棄自由，逃亡也就自然中止。高行健的「沒有主義」陳義不高，並無玄奧之處，然而卻知易行難。古語云「幾多鱗甲為龍去，蝦蟆依然鼓眼睛」。本心人皆有之，然而迷障重重；逃亡易解，躬踐唯難。毫無疑問，高行健闡述他的「沒有主義」，絲毫沒有為世作則，示道見性的意味，但在一個文字的世界裏，思想都是相互分享的。他的文學「沒有主義」論的深遠意義，相信會引起嚴肅思考的作家、批評家的長久的迴響。〔註1669〕

　　11月8日，在新加坡的《文學與美學》演講中，分享自己的新電影《美的葬禮》的創作過程。

　　此次活動是高行健應新加坡作家節邀請，到新加坡主辦個人攝影及水墨畫展。他的第三部電影《美的葬禮》在新加坡舉行了全球首映。〔註1670〕

　　11月11日，BBC中文網新加坡特約記者蔣銳報導高行健訪問新加坡，題目為《不願再觸碰文革　高行健「已遠離中國」》。

〔註1669〕劉再復編《讀高行健》第22～27頁。
〔註1670〕蔣銳報導《不願再觸碰文革　高行健「已遠離中國」》。這是筆者2017年12
　　　　　月在澳門大學查找的網絡信息。

－597－

報導中這樣寫：

他表示自己是世界公民，現在思考的是歐洲文化以及人類如何在全球化困境中找到新的思想和出路。

今年 73 歲的他指出，全球化是一種無限彌漫、無法抗拒的市場和經濟的機制，人們不需要去裁判這種存在，而如果「把文學作爲一個武器，作爲工具要改造社會，是一句空話」。

他說：「蘇俄時代的社會主義、現實主義的作品今天有誰去看，沒有人再看。毛澤東的『文藝爲工農兵服務』做出來的作品，現在誰去看，沒人看，也沒有任何的價值。」雖然作家無法改造世界，但他認爲要保持清醒，超越時代的政治狂潮，不做政治的俘虜，並通過審美形式，把現實體現出來作爲時代的見證。

「我離開中國 26 年，沒回去過，中國現在發生很多變化，但我不瞭解，我的關心也不在中國，因爲我的生活就在歐洲。」在訪談中，被問及對當今中國發展有何看法時，諾貝爾文學獎得主高行健如此回應。

其實，無論是在接受訪問，或者是在座無虛席的演講上，只要談論起中國，他都會如此淡淡地表態。對於那「遙遠的中國」，大家無法從他神情上或語氣中看出一絲的眷戀。上週高行健在新加坡接受 BBC 訪問，回憶起文革時期的經歷時，語氣同樣也是輕描淡寫，但字裏行間卻似乎透露了他對這段往事仍心有餘悸。不過他也點到爲止，並表示文革時期已經是很遙遠的事，而這個題材在他的作品《一個人的聖經》中「已經做了相當充分的了結，沒必要再去談這些問題了」。他透露現在的作品都不涉及中國，因爲他關心的是「與自己的創作直接進行對話」的西方當代創作。

他也坦言離開中國以後，沒有關注中國的發展，「中國作家的作品幾乎沒看過」，而這也包括 2012 年諾貝爾文學獎得主莫言的作品，雖然直言對中國不關心，不願再碰觸文革課題，也表示不熟悉中國作家的創作，但對於反映文革時期的作品，他還是提出了一個期望：希望有更多作者書寫這段歷史，作爲時代的見證與反思。「我想這個時代對這種恐怖，人們寫得還不夠，應該把這種歷史的經驗讓後人知道，不能讓它再重新發生。」〔註 1671〕

11 月 22 日，《職大學報》2013 年第 6 期刊發肖群的文章《論〈靈山〉

〔註 1671〕蔣銳報導《不願再觸碰文革　高行健「已遠離中國」》。這是筆者 2017 年 12 月在澳門大學查找的網絡信息。

尋求個體主體性的困境》。

文章指出：高行健的長篇小說《靈山》，就其主題而言，是一部關於一個
人尋找內心的安寧與自由的小說。個人自由與個體主體性密切相關，《靈山》
之旅是一個尋求個體（自由主義的個體）主體性的過程。尋找靈山的過程在
小說中以兩條線索展開：「我」沿著長江漫遊，「你」找尋去靈山的路。在這
個過程中，作家想要確立的自我是一個遠離政治、社會的，自由的，具有獨
立價值的個體。但是，在尋求過程中，尋求者把個體生命從現實社會中抽離
出來，迴避對意義、目的的追尋，最終走向虛無主義。〔註 1672〕

11 月，《安徽文學》2013 年第 11 期刊發牛婷婷的文章《論〈一個人的
聖經〉的自審結構》。

摘要：高行健的《一個人的聖經》將同一個人物分裂爲「你」和「他」
兩個敘述人稱，二者超越時空溝通對話，形成了自審結構，歷史的苦難書寫
得以昇華爲對人性的審視。〔註 1673〕

11 月，《黑龍江教育學院學報》2013 年第 11 期刊發范春霞的論文《我
新故我在——試析高行健的小說〈靈山〉》。〔註 1674〕

11 月，《東嶽論叢》2013 年第 11 期刊發黃一的論文《「熱」文學與「冷」
文學：中華傳統的兩種現代形態——莫言、高行健創作比較談》。〔註 1675〕

作者爲南開大學文學院講師。

12 月 5 日，《聯合早報》刊發高行健訪問新加坡的報導。

該報記者周雁冰寫道：

應新加坡作家節邀請來新的高行健，個人攝影及水墨畫展也正在本地進
行。在各種藝術形式之間暢遊的高行健說，自己在西方繪畫式微時一路過來，
走了一條沒有先例的路，找到自己的繪畫語言，是很幸運的事。高行健是首
位獲頒諾貝爾文學獎的華人作家，他的創作方式橫跨文學、繪畫、戲劇與電
影領域。眼下，站在位於卡斯登路的「誰先覺」畫廊，被水墨作品環繞的高
行健，氣質與他的作品如出一轍——靜雅、淡然。

〔註 1672〕《職大學報》2013 年第 6 期第 68 頁摘要，2013 年 11 月 22 日出版。肖群爲
　　　　　廈門大學碩士生，《職大學報》是全國 41 所高校聯辦並委託包頭職業技術學
　　　　　院（原爲包頭市職工大學）主辦的國家正式學報類期刊，1989 年創刊。
〔註 1673〕《安徽文學》2013 年第 11 期第 70～71 頁。
〔註 1674〕《黑龍江教育學院學報》2013 年第 11 期第 132～133 頁。
〔註 1675〕《東嶽論叢》2013 年第 11 期第 119～126 頁。

　　他說，繪畫與文學是他兒時同步接觸的創作形式。10 歲時，他收到了一本沒有格子的筆記本，在上面創作了平生的第一篇小說。「因爲沒有格子，所以能一面畫畫一面寫作。」今天，高行健在各種藝術形式之間暢遊。藝術家似乎應該要隨性而至，運用最順心的方式來表達自己。不過，高行健說，繪畫和寫作邀約已經排到 2016 年。「創作的形式往往根據計劃進行，通常兩年以前開始準備。所以不是心血來潮想做什麼就做什麼，不可能。別人都在等著我把作品拿去，出版社在等，畫廊、美術館在等。我的完成日期都得算好。」

　　高行健說，從 1987 年聖誕節前夕到巴黎定居後就過著這樣忙碌的生活。「26 年來沒有休假，我沒有週末的概念。每年說要休假都沒休成。但有一個前提，這都是我喜歡做的事。」

　　近年，高行健更拒絕了 90%來自世界各地的邀約。要做的事很多，但高行健在每個創作階段，都只專心做一件事。他曾說過，要通過繪畫表現一種內在的視覺，是對當下心境、思想的表現。投入繪畫需要一個醞釀和準備的過程。音樂在繪畫創作中扮演了重要的角色。「不是想畫就畫。聽音樂很重要。浪漫派音樂像貝多芬或舒曼，繪畫時決然排斥。因爲主觀性、旋律太強。也不能有歌詞，聽不懂的語言則沒關係。歌劇不聽，因爲抒發的情感過於特定。繪畫時，我聽巴洛克、巴哈、威爾第的音樂，有很大的想像空間。現代音樂象俄羅斯作曲家阿爾弗雷德·施尼特凱（Alfred Schnittke）、美國作曲家菲利普·格拉斯及史提芬·哈爾特（Stephen Hartke）。他們的音樂比較抽象但又不是觀念音樂，不斷重複中有著微妙的演變。但同一首音樂聽多了、熟了也不行，要找新鮮的音樂。那就是情緒上心靈的準備。」接著，還有材料的準備，包括畫紙、筆墨。高行健說，到時候，不知道怎麼就開始了，形象就出來了。內在的視覺不是一下就出現。高行健作畫不打草稿，聽著音樂，第一筆下去，跟著音樂和腦中的構思走。他說，很多時候，完成的作品已經不是最初想要的形象。「過程中，形象會越來越具體化，越來越清晰。它是一個視覺的思維，和寫作完全不一樣。」〔註 1676〕

　　12 月 7 日，法廣採訪《美的葬禮》的演員之一徐虹。

　　作者艾米寫道：

　　高行健在新加坡作家節的演講中指出，當代世界瀰漫著市場與政治，人們早已忘記了美，被荒誕包圍。他的電影創作《美的葬禮》，希望通向美神維

〔註 1676〕筆者 2017 年 12 月在澳門大學查找的網絡信息。

納斯、聖母瑪利亞，向古代藝術家、哲學家如米開朗基羅、達芬奇等人致敬，呼喚人們找回對美的記憶。這部電影結合了詩、三種語言的獨白、演員表演以及高行健自己的畫作，被他形容爲「完全的藝術」。因此高行健在拍攝電影時，完全摒棄傳統的電影敘事方式，不再以鏡頭敘事，將電影詩意地跳躍，同時讓演員強調「表演」，不再描寫現實。他說，個人不可能改變這一切，不可能回到原始社會，但必須認識它，不去做政治或市場的附庸。

該電影在法國放映之前，爲了更好地瞭解高行健的這部新作，我們有幸請到參加電影拍攝的 36 個演員之一，本身也是詩人與畫家的徐虹女士來介紹一些她的感受和瞭解的情況。

法廣：您是高行健的第三部影片《美的葬禮》的三十六名演員之一，請介紹一下這部影片的內容，以及您參加演出過程中的經歷。高行健又是個什麼樣的導演？

徐虹：《美的葬禮》這部電影歷時兩個小時，拍攝用了三年，今年 11 月 8 日已在新加坡國家博物館舉行首映式。電影出自他兩年前寫就的一首同名長詩，副標題也叫電影詩，因爲全篇作品充滿不斷切換，又有一道主線連接的視覺畫面，圍繞著當今這個時代——美的消逝、美的喪失的各種世間相，發出個人的拷問、思索和感懷。

將長詩拍成電影，高行健除了做編導，還完成一些攝影和剪輯等技術性的工作。整部影片摒棄傳統的敘事模式，打破時空，穿越古代與現代、東方與西方、宗教與神話，採用大量唯美的輓歌式的畫面，配合經典的音樂和吟唱，穿插著中、法、英三種語言的獨白，還有演員們無表演的表演等，所有這些呈現出一個如夢如幻、亦美亦丑、似生似亡的世界，荒誕不經，也正是這個現實世界的投影。

我有幸參演這部規模宏大的純藝術電影，拍攝過程中，我並沒感到自己正在表演什麼，反倒是放鬆，更關注自己內在的體驗，近乎於一種領悟或覺照。這樣的「無我」之境，讓人看起來僅僅像是一個符號，一個象徵，自由地表達著，眞實地發生著，而這個時刻，這種狀態，我是在面對靈魂，而不只是在面對鏡頭。編導則會辨認並且抓住這個瞬間或片斷，然後整合到他的全盤布局裏，這種做法或嘗試，無疑是相當開放和高明的。

法廣：一般來說，我們瞭解高行健的作品最多的就是他的小說，戲劇和繪畫，通過這部電影的合作，你覺得電影是他的一種新表達方式嗎？

徐虹：做電影是他年輕時就有的夢想，直到最近這些年才陸續如願完成，相較於先前編導拍攝的《側影或影子》和《洪荒之後》，讓他投入最多時間、精力、熱情與謙遜的就是這部《美的葬禮》，可算是他的一系列不同門類作品之中的力作，特別這仍舊是獨立於市場與意識形態的又一次藝術實踐，體現出創作者的信心、責任和尊嚴。

除了擔當編導和攝影，影片內還出現高行健本人的水墨畫作，日月、山川、廟宇——黑白的力量，加上另外詩意的老歐洲背景與音樂，以及國際間不同種族人的輪番出演，也就是在這些繁複華麗的色彩、聲音與人的相互對話中，隱藏著某種巨大的超越語言、地域、文化的暗示及意義，這些都是其他類的藝術形式不能充分表現和替代的。似乎在他理想中的電影裏，沒有故事，沒有人物，只有單純的影像，蒙太奇式的純粹的圖像，好比樂譜裏不同的樂器交相呼應，各自發揮。這類電影很瘋狂，必定讓創作其中的人著迷，能做自己喜愛的事情，使出自身所有的潛能，得是多大的福氣啊。

法廣：《美的葬禮》這部影片來源於高行健的一首同名詩歌，如果仔細讀這首詩，就會發現作者對當下社會抱持著一種極度悲觀和失望的態度，這首詩是對古典文化和哲學，美學的致敬，同時也是呼籲人們找回美的記憶，您有這樣的看法嗎？在您和高行健接觸的過程中，有沒有共同探討過這個問題？

徐虹：在當今精神和審美雙重缺失的時代，有良知的人都會有所反應，作家或藝術家會以他們的方式揭示真相。《美的葬禮》這組長詩，透出當前人類社會的這種現狀和困境，作者對此深感憂慮，做出思考與批評，發出歎聲，以致於哀悼。這種傷痛或危機意識，最後轉化成藝術，助人反思，看清這個世界，看清醜惡災難的根源，提升和重新找回對美的新鮮感受力和記憶。這個世界不可以改變，至少可以改變自己。同時，這部《美的葬禮》，也是在向古典文化藝術文明，向那些珍貴的遺產、那些廢墟，表示誠摯的敬意。通過這首世紀「輓歌」，作者還企望世界的文藝復興。我想，要持守住藝術的純粹性，抗拒凡俗，也許得像他的所說所為——不做政治和市場的附庸。

法廣：如何拯救這個失去了美感的時代，讓美重新回歸到人們的心靈和生活中？高行健的電影最後有沒有給出答案？在沒有美的世界裏生活，是當代人的某種宿命嗎？

徐虹：他沒有在影片裏給出什麼答案，只是把問題美妙地提出來了，希望這電影引起人們的思考和討論，對此有所警醒和意識。宿命，但也不是絕

對的，我想，在沒有美的世界裏生活，是當代人的不幸，也是當代人的幻覺。

　　法廣：高行健是作家和水墨畫家，你也是畫家，詩人，也出版過小說，你如何看他的作品？尤其是繪畫作品，他的繪畫呈現出的是什麼樣的美？

　　徐虹：我覺得他的水墨畫，更加開闊自由、舒緩自然，即使是那些表現孤獨的、空寂的，畫面中的神秘感和深意超過了文字，透顯出心象和大宇宙的造化之境。〔註1677〕

12月8日，提耶利·杜夫海訥寫作《關於高行健的電影詩〈美的葬禮〉》。

　　他是法國藝術批評家、藝術史教授、法國國立藝術史研究所副所長，該文由西零翻譯。他寫道：一群戲劇舞蹈和雜技演員在高行健的畫室由他精心執導，超越常規，拍出這樣一部影片，美得令人震驚。隨古典音樂緩慢行進的協奏，亦令人陶醉。說的是美的葬禮，美的感應通過人體的姿態一直持續到最後一刻。多少世紀以來的畫家、雕塑家、舞蹈家和詩人頌揚過的這人的千姿百態，在影片中與生活環境框架中的建築與城市結合得渾然一體。

　　影片裏西方文明之外的成份極少，僅有一個亞洲舞者有點獨特的表現，偶而穿插日本舞蹈和或中國京劇的一兩個動作。這位中國也是法國乃至歐洲的大小說家、詩人和劇作家，對西方生活方式打造的美致以敬意，令人心痛，說心痛也因為這美已人格化，表現為肉體之美的死亡。

　　影片通過我們身體和感覺形成的影像和姿態，做一番審視，美於是再現。懷利早就講過「美的手勢」，玩笑式地描述過法國人的手勢，和其富有含義的面部動態及姿勢。愛森斯坦在銀幕上做過一部態度的總譜；卡薩維蒂研究過臉譜。而來自中國的高行健，這位詞語、情感和含義的偉大詮釋者，拍攝了一部西方藝術的動態圖像彙編大全，貫穿激情與表情。每個態度，每個節拍和姿勢，都與相關的服裝和建築構成一幅畫或一件雕塑。〔註1678〕

　　12月11、12日，《美的葬禮》在法國斯特拉斯堡美院組織的跨藝術研討會期間放映。

　　據法廣艾米報導：高行健於11號在斯特拉斯堡的克雷貝爾書店（Librairie Kléber）與讀者和觀眾見面，隨後，從晚上18點15分開始，在奧德賽影院（l'Odyssée）放映《美的葬禮》，另外，高行健於12號下午六點十五分在大學宮與公眾就電影藝術進行對話。〔註1679〕

〔註1677〕筆者2014年7月在澳門大學查找的網絡信息。
〔註1678〕高行健著《美的葬禮》第23～25頁，臺灣師範大學2016年5月出版。
〔註1679〕筆者2014年7月在澳門大學查找的網絡信息。

12 月，《小說評論》2013 年第 6 期刊發葉子的論文《論〈紐約客〉的華語小說譯介》。〔註 1680〕

12 月，《東莞理工學院學報》2013 年第 6 期刊發陳新的文章《論高行健戲劇的審美意識形態意義》。

摘要：從上個世紀 80 年代開始，高行健在戲劇藝術的道路上探索出一條與眾不同的新路，他的戲劇創作和戲劇美學往往帶給人驚豔的感覺，但有時也會讓人感到難以理解。他的創作和理論是一次對傳統戲劇美學和政治秩序的挑戰，他的堅持成就了他後來的地位和影響，但其中透露出來的審美意識形態意義卻是值得深思的。〔註 1681〕

這一年，法國 Saint-Herblain 市新建的圖書館媒體數據庫以高行健的名字命名，高行健出席由市長主持的開幕典禮。新加坡作家節舉行高行健的講座，題目為《呼喊文藝復興》，《美的葬禮》在新加坡國家博物館首演。法國文化學會舉辦高行健的攝影展「靈山行」，並放映電影《側影或影子》及《洪荒之後》。誰先覺畫廊舉辦高行健繪畫攝影展。新加坡一劇場演出《夜遊神》。

美國波斯頓美國現代語言學年會舉行兩場高行健專題討論會。美國出版高行健論文集《美學與創作》英譯本，譯者陳順妍。法國巴黎出版高行健論著《論創作》法譯本，譯者杜特萊。韓國出版《論創作》韓文譯本。法國文化電臺把長篇小說《靈山》列入聯播節目配樂朗誦，播放時間為晚間八點半到九點，連續播放十五天。法國巴黎傳媒公司製作紀錄片《孤獨的行者高行健》。

法國巴黎兩岸劇場演出《逃亡》。捷克布拉格劇場演出《逃亡》。意大利藝術節演出《逃亡》。法國巴黎藝術博覽會和畫廊展出高行健畫作。臺灣亞洲藝術中心舉辦高行健個人畫展《夢境邊緣》。法國巴黎出版藝術畫冊《高行健，靈魂的畫家》。英國同時出版該書的英譯本。美國華盛頓馬里蘭大學和畫廊舉辦高行健的繪畫和電影展，該校還舉辦了文學與戲劇和法語寫作三場討論會與戲劇朗誦會。美國新學術出版社出版高行健的畫冊《內心的風景——高行健繪畫》，作者郭繼生。〔註 1682〕

〔註 1680〕《小說評論》2013 年第 6 期第 44～50 頁。
〔註 1681〕《東莞理工學院學報》2013 年第 6 期第 63～68 頁。
〔註 1682〕劉再復著《再論高行健》第 259～261 頁。

　　《山海經傳》由臺灣國立師範大學表演藝術研究所在臺北國家劇院上演。梁志民以華麗搖滾的形式導演此戲。〔註1683〕

　　西班牙出版《高行健的戲劇與思想》一書，法國作家安吉拉‧威爾德諾為其作序。

　　此書收入了直接用法文寫的劇本：《生死界》、《叩問死亡》、《週末四重奏》、《夜遊神》、《夜間行歌》，以及中文寫的劇本《八月雪》和《彼岸》，為電影寫的法文詩《逍遙如鳥》以及《關於〈側影或影子〉》和《戲劇的潛能》兩篇理論文章。

　　安吉拉‧威爾德諾指出：

　　該書的出版意義重大，展現了一個全能藝術家的藝術創作豐富的特性。他的藝術構思包含著不同藝術領域的元素，由此產生一種全新的藝術，在我們看來猶如一個謎，正如阿多諾所說：所有的藝術作品乃至藝術本身都是一個又一個謎。試圖理解高行健的作品，也就意味著首先要明白他的作品是在一般理解力之上，獨一無二，同時又是多元的、無限多義，而且是複調的。在這個世界，他作為智者和藝術家，以二十一世紀的眼光，穿越他之前的智者們的路，繼續他自己的道路。

　　高行健的所有作品都是真正的內心探索，以前人或者說傳統作為起點，毫不畏懼，向未知探險。什麼是戲劇？這個問題要追溯到戲劇的起源。圍繞這個問題高行健建立起他自己的戲劇藝術，運用並改造東方和西方古老的戲劇形式，以傳統為出發，從而開闢出一些全新的路子。高行健的回歸傳統並不是簡單套用某些古老陳舊的程序。例如《夜間行歌》這自由體的抒情詩，便是從歐洲中世紀通常載歌載舞伴以神話傳說的民間文學取得的靈感，他雖然採用這種古老的形式，卻並不落進老舊復古的格式裏，相反把老觀念翻新，仍然以女人為主題，給我們展現一派當今的景象，而且如此貼切。這種構思的戲劇毫不守舊，相反深深紮根於日常生活的此時此刻。他這新作是一個舞劇劇本，卻在更大程度上打破了文學、戲劇、舞蹈及造型藝術的界限。

　　傳統是他的作品的源泉，卻毫不因循守舊，他的創作反映的全然是現代人當下的生存狀況。

　　高行健戲劇作品中的現實是他的劇作的內在要素，超越了歷史和社會背景，諸如共產黨中國、文革、全球化的焦慮，東方和西方的規範等，而且超越

〔註1683〕西零《藝術家妻子的簡單生活》，西零著《家在巴黎》序第8頁。

時空，成爲對人的生存和審美的探究，意識形態和各種主義都一概讓位於藝術。不僅是劇中的人物，也是作者，處在社會的邊緣，面對當今世界，在自我的內心深處，尋找問題的答案。這種尋找的苦行完全是獨特的、個人的、不帶任何妥協的，而又是純粹審美的。這種探求似乎非常個人主義，卻更新爲一種人道主義的救贖，作者訴諸的這番文字與表演讓人達到無限的寬容，因爲，這聲音來自個人對生命的傾聽和觀察，也同樣可以被周圍的人傾聽和觀察得到。高行健以人們意想不到的獨特方式面對現實的世界，其作品又具有普世性。

這種普世性並不意味著他以人類的名義寫作。他所寫所說的都是以個人的名義。這也是爲什麼他的人物與這集體「我們」的關係展現得很特別，要麼把人物從集體裏完全脫離出來，要麼把人物放入集體，而這集體顯得空洞而無意義。

高行健爲戲劇打開了一扇全新的門：以演員爲中心，以傳統爲根基，從當今世界的現實出發，爲當代戲劇找到一番新的天地。高讓戲劇再一次開闢出一些新路。在這個意義上，高行健的戲劇作品自然回答了那些聲稱和還在聲稱戲劇和藝術已死的預言：藝術並沒有死亡，藝術萬歲！〔註1684〕

吉林市文聯主辦的《短篇小說》期刊2013年第19期作了一個「高行健論」的專題。同時刊發七篇文章，包括湯海濤的《從高行健先鋒戲劇看中國現代戲劇創作》、李文紅的《高行健戲劇創作與複調理論》、劉宇的《劇場性視閾下高行健戲劇創作》、溫金英的《從風格型人物看高行健創作》、吳智慧的《小說〈靈山〉的敘事分析》、張莉的《從〈彼岸〉看高行健創作的荒誕性》、慕容個個的《高行健和莎士比亞作品的文學色彩對比》。〔註1685〕

《考試週刊》2013年第68期刊發蔣漢陽的文章《同一文學意圖的雙重變奏——高行健〈靈山〉、〈野人〉的跨文類比較》。

摘要：本文研究高行健的代表作《靈山》和《野人》，力圖從創作時間、小說情節、主人公、主題思想及藝術表現形式等五個層面發掘這兩部作品的相似之處，認爲這種相似性的出現是作者同一文學意圖雙重變奏的結果，結合中國當代作家中較普遍的「重複寫作」現象，診斷高行健文學成就爲人詬病的症候及其對作家創作生命的負面影響。〔註1686〕

〔註1684〕劉再復編、李澤厚、林崗、杜特萊等著《讀高行健》第259～265頁。
〔註1685〕《短篇小說》2013年第19期第115～126頁。
〔註1686〕《考試週刊》2013年第68期第18～20頁。